林森　滕贞甫　主编

——百名作家

谈家风

北方联合出版传媒（集团）股份有限公司

春风文艺出版社

·沈阳·

图书在版编目（CIP）数据

国是千万家：百名作家谈家风 / 林森，滕贞甫主编
. —沈阳：春风文艺出版社，2017.10（2021.1重印）
ISBN 978-7-5313-5316-4

Ⅰ.①国… Ⅱ.①林… ②滕… Ⅲ.①散文集 – 中国
– 当代 Ⅳ.①I267

中国版本图书馆CIP数据核字（2017）第226805号

北方联合出版传媒（集团）股份有限公司
春风文艺出版社出版发行
http://www.chunfengwenyi.com
沈阳市和平区十一纬路25号　邮编：110003
永清县晔盛亚胶印有限公司印刷

责任编辑：韩　喆		责任校对：潘晓春	
封面设计：琥珀视觉		幅面尺寸：155mm × 230mm	
字　数：285千字		印　张：18.5	
版　次：2017年10月第1版		印　次：2021年1月第2次	
书　号：ISBN 978-7-5313-5316-4			
定　价：36.00元			

序　言

中国传统文化注重家国同构，"家是最小国，国是千万家"是个很朴素的道理。古人云，欲治其国者，先齐其家，欲齐其家者，先修其身。良好家风，能在潜移默化中影响人们的价值观，生发并激荡成时代新风尚，凝聚起强大的正能量，而激活这些文化基因是我们每个人的责任。

家风正，则民风淳。习近平总书记多次强调家风建设："千千万万个家庭的家风好，子女教育得好，社会风气好才有基础。""家风好，就能家道兴盛、和顺美满；家风差，难免殃及子孙、贻害社会。""广大家庭都要弘扬优良家风，以千千万万家庭的好家风支撑起全社会的好风气。"

2017年，辽宁省宣传思想文化系统开展了"树立良好家风，建设廉洁家庭"活动，辽宁省作家协会发挥自身优势，在全省广大作家中开展了为期一年的"百名作家谈家风"主题创作活动。百名作家以家庭家教家风建设为切入点，认真思考了如何使中华民族源远流长的家庭美德通过家风代代相传，为塑造良好个体人格，形成良好社会风尚，促进社会主义核心价值观建设做出了积极贡献。现在，已结出累累硕果，这部呈现在读者面前的《国是千万家——百名作家谈家风》，就是全省广大作家深入思考、辛勤笔耕的结晶。

从名家之作王充闾先生的散文《惯从母教认家风》读起，每一篇文章都是感动，都是启发，都是思考。每位作家从个人家庭谈起，娓娓谈及各自家风传承对个人成长的影响，有感而发，入情而写，深具人文情怀。读来掩卷深思，深刻地感受到，有什么样的家风，就有什么样的孩子，它会无声无息地渗透进每一个普通家庭，每一名家庭成员，每一天的日常生活。家风是个人修养的土壤，更是社会风气的底色。尤其是领导干部的家风，不仅仅关系自己的家庭，而且关系党风政风。每一位领导干部都要从自己做起，从身边人管起，把家风建设摆在重要位置，积极践行社会主义核心价值观，廉洁修身，廉洁齐家。这一百篇作品中深深地体现出作家们对国、对家、对亲人的挚爱，感动了读者，温润了心灵。所以，这一百篇作品，许多被《人民日报》《光明日报》等重要报刊转载。

对省作协"百名作家谈家风"活动，《辽宁日报》给予特殊的关注，特意在副刊上开辟专栏，每周择优刊发一篇"作家谈家风"的作品。辽宁作家网更是这些作品的集中展示地，开辟专栏，积极营造浓厚的社会氛围。春风文艺出版社组织编辑人员，在很短的时间内出版这部作品集，在此，向各位作家、向编辑人员、向所有为这些作品问世做出努力的同志们表示感谢。

文学是传统文化的重要载体，传承践行优良家风是文学创作的永恒主题，文学的魅力在于源远流长，相信这些作品将会长久滋润广大读者的心灵。家家都有好家风，我们的国家必然是文明进步的国家，向上向善积极健康的良好社会风气必然蔚然成风。

林　森
辽宁省纪委驻省委宣传部纪检组组长

目 录

我爹和我妈的生活

安 勇

我爷是鞍钢建厂之初的工人，后来被抽调到甘肃酒泉，参与建设新的钢铁厂，把我奶和一大家人留在了鞍山。我爹是老大，自然就成了家里的顶梁柱。我爹十二岁那年，住在太平村曙光街一栋红砖砌成的旧楼里，一个冬天的早晨，受我奶指派去铁道北一家国营食品店买大骨头。那是 1958 年，大骨头两毛钱一斤，每根都剔得像化石一样干净，看不到什么肉，但如果用锤子敲开，可以在骨腔里找到红红的骨髓。我爹花四毛钱，买了二斤大骨头，那年头没有方便袋之类的东西，他双手捧着用油纸包着的骨头，怀着激动的心情踏上了回家的路。走出几百米后才发觉，从家里出来得匆忙，忘记了戴手套。马上就要过年了，东北的冬天，天气冷得出奇，我爹的手很快就冻麻了，但他没有把骨头放下，咬牙硬挺着继续往前走。穿过铁道，经过太平村工人俱乐部，在严冬的冷风里足足走了四里地。回到家时，他的两只手已经冻僵了，像大骨头一样硬邦邦的。

多年以后，我私下里问我妈，我爹这么做是不是有点傻？

我妈想了想，摇头说，那不是傻，是要强。

我爹买大骨头的那一年，在新民县一个叫老兴隆店的村子里，我亲姥姥已经去世两年了，我姥爷从朝鲜战场回来后，换防到抚顺某部队任正团职参谋，长年离家在外，作为大姐的我妈，也同样担负起了照顾弟弟妹妹的责任。她当上了团支书，干活时有一股狠劲，什么事情都不愿意落在别人后头。毫无疑问，她也是一个特别要强的人。

1964年，我爹初中毕业后响应党的号召，成了鞍山较早下乡的知识青年之一。

1968年春天，两个要强的人碰在一起，组成了家庭。他们完全是白手起家，结婚时甚至没有自己的房子。先是在张老师家一铺北炕上借住了两个月，后又借住在我一位舅姥爷家里。1969年"五一"，他们俩起早贪黑干了半个多月，终于盖起了一座茅草苫顶的土坯房。屋子里的土还没清理干净，就急三火四地搬了进去。

用我妈的话说，之所以那么着急，是因为金窝银窝都不如自己的土窝。

住进土房第二天，我爹用毛笔在红纸上写了"勤俭持家"四个字，端端正正贴在了锅台上面的墙壁上。每次讲起这段往事，我妈都会笑着说，那时候连苞米面都不够吃，咱也闹不明白，还能咋个勤俭法。我妈话虽这样说，但当年他们的劲是往一处使的，都在一心朴实地过日子。

搬进新房半年后，转过年的2月，我爹和我妈迎来了第一个在自己家里过的春节。他们都想把这个年过得隆重一点，但这个愿望却显得有些奢侈，最大的难题是没有钱也没有肉。因为盖房子，他们手里的积蓄都花光了。不过，钱还好办一点，我姥爷已经答应了给他们寄些应急。让他们头疼的是肉，当时，公家的肉是要凭票购买的，他们手里却没有肉票。刚好，村子里有户人家杀了头猪，这样的肉是不需要票的。我妈犹豫了半天，最后拉下脸来去向人家赊肉。尽管我妈信誓旦旦地说只是赊几天，肉钱很快就会还，但人家把话说得很客气，肉却不肯赊。我妈只能满脸羞愧地离开。那时候，我爹还在村小学当老师，好歹从另一位老师手里匀了点肉票。肉票只有四两，姥爷寄的钱到了后，他们买回了巴掌长两指宽的一块肉，用它包了饺子，又炒了两个菜。那么可怜的一点肉，真不知道他们是怎么做到的。

那个春节永远铭刻在了我爹和我妈的心中，我妈每次讲述完这段往事后，都会对我和我哥说一句：人活一张脸，树活一张皮，你们俩记住，永远都不要向别人借钱借东西。

在两个人共同努力下，我们家的生活状况也渐渐有了改善。

1980年，他们把土房推倒，盖起了三间瓦房。房子高大宽敞，房门两边的墙上镶嵌着彩色的碎玻璃，远远看去，闪烁出五彩的光泽。我们家有了书房，我和我哥也终于有了自己的房间。

1981年，他们买回了一台九英寸的沈阳牌黑白电视机。天线和电线连接好，按下那只白色按钮的一瞬间，我看见我爹流下了两行眼泪。我猜他心里一定很激动，也许他想起了从前那些艰难的日子。

1986年秋天，我考上了长春一所中专学校；我哥也考入了沈阳柴油机厂，当上了工人。我爹和我妈几经犹豫后，在沈阳买下了一处房子。房子位于东陵区，虽说位置有些偏，面积也不算大，但作为一个普通农民，能够到城里买房子，这件事在当年也完全可以称得上是个奇迹了。

前年回家时，我看到了爹妈一份日常生活的开销单，终于明白了奇迹是如何发生的。

那些账都是我爹亲手记下的，仿宋体的字迹看上去遒劲有力。账单有一个大的标题是"2011年以后基本生活费用表"，以月为单位，记录了从2011年1月到2015年5月的花费情况。花费较多的月份都是春节，因为我们都要回去一起过年。花费最少的一个月，是2012年2月，只用了166元。所有的月份平均一下，月花费也不会超过400元。最近这些年，物价不断地在上涨，我实在无法想象，我爹和我妈是如何用400元钱过日子的，他们每天都吃些什么菜，能否吃到水果，能不能吃到肉。

这样一份账单，让人看着心酸，也让人充满了敬意。同时，也勾勒出他们勤俭要强的人生轨迹，彰显着他们始终守持的人生信条，那就是，宁可自己吃苦，啥事也不能落在别人后面。几十年来，他们一直都是这么做的。有这样的爹妈，我既感到幸运，又感到自豪。

风中的树

卜庆祥

在我们家，妈妈"大风起兮"，而我是"玉树临风"。

妈妈十五岁去考工，干瘦干瘦的，像一棵绿豆芽，她就在上衣兜里揣了两块石头，体检才勉强蒙混过关。二十二岁那年，懵懂的女描图工遇见了年轻的技术员，转年，妈妈生下了我。从此，我们的小家开始微风荡漾。

爸爸的工作好像一直在外面漂荡，从湖南到四川，又到东北，哪里鼓足干劲力争上游大炼钢铁，他的身影就出现在哪里。俗话说：兵马未动，粮草先行。在他们那个工程兵团，他好像永远是一个打头阵的先行官——削山坡，平洼地，盖营房，架厂房，然后迎接大队人马的到来。他满身征尘，一脸倦怠，行色匆匆；人回到家，坐在椅子上，腿伸得老远，腰下如拱桥，脑袋挂在椅背上，一眨眼的工夫，鼾声大作，连吃饭都喊不醒。

爸爸是一匹鬃毛翻飞的野马，身材瘦小的妈妈根本勒不住缰绳。拉扯着我坚守老营的妈妈，把心中的和熙春风吹向了她的儿子。

妈妈的成长深受外公的影响，她有三个哥哥两个姐姐，在家排行老么。读过大书，写一手好水笔字，会观天象断吉凶的外公，在当地是一名人。闹日本的时候，他被抓去当伙夫的穷秀才，一扁担把日本兵抡入水井，然后连夜逃回家。敬重外公的人很多。但凡有人请吃饭，外公必会拉上么崽。赴宴的路上，妈妈天上一撇地下一捺地问，外公东边一言西边一语地答；吃饭的席间，妈妈躲在外公的椅子后面，乖巧地听大人谈天说地，间或，外公还偷偷半盅酒给幺崽喝。酒是米酒，甜得人哆嗦，一时半会儿不醉人。

那时，女崽不读书。但外公把爱女送进了学堂，而且一直念到了初小。

去考工以前，村里在祠堂办起了蒙学，十几个崽在供奉祖宗的牌位前疯打狂闹。外公把女儿从镇上喊回来，安排她做了乡村的女教习。妈妈故去后，在她的档案里，我惊喜地发现了她的这段人生经历。可妈妈从来没有向人道出过自己曾经手执教鞭，用湖南汨罗普通话，教过新制度新文化新国家的识字课本。

后来，她离开家，告别疼爱她的那个蓄着山羊胡须的老头，遇见爸爸，夫唱妇随，走南闯北。妈妈或许早已淡忘了那段往事，但却把我当作了她唯一的学生。

妈妈是一位严厉的、专断的、蛮横的女先生。她常常把"棍棒之下出孝子"的暴力古训挂在嘴边。在我最紧要的成长历程中，爸爸一直在外闯荡，斗室蜗居就母子俩，对我的教练教诲教导教训，就来自妈妈。在我们家，妈妈刮起的风，有时是微风，有时是狂风，有时是台风，甚至是飓风、龙卷风。而我是风中那棵树。

从小到大，妈妈的"约法三章"层出不穷，对我有数不胜数的不许：

不许打口哨，她说流氓阿飞才打口哨。不许剩饭，碗里一颗饭粒也不许剩，桌子上更不许掉饭粒，她说剩饭的人就没有饭吃。她教我背诵李绅的《悯农》："锄禾日当午，汗滴禾下土。谁知盘中餐，粒粒皆辛苦。"不许挑食，她说挑食的孩子不长个儿。不许歪戴帽子，她说歪戴帽斜瞪眼，娶个老婆不大点儿。不许抖腿，她说男人抖腿一世穷。不许吹牛说大话，她说吹牛皮说大话早晚得大舌头。不许偷窃东西，她说偷人东西手指要断——那年备考，我在公园晨读，捡到一张五元大钞。估计是哪个约会女朋友的男青年，毛手毛脚地掏这掏那，在那片草坡上破了财。妈妈问我哪儿来的钱，我说在公园捡的。妈妈说捡的就是偷人家丢的，你不怕断手指？我又原路跑回去，把意外之财摆在了草丛中。

不许咬手指，她说咬手指生病灾。不许拖脚走，她说将死的人才拖脚走。不许在人家晾晒的衣服下面钻，她说好汉子不受胯下之辱，钻了人家裤裆永世抬不起头来。不许碰女人的内裤，她说那是要倒血霉的。不许穿衣敞怀，她说穿衣敞怀不是狗腿子就是汉奸，好男人都把衣服扣好裤门扣好。不许考试打小抄，她说好好学习才能天天向上……

还有串烧似的必须：

必须好好走路。见了人必须打招呼。家里来了客人必须出来沏茶。穿鞋子必须系好鞋带。吃饭必须端着碗。每天必须把脸手脚洗干净。

每晚必须洗漱完毕方能上床睡觉。必须坐有坐相站有站相。必须挺胸抬头，不可佝偻。必须完成作业。必须热爱劳动。必须孝顺父母。

必须有借有还，日后再借才不难。每年过年必须给长辈磕头拜年……

在我们家，妈妈的"道德经""大明律"，就是她的规矩、体统、纲常、伦理、治家方略、传家准则，就是她的脸面、口碑、名声。不高深，也不玄妙，就是她的人生阅历、生活感悟、眼界见识以及做人做事的遵循、底线，它比不上《增广贤文》，也比不上《朱子家训》，它就是一个电焊女工对子嗣苗裔的告诫和引导。

20世纪80年代，我在我们那个部队大院第一个金榜题名，妈妈到处显摆，傲娇地说："看谁还敢欺负我老太太，我有一个上大学的儿子！"

勤学自律伴我远行

陈 升

1991年，我出生了。母亲常说我出生得"很是时候"。那时候父亲调到沈阳工作，有了我的这个家，没有让我经历到父母最初白手起家时的艰苦岁月，而是开始收获着父母拼搏奋斗带来的果实，伴着改革开放的浪潮，三口之家生活得越来越好。

我是父母一手带大，我的祖父母、外祖父母都长居外地，在沈阳我们也没有其他亲人，我的成长史也是我们这个小家的奋斗史。留在我儿时记忆里的，有条件简陋、冬天冷得跟冰窖似的筒子楼，有父亲时常出差、加班的忙碌，还有母亲对我照顾上的细致入微。父亲是名军官，工作很忙，时常下部队，有时几个月见不到一次面。母亲那时每天也工作到很晚，上幼儿园后我时常在放学后最后一个被接走。记忆里最深刻的就是父母的努力拼搏、敬业奉献，这些深深触动着我，一直影响着我。

父亲虽然工作忙碌，对我却十分严厉，"不放低自我要求"，大概就是他对我唯一的要求，即使在我年纪很小时，他也没有放低过标准。父亲教我知是非、有原则、懂得自律。严格的要求和传统的教育，让我成为一个沉稳得体的人。在个人修养上，父母看似无心实际上非常用心的教育，也足以让我终身受益。在我咿呀学语的年纪，母亲总是喜欢朗读文字给我听，鼓励我朗诵、讲故事。随着年龄增长，我的话越来越少，但是如今对文字的敏感度，追溯源头还要从母亲那时的启蒙说起。而愿意诉诸文字，还要得益于父亲无意中的鼓励。小学四年级的时候，我写了一篇散文，描写回家路上常见的槐树林，父亲无意中看见这篇作文，随口说开头的排比句写得不错，鼓励我修改之后给报纸投稿。那之后，我开始在《辽沈晚报》发表文章，写的就是生活中的故事。说父母对我教育的"无心"，是他们从来没有左右和扼杀过我的兴趣爱好，干预我人生中的每一个选择。而他们的"用心"，又在于他们在我摇摆不定的时候、热血沸腾的时候，总会全力以赴帮助、支持着我。父亲有很深厚的文学修养，十七岁时就已经有若干小说和散文在当地报纸发表，还得过不少奖。以前家里地方不大的时候，也总会有半面墙的书架放满了书。虽然父亲热爱文学，却没把这种情感强加在我身上，当他发现我对文学的自发喜爱后，便鼓励我多读书、多写作，时常把报纸上好的文章和观点圈画出来，每次都会在留白处写上"供女儿学习"。不过他很少读我写的作品、说夸奖我的话，甚至反对母亲赞美我。在父亲眼里，认识自己的不足，比认识自己的优秀更重要。我开始写长篇小说的时候，刚刚高中毕业，那一年我十九岁，凭着满腔热忱，就开始了创作之路。当中的酸甜苦辣，让我痛并快乐着。父亲在我每当停滞不前、犹豫不定想要放弃的时候，或严厉的话，或鼓励的话，陪我撑过了每一个难关。严厉的话，自是"只要做了，就不可以放弃"；鼓励的话，是那句"当你想要放弃的时候，你简直不敢相信你离成功有多么的近"。

父母对我的期许，并不是要做一个有多大成就的人，但一定要做一个终其一生去学习奋斗的人，一个懂得坚持、不轻易退却的人。他们用自己身上的踏实、上进、敬业，鞭策着我成为一个优秀的人。即使现在，父亲母亲已经年过半百，我们家的学习氛围依然浓厚，还时常展开激烈的讨论，交流彼此的思想和看法。他们对学习孜孜不倦，奋斗精神生生不息，我看不见人过中年的疲倦，还常常比正值青年的我精神头都足。他们时常让我看到自身的不足，让我永远觉得自己不够优秀，并想要努力更加优秀。勤学自律超越了一切，成为他们毕生的追求。我常常感到庆幸，我延续了父母的心态，不功利地做任何事，不急迫地想要去得到，只是踏实前进，却在这个过程中得到扎实的积累和无尽的收获。

　　我是个家庭观念很重的人，家庭对我来说，是全部力量的源泉。离家在外，支撑我的精神力量就是家的力量。这些年，我按部就班地完成了许多目标，实现了一些大大小小的梦想，回想起来，感到很幸福。而这一路，勤学自律的家风萦绕在我左右，一直陪伴我砥砺前行。

子以母贵

程 远

一

母亲生了七个孩子，五男二女，二女夭折。剩下的五个儿子，大哥二哥生于老家海城，三哥、我和弟弟生在树基沟。树基沟是一个矿山，招工时父亲从老家赶来，几年后，母亲也带着大哥二哥投奔到这里。

父亲说，母亲除了带来两个儿子，还有两样东西：一把剪刀，一个袜板。

剪刀是生活的必需品，缝缝补补离不开它。袜板也很有用途，一家人的袜子都靠它来织补。其实，对于母亲最有用的东西是纺车。母亲有纺线织布的手艺，在老家都是靠这个过活。但她知道矿山用不上。矿山都发劳动用品。而她要照顾孩子，伺候父亲，料理家务，即使将纺车带来也无暇使用。

二

春秋两季，母亲天天下地，像疯了似的劳作。春天去挖野菜，人吃，猪也吃。秋天则是捡地，矿区外的沟沟坎坎旱地水田，无不留下她瘦小的身影，仿佛米勒笔下的拾穗者。

这个季节，一天里就很难见到母亲。一觉醒来，往往是饭菜热在锅里，她却早已迎着朝霞走向田野，到了晚上，又迟迟不得归来。甚至一连几天，母亲住在几十里外的村庄，白天捡了苞米谷子，夜晚就搓将下来，分门别类装进口袋，直到带去的口袋都满了，才肯背回家来。

有时夜雨滂沱，本想母亲不会回来，但她却敲响了门。

三

夏天，居民区外北山脚下的河套哗哗作响，水落石出。这时，母亲就会把全家人要浣洗的衣服盛在水盆里，一次次举向头顶，与邻家婶娘一起，沿着学校边上的那条小路走向河套。不同的是，邻家多有女儿帮忙，唯独母亲只身一人。如此，母亲就将家鹅赶上，让鹅在水中游泳，自己在石上洗衣。如果是棉衣棉裤，是父亲下井时穿黑的作业服，母亲还要带上那个光滑白亮的棒槌。

母亲远去的背影，常让手拿书本坐在院子里的我感到羞愧。心想，幸亏母亲不是小脚，不然那将是怎样的一串足迹！这时，我也会想起早夭的姐姐。母亲说这是命。

四

父亲在矿上工作，三班倒，即便这样，家里的房前屋后甚至铁道南的山坡上也开了大大的菜园，一个人干不过来，母亲就去帮忙。苞米、大豆、高粱、地瓜、白菜、萝卜、土豆，甚至还有旱烟，自己吃用不了，就拿到集上卖，或送给亲戚邻居。不仅如此，家里还养了鸡鸭鹅狗猪。在那个年代，颇有奔小康的意思。但背后的艰辛，难与外人道。

比如白天天气预报说无雨，不料夜里忽然电闪雷鸣、风雨交加，刚刚躺下的母亲立即起身，第一个冲出门去，将正在搭露的烟叶盖起，将柴火抱进屋里，将鹅鸭赶入圈中，而她浑身业已湿透。

父亲上夜班，母亲是唯一的将领，也是最深的受害者。

五

母亲喜欢花草，尽管日夜忙碌，她也会抽出时间在房前屋后的空地上栽些好看的花，有兰菊，有月季，有文竹。但父亲总是担心这些不顶吃不顶喝的东西欺压菜园，有时竟连根铲除了。

为此母亲也不恼，她会将一些花移栽到大大小小的盆罐里，然后放在窗台上。只是到了深秋的傍晚，这些盆盆罐罐就要一一搬进屋里，待到第二天上午太阳出来，再搬出去，直到霜降，这些花才在屋里安顿下来。而出出进进的母亲，望着它们，脸上就会挂着笑容。

六

邻家的婶娘都是矿山工人，每月拿着几十元的工资，生活很是自主。可母亲没有工作。母亲也曾是矿山的临时工，只是由于照顾我们，而没有坚持到最后转正。为此她很后悔，也很自卑，但更多的是自强。

母亲买了一台缝纫机，闲时不仅用它为我们做衣裤，还做鞋垫卖钱。她做的鞋垫，不仅结实耐用，而且十分美观。母亲有设计的天赋，她总能用不同颜色不同形状的布角组成各种好看的图案，即使没有花布，哪怕是清一色的黑，也要用白线扎出花鸟鱼虫、梅兰竹菊，惹得顾客爱不释手，久久不肯放进鞋里。

那时，我和哥哥都在矿上工作和学习，母亲怕我们难为情，就常常躲在集市的一角。中午也不去谁家吃饭，而是自己带了馍馍，或是买一碗豆腐脑悄悄吃掉。就这样，母亲不仅攒下了一些钱贴补家用，还时常偷着给我零花钱。

七

从小没有上过学的母亲，对我们的学习却很重视。她不像父亲，父亲虽然有文化，但对孩子们的学习漠不关心。他说井下出矿石，地里长庄稼，人不吃饭不行，学问是鸟。母亲却不这样认为。

那时我沉浸在书画艺术的王国，也每每为文学而着迷。如此爱好，就需要笔墨纸砚、书籍画册，母亲就用平时积攒的零钱给我买。我写的字、作的画挂在家里，她看了很高兴，还常常问我这些字都念什么。告诉了她，她就默念几遍。如果报刊发表了我的文章，她更是让我读给她听，然后会心一笑。

八

母亲身染多种疾病，且做过一次胆结石手术。那是一个腊月的日子，母亲病情加重，矿医院不敢收留，父亲和三哥就背着母亲去省城医院，家里只留我和弟弟。喂鸡喂鸭、洗衣做饭倒也罢了，只是临近年关，各种活计纷至沓来，让我和弟弟不知所措。好在邻居帮忙，才使我们的家与往年一样，也有了节日的气氛。

为了感谢邻居，我给他们每家画了年画、写了春联、刻了挂贴。苍天悯人，我的母亲也终于死里逃生，于腊月十五晚上回到了家。

九

1996年的冬天，我和妻子女儿住在大哥家一间不足十平方米的小屋里。还有母亲。她得了肺癌，且是晚期。我哄骗母亲说是肺炎，吃些药打些针就好了。母亲说，那就回家吃药吧。我说光吃药不行，这里离医院近，打针方便。其实，我明知母亲时日无多，只是想在她老人家膝前多尽一点孝心，而母亲又何尝不知自己的生命即将结束呢！我们仿佛在捉迷藏。

母亲在我们家住了四十多天，就回到父亲身边去了。她不愿意拖累我们，她也心疼那打针钱——因为没有工作，她的医药费矿山只承担一半，即使我们兄弟都愿意埋单。

这就是我的母亲，生活在贫困之中，却仍然保持善良，即使在最后的时刻。这也是我的母亲，在她仅有的六十七年朴素人生中，给我留下的最后记忆。

奶奶的警句

初国卿

　　今年是我奶奶徐文芝一百周年诞辰。奶奶于民国六年（1917年）生于辽西努鲁儿虎山下一个姓徐的大户人家。徐家在当地很有声望，兴盛之时住三进大院，四角建有炮楼。奶奶嫁给爷爷时，已家道中落。到了1948年土改时，奶奶的娘家是贫农，我们家则是中农。我家还算殷实的日子全赖奶奶的张罗，其中她的许多治家警句至今仍然在影响着我们整个家族。

　　记得奶奶经常说的一句话是"三辈不读书，猪都不如"。奶奶个子不高，小脚，长得周正而精干，虽然没上过学，却能自悟认得常用的字，算术加减乘除她都会，掰扯起账来大队会计也服她。可能正因为她知道文化的重要，所以强调读书的这句话总挂在嘴边上，有时还补充一句："不上学，不读书，那长大了不就是个活牲口吗？"以此督促我们全家甚至全族的人重视读书。正是由于奶奶对读书的重视，才使我父亲虽然只是高小毕业，却成为当时全家族最有文化的人，还当上了小学和中学校长。我作为奶奶的长孙则成为全家族第一个大学生、全公社第二个大学生。弟弟和姊妹们或是大专毕业，或是读完了高中，都属于认真读过书的人。今天，住在深山里的老家，全族一百多口人，走出了几十个大学生。每逢过年聚到一起时，家族人都会谈论起我奶奶。最年长的族人会说："当年如果没有老婶子那句连损带骂的话，咱老初家哪会出这么多大学生。"

　　奶奶另一句经常说的话是"吃不穷，穿不穷，算计不到才受穷"。这里的"算计"既是数字上的计算，又是生活中的计划，还是对当下和未来的创意和思考。在中国文化里，"穷"与"富"是相对而存在的，如果你有头脑，能"算计"到位，穷也能变富；而如果"算计"不到，做事不计成本，不量体裁衣，不合计长远，自然就会受穷。奶奶的这句话，虽然朴实，却饱含智慧，往小了说那是对个体进步的追求，是为了实现人生价值最大化，往大了说则是关乎齐家治国平天下。奶奶在持家过程中，很会"算计"，比如今年菜园子里春季栽什么，秋季种什么，明年自留地种什么庄稼，留什么种子；比如冬天菜窖里储多少白菜和萝卜、地瓜和土豆，春天买几只猪崽，孵多少只小鸡或小鸭；比如全家人一年四季的衣服，该洗的洗，该补的补，每到换季之前都能准备好，我们兄弟姊妹六个，一年到头，穿的衣服尽管有补丁，但从来都是干干净净，很是体面。因为奶奶的精于"算计"，从我记事起就知道她是当家人，那时候当生产队长的爷爷听她的，当小学校长的父亲听她的，全村百十口子初姓人家不管有什么大事小情都要找奶奶商量一下。包括谁家丢了羊、少了农具这样的事，也要找奶奶算一算，看是否还能找回来。

　　奶奶还有一句话，至今都在激励着我们全家人："不怕背兴，就怕拦兴。"什么叫"兴"，《说文》解释："兴，起也。"即兴致、兴头，也是一个人热爱生活，勤劳肯干，对未来充满希望的生存状态。而"背兴"则是运气不好、倒霉或是背时；"拦兴"则是自认倒霉，对任何事物没有兴趣，不存希望，不思进取。奶奶的话就是告诫子孙：人生不能认命，要和命运抗争，不管遇到多大困难，遇上多么倒霉之事，都不要气馁，不要拦住自己往前奔、过好日子的兴头。用古人的话说就是"祸兮福所倚"，用流行的歌词说就是"阳光总在风雨后"。基于这样的人生态度，奶奶总是和家人说："灰头土脸、蔫了吧唧是一天；乐乐呵呵、精精神神也是一天。你们不管在家里外头，都要扬蹦一点，不管做什么事，人前背后都要抬得起头。"正是在奶奶这些话的指导和规范下，我们全家几代人都在自己的奋斗下，过自己殷实而快乐的日子，从父亲一代到我这一代，再到我的下一代，每一个人都有自己的事业，都是靠自己的勤劳努力，挺直了自己的腰板，人前背后也都能抬起头来。

关于奶奶的警句，还有许多。比如教育小孩时她总说："成人不用管，管死不成人。"让孩子们从小就增强学习和成长的自觉性。也让家族的女人们本分为人、规矩做事，好家风远近闻名，以至于三里八乡，都以娶到老初家的姑娘而自豪。

奶奶去世时八十八岁，已离开我们十二年。家人如今分散在天南海北，不管何时聚到一起，大家都要如数家珍般谈论一番奶奶当年留下的警句，以此来激励后代不忘家风。这或许就是对奶奶最好的怀念吧。

老妈的"心经"

戴 墨

老妈今年八十八岁，仍不服老。身板挺直，衣袂不乱。说话办事，丝丝入扣。家里来了客人，老妈容不得别人怠慢，也容不得谁颠三倒四。除了把我姐指挥得团团转，还不时到灶间指点查验一番。席间落座，她老人家把酒话盏，俨然一个佘老太君。可惜我姐不是穆桂英，我也不是。

每逢遇事心意不决或没合老妈脾气，她老人家便望着我们叹息："你们咋没一个随我？"我和我姐性格都绵，不随母亲。但老妈立下的家规，却无时不在影响着我们的人生。

我老妈不识字，却是"知书达理"之人。我常常很奇怪，老妈不读书，理于何处通达？

老妈生于孟子故里。想来，是那一方圣人山水给予她的灵气。老妈对祖宗家传的"心经"，不只是出口成诵，更是身体力行。我们从小就耳濡目染老妈的"心直不怕理歪，脚正不怕路斜""三穷三富过到老""小车不倒只管推"。

老妈刚强自立，一生勤俭，待人宽厚，一辈子都是"宁让身受苦，不让脸受热""有亏自己吃，方便与他人"。

老妈在我们这个大家族里劳苦功高，她十七岁嫁给我父亲，三年后，奶奶撒手人寰，老妈便以她柔弱的身躯执掌门庭。

奶奶去世那年，我的小叔三岁、小姑十岁。我老妈每次回娘家，走亲戚，都是背上背着我小叔，手里扯着我小姑。我老爸在铁路工作，20世纪50年代，我老妈拿着家属通用的"路条"，一路追随我老爸，足迹穿越中国的大半个版图。我老妈走到哪里，哪里便是小姑和小叔的安居之所。直到我老爸从北京铁路局下放到东北，小姑和小叔才跟随我老妈在哈尔滨扎了根。

今年小叔七十六岁，小姑也八十岁往上数了，二老对我老妈仍敬爱有加，对我老妈说的话从不"更令"。与人说起老妈，小姑与小叔总是一句"老嫂比母"。

漫漫七十余年"姑嫂""叔嫂"的长路，老妈从没跟小姑、小叔红过脸。而小叔、小姑对我们这一辈亦是分外疼爱。

每年老妈生日，小姑、小叔及其儿孙都会欢聚一堂。每逢过年，他们和我们一样跪倒一片给我老妈磕头。而老妈对待小姑、小叔的儿孙们也与自己的儿孙从无分别，老妈分发红包，从来都是一样薄厚。

前几天，老妈身体微恙。我哥出差不在家，我和我姐紧张到腿软。我们甚至偷偷祈祷："舍我之寿与她老人家，愿老妈活得长长久久。"

尽管我们知道人生各有各的因缘轨迹，我们左右不了自己的命运，自然也左右不了老妈的，但我们还是怀着这样的虔诚，期待着老妈能长长久久与我们相守在一起。不管岁月多老，家里有个妈，感觉世界永远都那么暖。在浮躁的世间，听老妈时不时地念念"心经"，自觉灵魂世界就又多了几分明亮和底气。

好 玩

习 斗

只有厕身小说之中，接受虚构的重塑，私密的家庭生活才值得信赖，否则，不论言之凿凿在散文里还是传记中，或者信誓旦旦给亲朋好友还是电视观众，其虚假的成分都大于真实。所以，我的这篇命题小文，很希望能被视为小说。

21世纪初，四十出头的我和于月萍，差不多已经好二十年了。有一天聊天时她忽然说，这二十年里，她从未因我而感到安全。我羞愧地点头表示理解。从小到大，于月萍一直是个乖孩子、好学生、优秀的教育工作者、合格的部门领导人，如果不是遭逢了我，肯定还会把贤妻良母、家政能手之类的冠冕也戴到头上。这些装饰，在大部分人看来，是绑定安全的门锁窗闩；可我这人，却从后脑勺到脚后跟全长着反骨，对异端另类无厘头的热爱是生理性的，几十年里，一直迂腐固执如堂吉诃德，自不量力地挑战着正常、习俗、规约、教条……仅举例自己的婚姻生活吧，我不光反对生养孩子，还主张夫妻分居两处——跟我过日子，又有哪个女人能高枕无忧？我问于月萍，那你咋一直还和我过呢？当初我决计"丁克"的时候，我俩已经成了夫妻，我不可能婚前公示选择。可这还是有点像阴谋。为了证明我心地坦荡，我只能表示，不论什么时候她想另组家庭，我都会毫无怨言地退避三舍。

于月萍一直没给我退避的机会，甚至时间越久，她还越能发现我们这朵与大多数男女全然不同的婚姻奇葩别有异香。平常我俩各有所忙，柴米油盐只能电话里商量，而每隔两三天或者三五天，我俩约会时的两三小时或三五小时，多半还要交流社会热点以及她的教育研究或我的文学读写，如此，便不太有空因厌烦而忍耐某年之痒——许多时候，另组新家，只为逃脱对旧家的厌烦。

"和你在一块，好玩。"踟蹰良久，于月萍犹疑着回了我一句，显然，她不确定她的意思我能否领会。我想我是能领会的。"好玩"是我喜欢的词汇，它的成分，包含了新颖独特惊悚危险等刺激性元素，在我的价值体系里，它是衡量一个人、一件事、一重关系及至一种活法好坏的标准。生命多局限，世事太叵测，不创造一些"好玩"犒赏自己，生活可就太没劲啦。我的所谓"好玩"，并不拘泥于具体的一时一事，虽说为了表述方便，我曾罗列过四项"好玩"之最——舞文弄墨、胡思乱想、谈情说爱、东游西逛，可事实上，我那好玩的真正果实，更无形无状是精神结晶。于月萍当然知道这些，甚至，当她把属于我的"好玩"设定成自己的价值标尺移为己用时，她肯定也想明白了，我那"好玩"，之所以能好玩得那般有的放矢又意味隽永，是因为孕育它滋养它的，要么是庄子那用于"相忘"的"江湖"，要么是苏东坡那记录"平生功业"的"黄州惠州儋州"，要么是曹雪芹那片"真干净"的"白茫茫大地"，要么是鲁迅那间"吃人"的"铁屋子"……而几十年里，这些既能肥沃人思想又能灌洗人情感的绝望意象，在无数次地陪伴我俩约会的时候，既参与过我们对于生死苦乐爱恨情仇以及机遇缘分偶然必然的放谈纵论，又帮助过我们定义"好玩"。

1989年年中，不知是否与新婚后的磨合尚未完成有关，有一天为了吃饺子或者洗衣服之类的事，极其少有地，我和于月萍大吵了一场。吵毕，我彻夜未眠，给她写了封五千言长信，有点专制主义和霸权主义地拟定了一纸与吃饺子或者洗衣服不无关涉的"约法三章"：崇尚自由、推重理性、反对伪善。我指出，若想让我俩的婚姻存续下去，终生信守并身体力行这三项原则是一个界线。如今，我俩的相处方式一如往昔，也一如往昔地在我俩的奇葩婚姻里既互不相扰又互为支撑。我认为，这并非因为光阴荏苒，我们那"约法三章"所镌刻的界线已风化消弭，而是随着时空流转，我俩都越来越懂得了对界线的尊重。

随　根

丁振阳

　　爷爷的名字叫丁光友，可人们偏称他"丁老善"。当年提起"丁老善"，十里八村没有不竖大拇指的。

　　可惜，我没见过爷爷，我出生时爷爷已经去世十几年了。

　　小时候，听父亲常常说，爷爷有一句挂在嘴边的口头禅："但行好事，莫问前程。"爷爷心地善良，左邻右舍、南北二屯子，不管大人孩子谁求到他，没有摇头的时候。春天，老李家种地没牲口，他赶着牛犁杖去帮助种；秋天，老张家爷儿俩有病收不了秋，他领着父亲帮忙去收。前屯子赵一壶没儿没女得病没人管，他找大夫不算还掏钱给治；后街王老蔫儿家揭不开锅来借米下锅，说是借，没有让他家还过……父亲说，爷爷一辈子做的好事、善事，三天三夜也讲不完。

　　爷爷一颗善良的心，赢得了方圆几十里人们的敬慕。父亲说，爷爷病故出殡那天，顶着小雨还来了二百多号人。人们的眼泪成串往下流，有的哭着说："好心惊动天和地，丁老善走了，连老天爷都掉眼泪了！"

　　也是栽什么树苗结什么果，撒什么种子开什么花。父亲的心眼更好使，为人更善良。

　　听母亲说，在日本鬼子投降那年腊月，母亲给父亲做了一件家织布的新棉袍，准备过年穿。一天黎明，嘎巴嘎巴地冷，父亲一个家住关山沟屯的朋友捎来口信，说他老婆病故了。父亲急忙穿上新棉袍，一路小跑地来到了朋友家。

朋友拉着父亲的手，哭着说："老兄弟，你可来了，你嫂子还光腚拉磕地躺在那儿，咋办呀？"这个朋友家过的是"睡土炕、吃菜糠"的日子，上哪儿弄钱去给死人弄寿衣呀！父亲二话没说，脱下第一次上身的新棉袍，就给死者穿上了。

晚上，父亲冻得哆哆嗦嗦地回到了家。母亲一问才知道，新棉袍送给人家做寿衣了。过了足足有一袋烟的工夫，母亲点着父亲的脑门说："真的随根，跟你爹一模一样！"

1960年夏天，是全国经济困难的日子，那年我十一岁。我目睹了这么一件事。那天中午，父亲从生产队干活回来，有一个二十岁左右的姑娘站在大门口，说是要点水喝。父亲叫她到屋里来喝水，谁能想到，姑娘一进屋就昏倒在地上。父亲和母亲连忙把她抬到炕上。母亲说："这孩子是咋地了？"父亲说："不用问，一准儿是饿的。"母亲盛来一碗一个粒跟着一个粒跑的小米粥，给姑娘喂了下去。不一会儿，姑娘坐了起来。原来姑娘家是义县的，到阜新市姨家，姨家又搬到远方去了。她只好回家，前后三天没有吃一点东西了。母亲又拿来两个菜饽饽，姑娘狼吞虎咽地吃了。

姑娘临走的时候，父亲说，这孩子还离家几十里，给她拿两个饽饽路上吃，不然得饿死在半道上。在那菜饽饽比金疙瘩还珍贵的年代，母亲犯了难，双眼看着父亲说："咱屯子都饿死两口人了。"父亲说："咱们少吃一顿饿不死，救人一命胜造七级浮屠啊！"母亲嘀咕说："自家人都掐个菜叶盖不过腚来，还老想着别人，帖帖随你老丁家那根！"

姑娘接过母亲的菜饽饽，感动得眼泪就跟下雨似的，她给父母一人磕了一个头，千恩万谢地上路了。

是基因，也是随根吧，我这一辈子也是个热心肠的人。无论是朋友，还是同事，有个大事小情的找到我，我没有不尽力而为的。逢年过节，全家人欢聚一堂，我常常对儿孙讲，善是丁氏家族的根，是丁氏家族的魂，这百余年的老根，要越扎越深，根深叶茂。

种桃种李种春风

董万琦

想想女儿从小到大，像蜜罐里的糖果，四季里充满了甜蜜的笑靥，我的拳头便从来没有在她的身上开过花，而是将目光在她的身上撒下了无数的蓓蕾，憧憬着她的未来像春天一样万物复苏、竞相争艳。

女儿长大后，不止一次问我："爸爸，你为什么从来不打我呢？同学们都很好奇。"我就对她一笑，告诉她，打你一次我就会疼十次，再说，好孩子是不应该被打的。像天使总是与花鸟丛林在一起，女儿打懂事起，也长久迷恋于一个个仙女传奇的世界之中。

在童话和唐诗宋词的滋润下，90后的女儿渐渐长大了，不知道从哪一天起，女儿的小手不再被我牵着走路；也不知道从哪一天开始，女儿与我们分开居住，她的思想也在渐渐长大。我永远珍藏着那一张照片，冬天，她刚刚会走，穿着厚厚的棉衣，头上扎着大围巾，只露出两只眼睛。她要奋力地够我的大手，才可以牵到我，我握住她的小手，幸福地走在雪地上……

那时，我总喜欢给她拍照，她也配合我的相机，摆出各种姿势。2007年正月十五，下了一场百年不遇的大雪，她跟我欢快地走在街上，看着大雪把汽车都覆盖了，她张嘴讲故事，我一路帮她照下来，于是便有了她雪中丰富的表情。她奔跑、跌倒、爬起、卧着坐着、欢笑着嗔怨着，现在每每翻看起来，心里便充满了温馨的回忆。

有两年的时间，妻子去北京中央戏剧学院就读，是我独自带着女儿度过的。那时她正好三四岁的年纪，正是需要童话滋养的时候，每天都缠着我给她讲故事。我讲了安徒生、格林等童话，书都讲烂了，我也困得不行了，可只要我一打盹儿，她便喊我，我只好继续下去。不仅如此，她还得提问，打破砂锅问到底，直到把难题解开为止。她脑子里似乎永远有十万个为什么，对新鲜事物极度地热衷追捧，而且学什么像什么，在我们看来，她俨然一个小大人似的。也许就在这不知不觉之中，她小小的心灵得到了童话的滋润，那些幻想的种子悄然种下，使她以后有了讲故事的能力，进而有了写作的能力。

那时，她就是我的一个小尾巴，无论我走到哪里都得带着她。一次我带着她和辽宁文学院员工去北戴河采风，大家轮流抱着她，晚上，她也要跟员工住在一起。一天正在她玩得高兴时，一个她不喜欢的人进来了，她脱口而出："出去！"来人很不快，问她："你说谁呢？"她马上改口说："我说苍蝇呢！"朋友夸她反应快，其实这也是我影响她的结果。与所有人为善，不可轻易伤人，她一个小孩子，有着率真的一面，但当意识到不妥的时候，她就会及时改正。后来她就算生点气，也不会超过半小时，很快就会道歉，我把这作为她的一个优点，鼓励她坚持下去。

我们没有刻意影响女儿的成长，不会刻意逼她做任何事情。小时候她学过钢琴，很快就学不下去了，放弃了。一直到她长到十岁，她自己提起要学钢琴。我们问她，要学可以，能坚持住吗？你要跟我们承诺，而一个人是要守信的，她考虑了一会儿说，她一定坚持下去，绝不半途而废。于是，我们给她买了钢琴。几年时间，我风雨无阻，每周都坚持送她学琴，她也进步飞快，后来考过了十级。

在她听了很多童话之后，便开始自己讲童话。她一路走一路讲，看什么讲什么，从不需要考虑。我都会认真地听，从不会打断她，也不会打击她。做她的听众，是件很磨人的事情，她不管我忙不忙，不管我有没有倾听的心情，反正就是一个字——"讲"。她讲到兴头上，不许我睡觉，不许我走神，不许我干别的事情，就得一心一意做她的听众。那时，她妈妈给她记录了一些即兴故事，便成就了后来出版的童话集《花开的声音》。她在家里是这样，到了学校也是这样，只不过她的听众不是强迫的而是自愿的。她的头脑里永远有讲不完的故事，就像自来水一样，一拧就来了。每到下课，她的身边就围了一大堆同学，听的也是一个长篇童话，就像说评书一样，一天一段，欲知下回如何，且听明天分解。于是，她便有了自己的粉丝，天天追她的故事，每天要继续下去。这也是她最初的写作，虽然没有被记录下来，但极大地锻炼了她的想象力。那时她还画画，我经常是送她去完绘画班，再送她去琴房，虽然忙碌，但看着她进步，也乐在其中。后来，她为自己的童话集还画了插图。

乖顺的女儿像春天的风一样，吹拂过后便是一片花红柳绿。作为父母，容易走言传身教的老路，像我的父辈们那样，总在我耳边叮咛与嘱托，而我和女儿从来没谈过大道理，也不会过多地干预她的兴趣爱好，而是学会尊重她、理解她、支持她。我能做到的就是给她当好司机，乐此不疲地送她上下学，送她学这学那，也许没学几天便放弃了，又学新的了，我也从不会埋怨，反正你学什么我都送你，从小学到初中再到高中几乎没有间断过，许多年里推掉了数不胜数的应酬，少喝了不少酒，这也让女儿对我这个老爸有了全新的认识。

那时，我在文学院当班主任，很多学员都和我的女儿有过接触，他们夸我有一个优秀的女儿，既会写作，又在人前彬彬有礼。每每听到这些赞美之词，我心里都美滋滋的，很是受用。女儿小时候其实是个话痨，每天都会说到我睁不开眼睛为止，后来长大了些，却变成了一个比较内敛的孩子，一般时候她不特别活跃，也不特别爱说话，但要是遇上对脾气的人，她就会没完没了，非得聊上个半天不可。

女儿小的时候喜欢和我在一起，天天缠着我，那种天伦之乐，每每回忆起来都是甜滋滋的。那时她每天睡前，都让我给她按摩足底，不按就不睡。我就天天给她按摩，一直按到她睡着了才为止，却一点不觉得烦不觉得累。后来她长大了，却喜欢和妈妈在一起，这无形的变化，令我几近措手不及，相当失落了一阵子。再后来，她考取了中央戏剧学院戏文系，步了母亲的后尘，家里忽然间缺少了一个身影，那种空旷感是无法言说的。我只能盼她回家，尤其是到了节日，希望她回来，也许这证明我老了。她给我的每一个微信，都会让我快乐半天，而每一次从车站把她接回来，一路都是满满的幸福。

女儿的天性随了母亲，温柔善良，她的未来或将在文字上摸爬滚打，无论她将来做什么，美好的基础教育已经在她的心灵深处开了花。都说父母是孩子最好的老师，而我们倒觉得孩子无形当中教会了我们怎样返老还童。

从小，懂事的女儿就安安静静的，喜欢一个人沉浸在自己的童话中。她是出了名地好玩，童年时代哪怕是大雨天，她也会打着伞跑出去玩。家里的布娃娃、窗前的植物，还有她幻想的各种精灵，都是她的玩伴。她一个人分饰许多角色，像演戏一样地玩，无形之中，这也为她日后写作打下了基础。临毕业时，她与同学们为母校做了汇报演出《有冇》，从采访到编剧，从排练到演出，她都付出了极大的努力与辛苦。最后，她出演了主角，很出彩，还登上了中国国家话剧院的舞台。

2016年，女儿从中央戏剧学院戏文系毕业了，出了校门便开始撰写剧本，且一播放就被高点击率覆盖，很快破亿，几个月之内名列乐视网排行第一名，且很久没有被超越，她还做儿童剧和电影，每天忙碌着，成长着。

在女儿出世之前，我便苦心经营着这个小生命的名字，翻遍了字典也无从下手，某一天忽来灵感，就叫她"小灯笼"，喜庆又有活力，大俗大雅。这个名字得到了许多朋友的赞美。我愿意她能有自己的事业，并且成功；更喜欢她有平凡自在的生活，过好每一天，只要快乐着。

忧乐情怀

范垂功

孩提时，一天我央求二叔给讲个故事，二叔讲了爸爸的故事。民国时，爸爸在四平中学教书，一天来了个愁眉苦脸的客人，说他的孩子被绑票了，绑票的土匪头以前跟爸爸念过书，劳驾爸爸进趟山，把孩子要回来，什么破费都豁上了。爸爸答应了客人，进山，领回了孩子。孩子家人特别高兴，要用商号、田产酬谢爸爸，爸爸说，他只要"友谊"，喝完友谊源的酒就扬长而去了。

后来一天我问爸爸："为了救那个孩子，你一个人进土匪窝，怕不怕？"爸爸说："那个土匪头是我的学生，他们家困难，走读，经常不带午饭，饿肚子，我挺同情他，曾经长时间接济他，给他钱，要他上街吃午饭，一个掺豆面的苞米饼子，一碗豆腐脑就算吃挺好一顿午饭。"我又问："你去要孩子，他们没难为你吗？"爸爸说："我对他们说，孩子爸爸要我对你们说，他要给你们个商号，给你们几垧土地，要你们金盆洗手，回去经商、务农，过个平安日子吧。"爸爸还说，在经济方面自己还可以帮他们一把。他们说："谢谢你们了，不过我们最近有个重大决定。"后来知道，他们投奔抗日队伍了。我又问爸爸："你冒着生命危险救了那个孩子，孩子家人要酬谢你，给你商号、田产，这是多么使人高兴的事啊，可你分文不要，为什么？"爸爸拍拍我的头顶说："你还小，不懂什么是儒家忧乐情怀，等你学习多了，兴许能明白些。"

在以后漫长的学习过程中，我对儒家的忧乐情怀逐步有所了解。儒家文化的思想核心是仁，即爱人。从孔子赞誉的"贫而乐""知之者不如好之者，好之者不如乐之者"可见，忧乐情怀是儒家仁爱文化的最高表现形式。历代思想家，在不同历史条件下，拓展了忧乐情怀的内涵。在忧的方面，从孟子的"生于忧患，死于安乐"，到屈原的"长太息以掩涕兮，哀民生之多艰"，再到杜甫的"穷年忧黎元，叹息肠内热"等诸多名言，莫不道出历代精英对国家对黎民的责任与关爱。对乐的方面，从"父母俱存，兄弟无故"的天伦之乐，到"仰不愧于天，俯不怍于地"的为人之乐，再到"君子乐得其道"的得道之乐，直至"乐以天下"的至乐，可推出乐不是个人物质欲望满足的乐，而是修身之乐、得道之乐，胸怀天下、心系苍生之乐。范仲淹则从忧乐情怀的制高点和广阔度拓展了忧乐情怀的疆域，强调"不以己欲为欲，而以众心为心""进则尽忧国忧民之诚，退则处乐天乐道之分"，是说，不管身处顺境还是逆境，不管在位还是退位，都要怀有"先天下之忧而忧，后天下之乐而乐"的至高情怀，可见范仲淹把儒家忧乐情怀推到登峰造极的境地。

九一八事变后，日本帝国主义侵占了东北，爸爸离开了四平中学，到辽东山区龙门汤私塾教书，后来做起农民，过起"晨兴理荒秽，戴月荷锄归"的农民生活。伪满时，家里几次来过几个"穿皮鞋，披大氅"的客人，要爸爸出山做县长什么的，都被爸爸拒绝了。中华人民共和国成立后，他的学生，当时万福县傅县长邀请他到熊岳中学教语文，他欣然前往。

从儒家学派经典论著中，从爸爸的言行中，我逐步理解了古代文人学士的忧乐情怀。希望这种忧乐情怀吸取时代精神，不断发扬光大，成为家风传承下去。

重温家训　修德守心

范海洋

国有国法，家有家规。家风，家族的一种家规和崇尚，潜移默化地影响着我们的成长，是世世代代的传家宝。

前不久，我到杭州参观了历史悠久的"中华老字号"杭罗福兴丝绸厂，采访杭罗福兴丝绸的继承人邵官兴，听他讲家风，讲"诚心友善"的家风，倾听他回忆起十三岁那年背着扁担走街串巷，母亲面对出门两天归来的他的那种心疼。我在写下《诚心友善代代传》采访手记的同时，也在感怀家风的传承。

我出身平凡之家，没有丰功伟绩，也没有可歌可泣的故事，但是我也有传家宝。祖辈的家训，父母的教导和勤劳，涵盖伦理道德和为人处世方方面面的家风，给予我平凡而不竭的智慧和力量。

孝道当竭力，忠勇表丹诚，兄弟互相助，尊师如重亲，礼义勿疏狂，逊让敦睦邻，敬长与怀幼，怜恤孤寡贫。

家风尚礼。对长辈孝敬，对上级忠勇，对兄弟互相帮忙，对老师要像尊重家长那样，对邻里要敦厚和睦相处，对待老幼要有爱心。"尊重"两个字，这是我一生学不完的课程。

家风质朴。母亲常对我说："见人要说话。见到长辈有尊称，迎来送往有礼貌。"对人尊重，也是对自己的尊重。母亲对人友善，对长辈、亲朋和邻里都十分舍得。每逢过年过节，她总要带上我，带上自己亲手准备好的礼品到亲属家串门，亲手包的粽子，刚出锅的包子，香喷喷的腱子肉……很多是我和哥哥眼巴巴看着流口水，还没吃够的美味。那时我和哥哥还小，还不懂得"好东西要分享"的道理。直到后来，得到了许许多多贵人帮忙，我们才理解母亲的心，那是她用尊重、用勤劳的双手，为我们结下的善缘。

谦恭尚廉洁，绝戒骄傲情，字纸莫乱废，须报五谷恩，做事循天理，博爱惜生灵。

家风崇文。谦虚谨慎，戒骄戒躁，惜字如金，怀着感恩的心、悲悯的情怀，积累知识，帮助他人。

字如其人。字也是门面，汉字是我们中华民族特有的文化表达和传承。世界上的语言，只有汉语有阴阳平仄之分，极富有音调和韵律的字组合在一起，有诗，有散文，有小说，各有千秋。字相同，每个人的写法不同，组合起来成了不一样的文章，读起来朗朗上口，拓展人的想象空间。近些年汉语热正在复兴，从拼音到方格，学汉语不难也难，学得了外在，而内在精髓需要经历加以参悟。或楷书或行书或草书，"家风"两个字，有些写在纸上，有些写在心田。纸上得来终觉浅，绝知此事要躬行。世世代代演绎的家风，在有形与无形之中，似乎千变万化，又似乎恒久隽永。

我从小就对带字的东西感兴趣，有文字的东西我总要看个究竟。父亲说："写字要写端正，惜字如金，不夸大其词，要言之有物。"父亲的字，我是敬佩的。小时候，我经常钻进爸爸的书柜里玩"捉迷藏"。在搬进搬出书本的过程中，那些写着我看不懂的字和有配图的书像一个个宝藏，于无声中占据了我大半个童年的时光。我常在里面翻出来爸爸的笔记本，好看如音符般的连笔字，我认不清几个，误认为长大了，都学写这么难的连笔字。爸爸经常受人之托帮人家写写牌匾，或挂在堂前，或摆在店面，那一笔一画的字，引来无数人敬佩的目光，尽管我们家不以此为生计，但我明白，字要写好，不仅可以写好自己的名字，还可以帮助他人。我也一度认为，把字写好，就可以写好文章，就可以拥有很多书籍，就可以有自己的宝藏。

横平竖直。练笔从最开始用格尺逼着写得整整齐齐，到一笔一画认认真真地写田字格，工整的字迹曾为我读书阶段的作文赢得高分，经常被老师当作范文在课堂上读给大家听。我渐渐喜欢上用文字来装点门面，用文字来抄写美丽的诗篇，用文字来书写我的惊讶与欢欣。

处世行八德，修身奉祖神，儿孙坚心守，成家种善根。

家风重义。家风是一种坚守，不忘本分，不忘初心。为人处世，德行是根本，志向远大、持之以恒、有情有义、品质好、有诚信的人，无论走到哪里都受人欢迎，都会带给周围温暖积极的能量。

成败，福祸，仿佛都是因果，又仿佛并非一成不变，物极则反，否极泰来。无以规矩，不成方圆，一个人若没有好的家风、没有好的教养，往往容易误入歧途，即便是取得一点成就，也会付之一炬。

范仲淹的《岳阳楼记》写道："先天下之忧而忧，后天下之乐而乐。"我为范仲淹的大义情怀感到自豪，也为"范进中举"得失之间的转变而感到遗憾。同样姓范，历史已经走远，故事永远流传。

我们是龙的传人，家风，不仅仅是自己的家风，更是大家的家风、国家的国风。小家碧玉也好，大家闺秀也罢，无论怎样，我们要有自己的家风，有故乡的家风，有国家的家风。

守心，静下来，重温家训，感悟朴素的人生哲理，修身养性，勇敢实践，把祖宗的家风传承下去。

读书医愚
——致父亲

冯　璇

　　一架葡萄藤、一群孩子、一把二胡(或笛子)，兼有荷锄而归的邻人，在20世纪70年代夏日的傍晚，这是最温馨的一幅插图。这时候的你是我们的焦点。此时的你一定是快乐的，滑动或颤动的手指，低垂或昂扬的头，传达了一种叫民乐的东西，给了我和伙伴们最初的遐想和启迪。记得后来还有《牡丹之歌》《绒花》《送别》，都是你用二胡或笛子教会我们的，包括一些外国民歌《红莓花儿开》《草帽歌》《拉网小调》等等，我今天依然记得那些悠扬的曲子——《一枝花》《鹧鸪飞》《三五七》《早晨》《姑苏行》……后来我们才知道，你是用这种方式让我们早早地认字。那些歌词会唱了，字自然也就认得了。我和弟弟最初认的字就是来自这些歌谱。随后我们有了识字的兴趣，并早早地抢书攻读。现在回头看，你是"别有用心"的。后来我们皆对音乐有兴趣，两个弟弟一个因笛子独奏《扬鞭催马运粮忙》而叫绝军营，一个因无师自通演奏《二泉映月》而名震校园……

　　你以一个东北财经师范生的身份教育我们，这远远高于当时闭塞、落后的教育模式。你说，你这辈子是失败的（父亲因当年写大字报对"文革"有质疑而被停职），但是读书让你的日子有了光亮。你为了我们不再重复你及你的父辈们面向黄土背朝天的生活，一再告诉我们：只有读书你们才能走出这里，才能知道世界的宽广；只有掌握知识，你才具备能掌握命运的本事。我那时真的太小，"读书"和"本事"这两个词在我的概念里是朦胧的、模糊的。当我五岁识字，七岁上学，并在同伴们羡慕的目光里给邻居们读报纸的时候，我依旧不懂你的希望，而更多的时候甚至是逃离……

因为你剥夺了我童年许多的欢乐。比如我和两个弟弟完成作业后依然要读书，要练二胡，要背《三字经》《弟子规》……有时还要接受你的"考"，而绝对不能像我的小伙伴一样放野地玩。当时的教育无论是学校还是家里都是宽松的，没有繁重的课业负担，可我们姐弟几个并不自由。记得你常常说，只有童年、少年读过书才不会轻易忘记，会对你们将来有用，对成长有用，时间不等人的，转眼你们就长大了。

等到我稍大一些，我能理解你的心思了，你就在你有空闲的时候，引领我读你的那些书籍。记得那时常常停电，我们就会在烛光中翻开历史，走近英雄。遇到我不认识的字或词，你会耐心地讲解。第二天，依然要提问。"温故而知新"是你常常说的话，也是我最初懂得的道理。那些《中国文人故事》《野火春风斗古城》《闪闪红星》，亚瑟·柯南·道尔的《福尔摩斯探案集》，高尔基的《童年》《在人间》，溥仪的《我的前半生》《第二次握手》……十岁之前我全部读过。当时课堂上语文老师提问的时候，我会第一个举手，而且历史和语文的成绩最好。这跟读书有直接的关系。记得你常常说的一句话是：读书医愚。你还举出好多例子：打砸抢的人群中很少有读书人，因为他们不知礼，野蛮的心性没有退化；读书人中也很少有偷盗的，因为那不是读书人所为……还说过古今大凡成事者，都是晨起五更的书香子弟。只有读书才会长见识，会让你到过很多脚步没到过的地方……这样的话就是老师在课堂上也没有说过。我们姐弟几个是幸运的，因为我们都养成良好的读书习惯。渐渐地，我也知道，我真的要有本事，不然像我这样身单体弱的肩不能担手不能提的是很难走出大山沟的。

那些现在看来都不过时的书的确给了我们不一样的时光。我们姐弟几个的学习成绩一个比一个好。那时，我对课外书有着强烈的阅读欲。当我帮助同学照看其弟换来小人书的阅读权时，你没有训斥我；当我去你同学家借来那些名著时你也没有训责我；可我用餐费购买《航鹰小说集》并被你发现时，你却大发雷霆。多少年后，我才懂得，这是你的一种疼。那年夏天，我以优秀的成绩考上县高中，两个弟弟也以高分升入初中的时候，你竟突然离去，我和弟弟在一夜之间必须长大。我不知道上苍在冥冥之中是不是早有安排，平日里你那些励志磨难故事，是否让我们来承受人生苦雨？要不怎么会在那个不开晴的夏天让我们泡在泪水和回望里，逼我们咬紧牙关……我才知道你之所以要我们加倍地读书，做不是那个年龄该做的事，是想让我们快点成长起来，以便有能力来应对命运里没有父亲的意外和悲凉。

今年是你走后的第三个十年，我想告诉你，读书医愚的教育是对的。两个弟弟如今虽然不在大城市，却都有优于同龄人的安身立命之所。我和两个弟弟到今天也对读书、买书、藏书有些分外的执着。我家里的藏书已经达到了三千册。如果你看到这些，我想，你一定是欣慰的。我不知道我们是不是像你当年期盼的那样：一个个走出了大山沟，不再重复你的人生。这是不是实践了你当年的夙愿？是不是给你带来长脸的荣光？

细雨纷飞的清明，我和弟弟相约在你的墓前，一束鲜花，一杯淡酒，除了诉不尽的思念外，我常常想对你说：你给了我们不一样的童年，这是我们一生的基肥。我们虽不是人中豪杰，却正直茁壮，方正善良……要感谢你对我们的教育。

在一缕香雾缭绕中，我分别告诉弟弟的两个小小子，一定记住你爷爷的四个字：读书医愚。只有读书你们才能认识自己、认识世界，更清楚地掌握人生的方向和活着的意义……

父母的品行是孩子成长的模子

风萧萧

良好的家风能让子女一生行进在铺满阳光的锦途上；败坏的家风会使子女一生在通往地狱的泥淖里爬行。

我出生在辽东半岛的一个小镇。小时候，有一户胡姓邻居，用街坊的话说是个"打四邻"的主儿。农村住家过日子，常为地边地角等鸡毛蒜皮小事发生争执，胡家与他人稍有不睦，全家齐上阵，不把对方整治老实，绝不善罢甘休。胡姓女人是个拔东家棵葱薅西家根蒜的人，不贪点小便宜睡不着觉。男人呢？游手好闲，偷鸡摸狗，整天喝得醉醺醺的，喝高了骂大街，搅得邻里不得安生。

他家有两个儿子，自小就小偷小摸，手脚不干净，走到哪儿人们都防着，出于对胡姓父母的忌惮，大人们不敢在明面上呵斥胡家的孩子，只能提着耳根提醒自家孩子，别和他俩一起玩耍。

胡家的小儿子和我一般大小，在一个班级上学。小孩子不分好赖，又是邻居，免不了上下学一起走一起玩。

夏季时，胡家的小儿子和班级里的调皮鬼常到山脚下的果树队的果园里偷时令水果。看几个小同学吃水果的香甜劲，不馋得流哈喇子是假话。我家只父亲一个人上班挣工资，养活一家九口，生活拮据，能填饱肚子就不错了。我虽是家里的老疙瘩，父母平时对我疼爱有加，好吃好喝的格外给我留一口，也没有多余的钱给我买水果吃。

有一天放学，我实在抵不住诱惑，主动跟着胡家小儿子的一小帮奔向果园。几个小家伙驾轻就熟，钻过了园障子，奔向果树林深处。我第一次干这样的事，提心吊胆，慌里慌张地爬上了一棵桃树。看到满树的桃子，我将背心掖进裤子里，把摘下的桃子贴身放到胸前。我沉浸在采摘的幸福中，忘记了是在偷窃，下树时被看园人逮了个正着。

小镇很小，他们认出了我是冯家的老小子，我被提着脖领押送回了家。

父亲是个木匠，没有多少文化，性格倔强正直，听了这件事后，将我提起，扔到炕上，抄起屋角的木板条，狠劲地抽打我的屁股和后背。边打边说，穷人有穷志气，饿死不当贼。你听好了，我冯家几代，没有干过非偷即摸的事，你再有一次我不打断你的腿我就不是你爹，让人背后戳脊梁骨，活着还有人味吗？此时的父亲，已不是平时对我"老儿子长老儿子短"的父亲了，完全是凶神恶煞。

晚上父亲没让我吃饭，也不让我睡觉，让我在外屋里思过。

这次被父亲暴打，我好几天都不敢坐，记忆深刻，以后成长的日子，我一有点非分之想，一种疼就会在心中升腾。

印象中，父母对邻里总是宽容的。我家东墙根种了几棵樱桃树，果实成熟时，邻家的小孩骑在墙上像吃自家的东西一样自如。大哥看不过眼，高声把他们轰走了。全家吃饭时，母亲和声细语对我们说，小孩子没有不淘气的，吃几个樱桃就那样大呼小叫的，万一有小孩掉下墙摔着了，怎么和人家大人去讲？父亲也说，樱桃熟了就是吃的，谁吃不是吃，用得着急赤白脸的，传出去不丢人？

西屋家邻居，瓜的藤蔓每到夏季都爬到我家草垛上，在上面开花坐果，待秋季瓜成熟了，母亲就让我们把瓜摘了，送给邻居家，都成习惯了。

那时，我们家吃商品粮，供应标准低，又没有什么副食辅佐，孩子们又正长身体，个个都是饕餮鬼，纵然母亲精打细算，到月底时也常米缸告罄，不免到邻家借一瓢苞谷面或苞谷楂子。月初，供应粮下来了，母亲归还时，生怕亏欠了人家，把瓢都装得冒个尖出来。

父母没有给我们留下什么财富，但对自家的孩子管教苛刻，对别人厚道宽容的处世方式，让我们兄妹七人受用一生。我们几个子女，都是普普通通自食其力的劳动者，没有不良嗜好，和周围的人都相处融洽，本本分分过着平淡的小日子。

父母已作古多年，每次回小镇，遇到老亲故邻，他们都竖大拇指，说，你的父母为人没的说。

安息吧！父母大人，这是否是你们常说的"雁过留声，人过留名"。

如今，我已年过不惑，理解了父亲当时恨铁不成钢的深意。父亲长挂在嘴边的一句话是"惯子如杀子"。父亲是用一种暴力，体现了对子女的深爱。如果当时以溺爱的方式迁就了我，我不一定会长成啥样的歪瓜裂枣呢。感谢父亲在那个懵懂年龄施与我的暴力，让我牢记一生，有个"怕"字时刻高悬在我的头上。让我永远明白，安分守己才是做人之本、立世之根。父亲是把爱深深地埋藏在心底。

一次，回到小镇，问起胡姓哥儿俩，大哥说，胡家老大和一伙人持刀抢劫，弄出了人命，早被政府正法了。小儿子整天到农村赶集，常被人打得鼻青脸肿、鼻孔蹿血。

我不解，问："怎么会这样？"

大嫂说："他去赶集不是倒腾买卖，是去掏包，被人抓住了当然要挨一顿胖揍。"

我明白了。

哦！我的父亲啊，我的父爱啊！

父亲的铧犁

富福安

1972年，我的老家因修建水库动迁，搬到十几公里外一个叫前蒿的山沟沟里。而恰好这一年，我出生了。在我上面，有三个姐姐，加上父母共六张嘴，生活境况可想而知。当时动乱还没结束，国家千疮百孔，老百姓水深火热，大锅饭吃得上顿没下顿。父亲是乡里教书先生，每月工资不到三十元，又要供四个孩子读书，非常艰难。父亲高中毕业，也算是十里八村的文化人，自然能识文断字，帮人立个文书写个对子，偶有婚丧嫁娶设账桌都要请去，一来二去渐渐赢得村民的敬重。母亲因外婆病重初中被迫辍学，回家务农。喂猪喂鸡，种豆种瓜，做饭做菜，从天蒙蒙亮忙到天麻麻黑，一天赶一天，一年撵一年，日子就像朱自清笔下的《春》中写的一样，眼巴巴盼望着，盼望着，好日子早一点到来。

小时候，家里是外来户，村子里原本谢刘两大户，我们满族富姓独此一家，刚到村里那些年，自然被欺生。好在父母一辈子自力更生，从不求丁人，时时让我们小心，处处让我们谦让。母亲更乐善好施，左邻右舍后来相处得十分融洽。说到底，还是父母的为人所致。父母常告诫我们，人无论在什么地方，无论在什么时候，都要自立自强，都要自重。尤其是父亲，一辈子要强，他总说，人生在世，活的是脸面，自己对自己要有一份交代。

记忆中最深刻的一次，分田到户那年，当地人家都用牛马牲畜翻地。我们家没有牛马，父亲又不愿低下头去外人家借，何况人家牲畜也在使用。母亲急得直打转转，眼见着该翻二遍地了，自己的头遍地还没露潮乎土。父亲亲自动手组装了一只旧铧犁，扛到大田地里，就开始耕作上了。父亲在前面用绳子拽，母亲在后面扶犁。当时，正是晌午，烈日炎炎，父母汗流浃背，但父亲牛一样的脊背愣是没有塌下来。村民们震撼了，耕到快剩三分之一的时候，送来了牛和马。父亲执拗不过，给铧犁套上牛马牲畜把地犁完了。

后来，家里都逐渐变非农户了，地被大队收回，父亲也不用再亲自耕地了。这之后，我们家在山沟沟里算是扎下了根，父亲的威望与日俱增。父亲用自己的一言一行挺起了胸膛，传袭着富氏家族世代不屈不灭的家风。他常常给我们讲爷爷奶奶的故事。父亲教导我们，做人就要腰杆子硬气，不能让人背后戳脊梁骨，要堂堂正正。正因为如此，我们姊妹四人都不负众望，考上了中专、大学，毕业后全部分配留城。这在山沟沟里当年也算是了不起的事。看着人们羡慕的眼神，父亲很是骄傲，他的付出得到了应有的回报。

在父母举家离开山沟沟的时候，全村的男女老少都来送行。他们从自己家拿来鸡蛋、花生、豆角、小米，争着抢着塞到汽车里。说不完的话，道不尽的情，饱含热泪，依依不舍，让人终生难忘。父亲遗憾没能把那只铧犁带走，每每回想起来都无法释怀。

转眼二十多年过去，再回到山沟沟里，已经是物是人非，由于选矿动迁，大部分人搬走了，或者人已不在了，剩下几户年迈的，偶有认出来寒暄几句便也作罢，一切烟消云散。父辈们的历史远去，属于我们这一代的故事将在别处翻开新的篇章。

父亲的酒和母亲的烟

傅万河

一

父亲早年是不饮酒的。

这除了家庭生计的原因，更主要的是他本人不太得意。用老人自己的话说，没有这个口道福。晚年儿孙满堂，逢年过节，大家都急着往家里赶，山珍海味谈不上，老爷子的酒自然是少不了的。到了他孙子这一辈，出手更是了得，什么茅台、五粮液，甚至白兰地、法国干红，都想让老爷子补上大半辈子的缺。父亲有时高兴了，也会烫上一壶，不多饮，只三盅。三钱左右的小酒盅，约一两。这时父亲的面颊便会慢慢红润起来，一脸的皱纹都舒展开。我的侄儿们便争着抢着抱过他们的孩子，一个一个让太爷爷亲。父亲便在每个孩子的嫩脸蛋上喂一下，嘴里还不停地夸着："俊，真俊。"灯光下看老人，长长的眉毛抖动着，两只眼睛流闪着一种异样的光，往日的威严全不见了，一脸的迷醉，一脸的慈爱。往往这时大嫂就开腔了："行了，行了，别都来献宝了，看给老爷子累着。"父亲总是笑着说："嘿，过日子过的是啥？过的就是人嘛！"这仿佛成了我家春节的保留节目，一直延续了十几年。好多年以后，当我的小孙女偎在我的膝弯，仰着头注视着墙上父亲的照片，天真地说："爸爸的爸爸是爷爷，爷爷的爸爸就是太爷爷了。"我的心中就会自然地重播出那无比温馨的一幕。

二

母亲吸烟，比父亲沾酒要早得多。

在良玉古镇西头，也就是蜈蚣岭和西庙之间，有一条弯弯曲曲的小河沟。小河沟两岸簇拥着绿柳，柳荫间散落着十几户郭姓人家。母亲的姥姥家就姓郭。母亲十六岁那一年（父亲比母亲大九岁，那当是1925年），灾荒加兵患，姥姥和姥爷的日子实在过不下去了，便和村里人搭帮举家逃荒去了"龙江省"。也正是这一走，铸就了姥姥和姥爷悔叹了一辈子的事，把他们的大女儿狠着心嫁给了穷山沟的老屯，为的是那一点点逃荒的盘缠钱。当然，这家人家也是根本人家，虽说是山旮旯，倒也能吃口饭。姑爷儿岁数大了点，可老实巴交，想来闺女嫁过去也不能受气。这就是姥姥、姥爷对我母亲兰儿婚事的全部判断。父亲在良玉集，从驴驮子上卸下了几百斤谷子，换了钱，便由三爷领着（三爷是父亲的三叔，庙里的香火，跟郭家关系极好），又用驴驮子驮回了自己的新娘。十七八里的山路，母亲哭得死去活来，父亲一句话也没有说，倒是三爷哼哼呀呀地喊了一路梆子腔。他当然很开心，能给二十大几的侄儿说上个如花似玉的媳妇，又仅是几百斤谷子的价，香火老三的心里该有多敞亮。可怜了我的母亲哟，一个十六岁的女孩，小小的心灵怎能装得下这么多的离愁和悲苦，那稚嫩的双肩又如何去承载日后生活的重负？

这是母亲开始吸烟的日子。

如今的女孩结婚，要多排场有多排场，要多气派有多气派。有人特意坐飞机去北京举行婚礼。说不定再过几年，人类的青年男女到月球上度蜜月，怕也是极为普通的事了。这是多么温馨和谐的时代，又是多么让人异想天开的时代。然而，八十多年前，在战争和苦难折磨得人类奄奄一息的岁月里，母亲的新婚之夜只是一盏豆油灯和一管笤老旱烟。老姑见母亲不吃不喝，便给母亲找来了一个小烟袋。聪明伶俐又能说会道的老姑是爷爷的老闺女。在我的记忆中，老姑是我们家几代人里最受尊敬的老姑奶了。尽管她比母亲还小上好几岁，却成了我母亲抽烟的师傅。那时光，在北方，特别是在东北，女人抽烟是极普遍的。"关东山，三大怪，窗户纸糊在外，养活孩子吊起来，大姑娘小媳妇叼烟袋。"这就是关于母亲抽烟的时代和由来。

三

父亲是20世纪的同龄人，生于1901辛丑年。父亲母亲共生育了我们弟兄姊妹八个孩子，当我这个老疙瘩出生时，父亲已经是知天命之年了。翻身、解放，共和国成立，好日子就像春天的柳树狗，一天发一茬，一天一变样。那时大哥参军在外，父亲母亲带着二哥、三哥、大姐一帮孩子侍弄地，当年就是个丰收。秋下来，别人家的庄稼用车往回拉，我家人多，十多亩地的高粱、苞米都是肩膀扛回来的。看着刚刚上学的四哥、五哥也去扛秫秸，村里人都说，老傅家还能不发起来，连小猫小狗都往家叼柴火。那一年就盖起了三间土坯房。那一年大哥也就结了婚，娶了嫂子。那一年我也就急急地来到了这块土地上。我的乳名叫"连喜"，这大概就是父亲给我起这个名字的缘故吧。

多年的艰辛岁月，四十多岁的母亲已经没有奶水哺育我，我从生下来就是大姐嚼饽子喂。再后来便是在一家人熬高粱米粥的大锅里，用纱布缝个口袋，放入少许粳米，这是父亲特批给他老儿子的"高消费"。及至上学时，就是高粱米饭。父亲总是用筷子剜一点猪油给我拌饭。我嘴急，又怕迟到，常常像尾巴一样在父亲身后转。父亲便用他那粗糙得像榆树皮一样的大手捧着碗，细细地而又急切地用筷子搅拌。嘴里一边吹着，一边还说："凉凉热热，莫烫小狗屁股。凉凉热热，莫烫小狗屁股。"四岁那一年，我得了荨麻疹，俗称"鬼风疙瘩"，浑身奇痒难耐。父亲就用他那双像老钢锉一样的大手给我摩挲，边摩挲边哄我："喜子听话喜子乖，爸给喜子买糖来。喜子听话喜子乖，爸给喜子搭戏台……"我便在父亲的臂弯里睡去了。

母亲说父亲后来能饮一点酒，和我两岁那年生日有关系。那天，父亲和互助组的李老井一起去石山站赶集，为的是买黑龙江克山的土豆种。傍晌午一场大暴雨，回来走到望山铺，山洪便下来了。李老井说找个人家借个宿，水过去再走吧。父亲从怀里掏出给我买的虎头鼠皮帽，说："今儿个是小老疙瘩生日，说啥也得赶回去。"傍天黑水也是小了不少，父亲便蹚着水往回赶，谁知水还是挺猛的，一下子便被卷走了。后来父亲回忆说，山水把他冲出去十几里地，被一个土崖子的老榆树根子挂住了。黑夜里，他艰难地爬上岸，见有一个小窝棚，里面亮着灯，父亲便挣扎着去拍门。一个满头白发的老太太救了他，给他换了干衣服，喝了小米粥。父亲说吃大葱叶子都不知啥味，耳朵里感觉就像驴吃草，咔哧咔哧的。后来父亲专门提着礼物去谢过，但怎么也没有找到。那处河湾的西面就是驿马坊，打听谁也说不清哪家在河东有瓜窝棚，又是谁家的老太太。打那，劫后余生的老父亲便落下了胃寒的毛病，偶尔心口疼，就点燃一盅酒，和着红糖送下。那一场险些夺去父亲生命的山洪，让父亲沾染了酒。大姐说，第二天父亲回到家，进屋就扒在悠车上看老儿子，手里还比量着那鼠皮的虎头帽。

四

父亲识字不多，十二三岁就给良玉一家叫德盛永的商号站柜台，那时叫学徒，现在说就是打工，且是童工。我有时猜想，父亲能写毛笔字、会打算盘……恐怕就是德盛永那两年苦出来的吧。

父亲离我们而去已经二十年了。作为20世纪中国北方的一个普通农民，他没有给我们留下什么财产，也没有什么要言妙论，甚至没有关于酒的点滴趣闻。他没有文化，也就谈不出什么酒文化，哪怕时下那些餐桌上必有的酒段子。然而，父亲却用他的人生，酿给了我们永远品味无穷的老酒。那是一些多么富含哲理、充满思辨的思考啊！

比如他说"拿人心比自己"，其实也就是孔子的"己所不欲，勿施于人"，即今天的换位思考。那个年代，队里青年点的伙食都不好，有些知青就常来我家贴补贴补。我那时在县里，有一次回来听说，上海那个小魏子，魏积雄，尝黏饽饽就尝了八个。父亲就说，都是熬靠的。我那几个孙子不也一样吗？就是离着远。真的，我的侄儿侄女那个时代就有八个下过乡，老大当特种兵也是从青年点走的。无怪乎父亲八十大寿，那些回了城的年轻人，抚顺、鞍山、大连，甚至哈尔滨、上海都赶来了。

又比如他不止一次地对我或几个哥哥说，当干部莫错了一个念头。喝凉酒睡凉炕，早晚是病。如今大哥过年也八十岁了，我也快退休了。弟兄子侄中做干部抑或公务员的，少说也二十多个，这些年也未闻有一个半个和腐败案子沾点边儿的。父亲临终时曾叮嘱我："你太聪明，太要强，又太拿事，太不服软……"父亲哪，你其实最挂念的还是你的小老疙瘩啊！

少小的时候，听父亲说话，句句是真理，仿佛高远的蓝天，明净、澄澈；三四十岁时，又感觉父亲的话那样浅显明白，像平川旷野，一览无余，似乎也不是绝对真理；如今再咀嚼父亲的话，竟又如云雾深处的密林古刹，幽远、深邃，久萦而难穷其味。

父亲，您是我一生中所遇到的最具学识的人。父亲，您更是我一生永远也读不完的经典。

五

如果说母亲的吸烟是历史的误会，那么，在母亲吸烟的历史上，却也颇有些趣事。父亲的伤寒病总是不见好，爷爷便叫二叔把父亲接回老屯去养。大哥、二哥、三哥能干点活的也都回屯了。母亲便领着大姐和四哥，怀里抱着五哥，随着逃难的人流北上去了黑龙江。那是母亲一生中唯一的一次回娘家，大约是1938年。当年姥姥姥爷逃荒落脚就在这绥化北的海伦一带。大舅为人敦厚，有的只是力气，便在林子里拉木头。二舅较精明，在铁路上谋个差，只是个半拉木匠。姥姥姥爷则带着孩子们开镐头荒。日子虽然不富裕，依然紧紧巴巴，但吃饭基本没大问题。大姐后来说，住的都是马架子窝棚，苫厚厚的草，院子用板皮夹着板障子。整天土豆、大楂子粥。家家都种毛嗑（向日葵）、种黄烟。女人都抽烟，说话打唠都嗑毛嗑。这对我母亲和孩子们来说，已经不啻福窝，简直就是天堂了。姥姥家的王家窝棚离海伦县才十几里路，日本关东军大多都开上前线，进关打仗去了。海伦的驻军并不多，但也时常下屯里来骚扰。年轻点的妇女，像二姨三姨这样的姑娘们整天提心吊胆。二姨说，那几个鬼子也都抽烟，一来就打巴勾打巴勾地要黄烟。母亲便说，赶明儿个再来，我逗试逗试他们。这其实不过是一种恶作剧。在我家乡，新姑爷来老丈人家拜年，总是要遭到小姨子们围攻的，什么招都有，叫"要姑爷"。有的笨姑爷也常被抹一脸锅底灰，叫"打画迷"，有的甚至被弄得鼻青脸肿。但"蛤蟆尿"一般是不能用的，闺阁中也都明白，怕给人坐下什么毛病。今日看来，对于手无寸铁又被欺侮的中国妇女，这也未尝不是惩罚敌人的一种机智。于是姐妹们便抓来许多公蛤蟆，专拣那个儿大的抓。把晒得通红的黄烟叶铺下，然后放上蛤蟆，扣上铁盆。蛤蟆折腾够了，铁盆里安静下来，便用棍子在铁盆上猛然一敲，蛤蟆突受惊吓，就把尿蹿在烟叶上。如此反复几次，蛤蟆就没尿可蹿了。这样再晾干的烟叶，人抽了，万万受不得惊吓。有一点外界刺激，就大小便失禁。我长大后，老姨曾对我学说过："那几个鬼子抽完'蛤蟆尿'之后，都贼眉鼠眼的，冷不丁一听我们放鞭炮，什么井上、松下、矢村的，都屁滚尿流蹿了。"

1985年7月，借在哈尔滨参加一个会议的机会，我曾专程赶往海伦。彼时姥姥、姥爷早都不在了，二舅已退休在家，住在海伦城里北街。我曾绕着县城走了大半天。这是一个不大的县城（现在已经是海伦市了），高大的建筑并不很多，但很干净，城市绿化也很好。没有大都市的喧嚣，静静地偎在松嫩大平原上。是哪位先哲给她命名为海伦的？这年轻的小城和古希腊神话东方美女海伦又有什么必然的联系呢？听了老姨讲的故事，我曾有些疑惑，我那吃苦耐劳、心地慈善、勤勉了一辈子的老母亲，苦难的生活教会了你抽烟，那是一种麻醉和解脱，可你却把烟草演绎出这样的故事。母亲，关于烟草，您还有哪些故事没有叫儿子知道呢，那不应该叫儿子知道吗？

六

父亲走后的日子，老姑订正了父亲与酒和母亲与烟的史实。老姑说："嫂子不会抽烟，我见她一脸悲苦，又一整天水米不进，赶明儿这三朝可咋办？便教她装烟、点火。"在那个时代，装烟是有很多讲究的。新媳妇进了门，拜天拜地拜公婆，然后才是入洞房。第二天起一连三天都要给公婆请安，这叫"拜三朝"。最重要的便是给婆婆装烟。彼时，新媳妇要亲手给婆婆装上一袋烟，且毕恭毕敬地递到婆婆手里，然后用取灯（火柴）划火、点烟。婆婆在接过新媳妇装的烟之后，很庄重地抽着。再掏出红包，赏装烟钱。以我爷爷当时的家境，媳妇过门就是劳力，就干活，没有什么可讲究的。但母亲给奶奶装烟，还是不可减免的，那意味着从今而后，媳妇就要听婆婆的，叫"随手"。（当然，这些老古董，在我母亲当了婆婆之后，都被她老人家取消了。从大嫂到我的妻，都没有拜过三朝，也都没给母亲装过烟。倒是在平常日子，她们都很有眼力见儿地给母亲装烟、划火。）那天，老姑教母亲装烟、点火，老姑也婆婆似的承受着抽起来。老姑便说："嫂子，你也抽一口。这烟，香。"母亲只是摇摇头，并没言语。站在一旁的父亲便说："抽吧。抽一口，能解闷。"母亲这才抬起头，正眼看了看自己的男人。母亲怯怯地说："那……你咋不抽呢？"父亲便红着脸说："我……我喝酒……"

于是，父亲便喝了头一口酒。

于是，母亲便吸了头一口烟。

其实，父亲沾了酒和母亲吸了烟，几乎是同时发生的事。只是问到母亲时，老人家总是摇头，笑而不答。再问，便说全都不记得了。

七

父亲一生最大的奢华是死后的事。一口红松木的棺材，足四六的尺寸。那时火葬刚刚提起，乡亲们还没有普遍接受，我家依照旧理，土葬。盛殓时，我将一坛子"闾山白"（本地烧锅的酒，用秋子梨做辅料，是父亲生前喜欢的酒）放入棺内，又配了九瓶"大凌川"（锦州产的酒，父亲认为是上品）。亲戚、朋友和乡邻们似有不解，我却执意放了进去。哥哥和姐姐们都没反对。

母亲一生所用的，要论值钱，当数那枚老翠嘴。那是1985年我到西安，在骊山古董店，巧遇一老妇人欲出售给店家，经店主说和买下的。母亲吸烟日久，所用烟袋嘴，有金属的，如白铜、铝，有石料的，但都极普通，没有名贵的。母亲是从不讲究的。然每见母亲好端端的两排牙齿，因含嚙烟袋嘴之故，上下左右对应处已深深凹陷，磨成了两个圆圆的孔洞，我心中就酸酸的。据店主介绍，玉石中的烟嘴当数翡翠，细腻、温润、冬暖夏凉，不但有益牙齿，且于身心也补益多多。那是一枚白脂绿云的老翠嘴，且雕工精细，用手抚来，温温的，放在面颊上，感觉腻腻的。母亲极是喜欢，吸烟时总端详，停火时就把不住撩起衣大襟擦拭，像小孩子第一次拿到电子玩具一般，把玩不止。母亲走时，我把母亲的骨灰轻轻地放入棺内，然后将那翡翠嘴的烟袋慢慢地送到近前。

母亲去世十周年，也就是母亲和父亲合葬十周年祭日，我们全家都来上坟了。从七十九岁的大哥、嫂嫂，依次而来到我这五十九岁的小老疙瘩，身后便是两位老人的孙子、重孙子……8月的秋阳依然沉静地泼洒着那亿万年不变的光芒，母亲和父亲的坟茔静静地卧在闾山脚下，坡下那一湾细水闪着粼粼的光，那是要流向绿柳簇拥的小河沟的，最后也终归是要流向大海的。

默默地摆放上果点，默默地点燃三炷香，然后是焚烧那些毫无知觉的纸钱……静默中，大哥给母亲点燃了一支烟，我给父亲斟上了三盅酒，是三钱的小盅。

秋阳无私地照耀着大地、田野、山川，照耀着这世上的每一个人。

老爸范儿

盖艳恒

老爸不老，才七十四岁。按联合国新的年龄段划分，这岁数顶多算个中年而已！我们这样说时，老爸哈哈大笑，那稀疏的白发及额头匍匐着的皱纹都颤巍巍地抖动起来。

老爸是有故事的人。在他二十几万字的自传里，有他人生的海水火焰，跌宕起伏，艰辛幸福。那些，是简单笔墨所不能描述的。

我现在能讲述的，只是一个可爱的小老头儿。

老爸有许多爱好，比如音乐，比如书法，比如绘画。我们小时候，经常围坐在小矮墙上，听老爸为我们吹箫。农村的夜晚寂静无边，干净的星空下，那曲《苏武牧羊》被老爸吹得苍凉凄婉、荡气回肠。家里有许多乐器，被老爸宝贝一样收藏着，什么二胡、吉他、三圆、二圆、电子琴、各种长箫短笛，还有一些到现在我都不知道怎么才能弄出声响的东西。我还记得，老爸画的丹顶鹤挂了家里的一面墙，惟妙惟肖，是我在小伙伴面前骄傲的资本之一。老爸的毛笔字在当地是有名号的，逢年过节，求他写对联的人络绎不绝。前几年我立志学习书法，老爸慷慨送我许多他珍藏的字帖和毛笔、宣纸等等，遗憾的是，在办公室蒙尘日久，险些都成了附庸风雅的摆设。

老爸对新鲜事物向来感兴趣。在乡政府退休后，弟弟买了一大块地，老爸按照自己的设计，在上面盖了几十间房子，一部分出租，一部分自己住。新居落成后，老爸开当地先河，分别安装了太阳能热水器和空调、电脑，在二十年前的农村，许多人还不认识这些东西，一时间，村里村外来参观的人络绎不绝。老爸把后院收拾成一座田园，栽种了各种蔬菜、果树。前院打扮成一座花园，若干种花草争奇斗艳。花坛旁还安装了一套健身器材，几乎成了村民们的健身场所。收拾这座大院子，是老爸每天早上的第一项工作。洒扫完毕，沏一杯绿茶，送报的邮递员就该到了。老爸订了许多报刊，都整齐有序地摆放着，订阅时间最久的，要数《参考消息》，那时，我们姐弟对国家大事的一知半解主要来源于此。老爸做事严谨认真，他的报纸从 1982 年至今，几乎没有遗漏，都根据时间先后码好存放在书架最上面，当然，现在已经分几处保存了。

老爸总说，他就是一个农民。可是这个农民不简单。早年，我们姐弟六人，要吃饱穿暖学好是件耗时耗力耗心血的艰巨且漫长的工程。老爸把辛苦劳作之余那点有限的闲暇时间都用在了看书读报上，从不随便去谁家串个门、话个短长什么的。但这不影响别人到我们家里来。乡下的夜很长，我们家的灯也会亮到很晚。小学文化的爸爸在乡亲们眼里是个大文化人，他们觉得上到天文、下到地理，似乎没有爸爸不知道的事情，他们虔诚地坐在老爸对面，听老爸给他们讲当前的时事政治，各地的风土人情、历史典故、奇闻趣事……那时候，看老爸习惯地靠在椅子上，一手端着茶杯，一手拿着纸扇谈笑风生的样子，我就想，传说中的学者也不过如此吧！当然还有更多的时候，那些推门而入的人是来求老爸给他们的孩子起个名字，或是断断家务事，或是希望老爸给他们的孩子找个工作，或是想求老爸做个什么担保、弄个什么公证，甚至帮着贷款，等等。我一直奇怪，他们怎么会有那么多事要老爸帮助解决，而老爸却基本没有拒绝过！现在的老爸，面对许多求助，解决起来明显力不从心。好在他有一群儿女，总会有一个能帮上忙的。

天马行空地有点扯远了，其实，我想说，读书才是老爸一生的热爱。我还记得小时候老爸每次进城回来，除了给我们买好吃的，还必然要有一摞书隐藏在硕大的包里，晚上放在枕头边，总是看到很晚才休息。老妈为此曾多次抗议，但未果。后来老爸差点因为用眼过度导致视网膜脱落而失去一只眼睛时，老妈便更加对他那些挑灯夜读的日子耿耿于怀了。

在农村时，老爸翻建了几次新房，都必须要有一个专属的书房。后来搬进城里，楼上楼下，老爸的书房都顽强地占据着巨大空间。那是老爸的密室，有老爸多年来收集、购买的五千余册藏书，并且都被编了号。我每次回家，也都要在书房里流连一下，看看老爸又新添了什么好书，惭愧的是，看得最多的是书皮。

前些日子，电视剧《人民的名义》热播，老爸追剧，嫌剧情拖沓，遂责成我买一本小说回来，边看剧边读原作，两不耽误。剧至尾声时，忽然让他四姑娘网购一本《万历十五年》，说是要研究看看，一本书是如何让人成为明史专家的。电视里的剧情需要，这老头儿居然当真了，你说愁不愁人！

写这篇小稿时，恰好老爸在家里的微信群里写了一首诗，作为他老人家七十四岁生日感怀，可见老爸心境。附于此：

生日有感

去年今日七十三，
老树增龄又一圈。
太平倍感时光短，
盛世方觉蜜不甜。
故人相见互讪笑，
齿落失聪目亦眩。
懒见秋风扫落叶，
愿闻春雨润桑田。

六水三梅忆旧家

高海涛

我的老家在辽西北的一个有矿山的村子里。我们一共兄弟姊妹八个，但母亲却一直坚持，说我们其实还有个哥哥，很小就没了，留在了科尔沁，风吹草低见坟头。所以，"你们应该是九个"，母亲反复说。父亲对此应该也是认同的，他说年轻时有人给他算过："六水三梅，儿女牵衣。"

这句话的意思有点含混，大概是指人多的意思吧，人越多越有家的感觉。因为我和两个哥哥年龄差距较大，在我出生前后，他们就相继结婚了，这样人口就越来越多，侄子侄女，加起来二十多口，也没分家，都在一起过。大年三十包饺子，别人家早都把饺子端上桌，放起了鞭炮，我家的饺子却一盖帘一盖帘的，还在耐心排队等待下锅。

读过《红楼梦》的都知道，但凡大家庭，规矩总是比较多的，用评点过此书的脂砚斋先生的话说，那就是"好层次，好礼法，谁家故事！"我们家因为人口多，规矩也比较多。比如饺子煮好了，嫂子们总要先盛出两三个，端上去让父亲尝尝熟没熟，这就是礼法，熟没熟不过是个说辞。不仅如此，家中大人孩子，上上下下，辈分是不能乱的。家里是这样，家外也是这样，不论见到任何人，都必须按辈分有个称呼，然后才能说话。在那个村子里，可能我们家的规矩是最多的吧，现在回想起来，真不知是谁家故事了。

几年前我在网上建了一个家族博客，并打上两句话："悠悠家事，郁郁家风。"但这家风具体是什么，却觉得很难说清。比如我们家的人都爱面子，上学时老师们一致评价，说这家的孩子知道害羞，不论男孩女孩，总是动不动就脸红。秋天队里收庄稼、拉庄稼，别人家大人孩子藏几穗玉米、掖几个萝卜，是很正常的，民俗而已。但我们家不行，大人孩子都不敢藏掖粮食，因为我们要考虑三姐的面子，她是大队书记。还有捡煤渣，我们村子的北山就是煤矿，所以大人孩子捡煤渣就成了一道风景。运煤渣的车一来，就蜂拥而上，你争我抢。但我和侄子侄女们从来不争抢，我们总是很文静地站在旁边，宁可捡点破煤回家。因为我们还要顾忌大哥的面子，他就是那个煤矿的矿长。我至今记得自己挎一筐破煤回家的样子，雪地上的脚印乌黑闪亮，我的呼吸如烟，到处飞扬。

这种容易害羞和脸红的习惯，算不算是一种家风呢？还有喜欢听书，这可能与父亲的影响有关。父亲小时候念过两年私塾，认识不少字，所以从年轻时起就喜欢说书和听书。他这个习惯首先激励了我，我从小就被人称为书呆子。忘不了在那些秋天和冬天的夜晚，一家人围坐在炕上，听我给他们念小说的情景，从《红楼梦》到《家》《春》《秋》，从《水浒传》到《苦菜花》和《创业史》，往往一念就念到深更半夜。

1978年我考上了大学，全家人都很高兴，特别是父亲，他好像一下子年轻了二十岁。在我读大学期间，为了供我读书，他在七十多岁的高龄上还要做豆腐卖，每天起早推磨，然后把做成的豆腐挑在肩上，比两桶水还沉，到矿山或集市去卖。那些年我每次放假回家，临行时从母亲手里接过的钱都是零零碎碎的，且浸润着父亲的汗渍和豆浆的水印。有时父亲走在路上，连过路人都有些不忍，就问：你儿子干啥呢？父亲大概很喜欢被这样问，总是慢慢撂下挑子，等直起腰才正式回答："能干啥？就会念书呗！"

父亲的骄傲可能一直持续到他去世前。我在大学读的是英语专业，毕业后留校任教，也是教英语。因此每次放假回家，我带的都是英文书。父亲问我："英文书讲了些什么呢？"我理解他的意思，就给他念英文书，一边译一边念。我知道这种念法不会很有意思，但父亲吸着旱烟，总是保持着听得兴趣盎然、津津有味的样子。

现在我真的很留恋那些时光，我趴在父亲身边，我念书，父亲听我念书，不管听到多晚，父亲也不厌倦。我有时甚至恍然觉得，其实不仅父亲在听，祖父、曾祖父、高祖父、天祖父们也都在听，这种情形俨然让一个辽西乡野之家，变成了书香门第，变成了书香世家，变成了《红楼梦》中所说的"诗礼簪缨之族"。

但尽管如此，我还是不敢说"诗书传家"这四个字。我只是经常想起父亲说过的话：六水三梅——不知这是否是对家风的一种概括。上善若水，红梅傲雪，那梅花不就像我们小时候脸红的样子吗？而且梅花的香气，在我看来，也总多少沾一点书香的意思。

树立良好的家风，从我做起

宫白云

在物欲盛行的当下，当我们谈到"家风"的时候，似乎这是一个很遥远的词汇，它自身的丰富已被纷繁的现实造成了人为的分离。普通家庭的小孩子，如果不向他们加以灌输何为家风，他们很难想象家风原来就是：百善孝为先，存好心，说好话，行好事，做好人。施恩勿念，受恩莫忘。勿以善小而不为，勿以恶小而为之。一粥一饭，当思来之不易；半丝半缕，恒念物力维艰。心口如一，童叟无欺，言出必行，诚实守信。与人为善，与邻为友，严己宽人，勤俭持家，等等。当为人父母者只局限于给自己的孩子好吃好喝、好穿好玩的时候，生命本质更深的根基与孕育绝不会找到恒久的土壤，他们未来的精神世界就会濒临饥饿，自然就会以追求物质的刺激来代替精神的力量。

中国自古就有立功、立德、立言"三不朽"之说，而真正能够实现者却寥若晨星，说到底就是教育的问题。而教育离不开家风，家风就是家教，有什么样的家教就有什么样的家风。鲁迅在他的《随感录三十三》中说："生了孩子，还要想怎样教育，才能使这生下来的孩子，将来成为一个完全的人。"

"怎样教育"是每个父母都需要深思熟虑的问题，一个对世界的了解与认识只停留在表面与肤浅层面上的父母，不太可能培养出具有深邃精神洞察力的孩子。胡适在晚年曾对他的秘书说过这样一番话："娶太太，一定要受过高等教育的；受了高等教育的太太，就是别的方面有缺点，但对子女一定会好好管理教养的。母亲有耐心，孩子没有教不好的；孩子教不好，那是做母亲的没有耐心的关系。"胡适的话虽然有些绝对，但也说明了母亲对子女教育所起到的关键作用。一个母亲就像水，不仅洗涤子女的四肢，还一定要洗涤子女的心灵，而这个洗涤心灵的过程，其实也就是与子女一起树立家风，建立其世界观、价值观的过程。

现在的中国式的家庭与学校的教育方式其实已经远远地背离了中国传统式的家风，根本不去教育孩子修身律己、礼义为先，往往以名利、分数为准绳。遇见小孩子，我有时会问："你长大了想成为一个什么样的人？"十有八九的小孩子都会这样说："我长大了想成为一个有钱人。""有钱人"成为小孩子未来的理想。金钱成为衡量一切的标准，不仅是教育的失败与悲哀，更进一步说是现实社会对人思想行为的无情蚕食。

大家都知道，一个人的成长是一件不容易的事，首先，父母要以身作则。晚清名臣曾国藩常对子女说，门第太盛则会出事端，主张不把财产留给子孙，子孙不肖留亦无用，子孙图强，也不愁没饭吃，这就是他所谓的盈虚消长的道理。而我们现在的父母打从孩子一出生就灌输给他们，父母的所有都是他们应得的，这样既造成了他们躺在父母的身上喝父母的血汗而心安理得，又造成他们在社会这个大舞台上的不适应，有的甚至连基本的生存都是问题，这是为人父母的失败。

中国是礼仪之邦，五千年的文化传承至今，希望从我做起，让好的家风不在我们这个时代流离失所……

慈母遗训跟党走

郭春雷

母亲去世时，她孙女刚刚过完一周岁生日，如今我闺女快四周岁了……过去的三年里，每个不眠之夜，母亲生前对我的各种嘱托，都曾一一闪现在我眼前，出现次数最多的句子却是"你爸你妈都是共产党员，你得入党，得跟党走"。

读小学的时候，我是第一批少先队员；读初中的时候，我是第一批共青团员；读大学的时候，我又是第一批入党积极分子。根据马列主义的质量互变规律，我志愿加入中国共产党是有量变原因的，我成为中国共产党党员也是有质变结果的。

按中华人民共和国成立初的逻辑，我祖父和外祖父都是贫农出身，我这个根红苗正的工农兵后代，理所当然地应该是清新上进的。但是大学毕业的这十八年里，我和我的同学们一直陷入恋物癖和小资情调而难以自拔。这种现象警醒了我。《论共产党员的修养》本质上并不是说，我们工农兵出身的党员，必须学会书法绘画太极芭蕾美声瑜伽，那些都是砖瓦，我们最需要打深世界观的地基、搭牢方法论的框架。

《论共产党员的修养》引用过孔子、孟子、曾子的名言，并强调了毛泽东同志的知行统一观：实践、认识、再实践、再认识。这种形式，循环往复以至无穷，而实践和认识之每一循环的内容，都比较地进到了高一级的程度。这就是辩证唯物论的全部认识论，这就是辩证唯物论的知行统一观。

当然，《论共产党员的修养》也有措辞不够严谨的地方：古代许多人的所谓修养，大都是唯心的、形式的、抽象的、脱离社会实践的东西。他们片面夸大主观的作用，以为只要保持他们抽象的"善良之心"，就可以改变现实、改变社会和改变自己。

毛泽东同志的知行统一观，并未明确反对我们向中国古典哲学和美学经典学习，借读书做学问提高认识、改造主观世界，也可以说是为改造客观世界做思想准备。

我清楚地记得，读小学时母亲教我唱《国际歌》的情景，歌词中就有这样的句子：从来就没有什么救世主，也不靠神仙皇帝，要创造人类的幸福，全靠我们自己。

家风就是母亲的那些唠叨

郭宏文

忽然有一天，我明白了一个道理，原来，家风就是母亲的那些唠叨。母亲的唠叨，不对别人，只对她自己的儿女。

母亲坐在洋油灯前唠叨："人活着，就是过好一个个的白天，过好一个个的黑天。白天直硬，认准一个门儿，就是跟着太阳走，太阳出来了，白天就有，太阳落下去了，白天就没了，白天任折不弯，咋也抻不长；黑天柔软，有月亮和那么多的星星照着，月亮没了，星星有的是，黑天就像皮筋一样可以抻长，过好黑天，人的日子就抻长了。"

母亲纳鞋底时唠叨："你们这些孩子，上辈子曾经给我当牛做马，给我做了许多的好事和善事，是我亏欠你们的，这辈子我就要还给你们，所以，平时我为你们做啥都是应该的。给你们做事是我的快乐，享受我做事的过程，也是你们的快乐。"

母亲烧火做饭时唠叨："有一口锅，才会有一铺炕；有一铺炕，才会有一家人；有一家人，才会有一个院落；有一个院落，才会有一个山屯。锅热，炕才热；炕热，家才温暖；家温暖，院子才欢实；院子欢实，山屯才兴旺。山屯人都知道锅的概念。安了锅，就安了家；搬了锅，就搬了家。山屯人之间有多大的矛盾、生多大的气，也不会拿锅出气。砸了人家的锅，就等于砸了人家的家；砸了自己家的锅，就等于砸了自己的家。"母亲说，砸了锅，灶王爷就会生气，过日子就不会安宁。

母亲照镜子时唠叨："我照镜子，可不单单是为了自己臭美。经常照照镜子，可以随时修正自己，让形象和衣着端庄一点。这样做，是对自己的一种尊重，更是对别人的一种尊重。记住，到啥时候，你尊重人家，人家才会尊重你。邋遢的人，没人会瞧得起。"

母亲拿枕头时唠叨："家，就是炕的温暖，枕头的舒服。对炕，对枕头，都要讲究一点。枕头要因人而异，大人用大枕头，小孩用小枕头。装枕头，最好用荞麦皮。荞麦皮的枕头，软硬适度，冬暖夏凉，枕着舒服。有舒适的枕头枕着，身体才健康。"

母亲在吃枣时唠叨："吃枣，要先吃大的、好的，然后吃小的、破的。这样吃，吃到最后一个也是大的、好的。不管吃啥东西，都是先挑最好的吃，剩下的就是吃不了，也没啥可惜的。卖东西也要让人家挑最好的，不能把包崽儿给人家夹进去。给人家送东西，也必须挑最好的。"

母亲看着茄子花唠叨："第一喷花叫'门茄花'，一棵秧只开一朵；第二喷花叫'对茄花'，一棵秧开两朵；第三喷花叫'四母斗花'，一棵秧开四朵；第四喷花叫'八面风花'，一棵秧开八朵；最后一喷花叫'满天星花'，一棵秧应该开十六朵。淡紫色一喷一喷地开，我们家的日子也会一喷一喷地开，一直开到'满天星'。"

母亲割柴火时唠叨："眼睛懒蛋，手好汉。不怕慢，就怕站，勤来勤去扳倒山。"

母亲中秋节吃月饼时唠叨："一家人一起吃同一块月饼，就是一家人要先想着我们这个大家，先想着大团圆，这样，小家才安稳，小团圆才牢靠。"

母亲的唠叨，实在是太多太多，一直伴着我长大。我长高、长大了，母亲的唠叨也似乎在长高、长大。

父亲的春节

郭升良

我特别留恋和父亲过春节的日子。和父亲过春节，就像午夜的礼花，迸射着星星点点的光芒，把我们记忆的天空装点得格外明亮。

父亲是队上的会计，在百十号成年累月辛勤劳作的农人中算是个不大不小的文化人。过年了，父亲照例扔了算盘，抄起毛笔，为队上写春联。对子出自一本一块钱买来的农家历的封底。因为队上已经放假，炉子熄了火，屋子里冷，父亲常常夹了大红的彩纸，连同笔墨一起抱回家里来书写。我正在学习描绿，常常自告奋勇帮助父亲选联、裁纸、叠格子。父亲郑重其事地写完几十副门联、楹联以后，还要写"六畜兴旺""肥猪满圈""五谷丰登""车行千里，一路平安""抬头见喜"等短批。从腊月二十四到二十九，每天都有上门找父亲写春联的亲戚和乡邻，父亲虽忙，却有求必应，如果逢人夸上两句，父亲的脸和笔下的字都不约而同地泛着光。腊月二十九，父亲打了糨糊，邀我一起到队里贴春联，这让我欢呼雀跃，仿佛像今天的明星们获了什么奖而喜不自禁。贴上春联，破旧的屋门与梁柱也俊俏得像个小媳妇。父亲退后几步，眯着眼睛端详着，玩味着，满脸的胡楂子像春风拂过的麦地，舒展着一片春暖花开的好天气。父亲的情绪深深感染了我，我垂手立在父亲身旁，耳畔仿佛鸣啭着呢喃的燕子，额前拂过微熏的轻风；在迷幻的世界里，我就像一只蝴蝶，扇动着翅膀倏地融化在无垠的绿柳花丛中……

乡下办年是从小年开始的，办到年根方算结束。在我们家尽管过一个年实在不缺什么了，但父亲仍然架不住四街五邻叔伯们的邀约，只要有空，总要骑车到十里外的集镇上赶趟集，遇上什么便宜货随手都要买回几件，所以，能和父亲赶集成了我梦寐以求的事。可是稍大一点，与父亲办年货的经历却让我尝尽了苦头。那是因为北方过年的节令本已天寒地冻，父亲却把我放在人山人海的集市边的空地上看堆，而他买每一样东西又出奇地有耐心，商品的价格贵一点不买，质量不中意不买，臀尖肉割不到自己预想的那块不买，大小不合适也不买。他扎在人群里好不容易挨上去，却又改了主意，退出来，在不足两米的摊档间，被湍急的人流裹挟着，常常身不由己。为了再回到原处，就要跟着转上一圈。如果想买到称心如意的东西，大半天的时间里不知要转多少个来回。而我等什么都急，被父亲丢在集市边，简直就像一个呆头呆脑的傻瓜。每回父亲风风火火地从人海里挤出来，欢喜得都像一朵浪花，待把买回的年货交割了，就又浪花般消失在人海里。站在人海边，我像一只寂寞的贝壳，我的寂寞被寒冷的朔风吹得呜呜响。其实，父亲从我的眼睛里早看出了我的心思，每次都会买回一挂花花绿绿的小鞭炮炫我的眼球，也大大降低了我的免疫力。屁股坐上父亲的车，"下回再也不上贼船"的决心便烟消云散、踪影全无了。

年三十总是让我们格外兴奋。懒睡在乡下的冬天已经司空见惯，但年三十却不行，全家人都要起早且要精神焕发、欢天喜地，如果哪个扭鼻子歪嘴，那么全家全年都要走霉运。这是过年最忌讳的事。草草吃过早饭，我和哥哥就开始忙着贴春联，父亲和姐姐着手准备过油的薯块、薯片，和炸丸子的面，刮灌火腿的肠衣，烤猪头、猪肘和猪蹄，熬制猪皮冻，摘洗切剥中午正餐需用的蔬菜……贴晌儿，烀猪肘子、煮香肠的香味飘满了街，香气缭绕着，直勾人的口水。架在煤炉上的油锅里，滚烫的热油刺啦刺啦地叫，父亲把炸熟的丸子、薯块，用筷子夹了塞进我们馋涎欲滴的嘴巴。肉炒焖子出锅了，油爆花生米出锅了，香肠皮冻出锅了，因为要拿到室外冷却，又担心让鼠鸡猫狗叼去，看护年嚼儿的任务就分派到我的头上，这是份美差，可以趁机偷吃，同时，这也是份苦役，必须顶着风寒每隔三五分钟出去看巡，长时间站在室外是吃不消的，久了手脚脸会生冻疮。正餐前要燃放爆竹，昭告四方神灵。餐桌上除了上面我提到的那些，就是肉炒木耳、肉炒绿豆芽、肉炒干豆腐、煎海刀鱼和大骨头炖酸菜，并没有今天的生猛海鲜与时鲜蔬菜，但我们却吃得特别有滋味。不仅把对年的渴望都吃出来了，而且在仔细品味后，生出许多许多的感慨。不像今天面对丰盛的餐桌却食欲不振，身临繁华世界却百无聊赖。

眼下又要过年了，虽然没有孩提时过年的热望，但回想起和父亲一起过年的情景，仍然历历在目。那些日子就像一坛陈年的酒，越放越清冽，越放越香醇……

摸着良心好做人

韩春燕

中华传统文化在中国广大的乡村往往化身为最日常的生活理念，这些理念作为家训被口耳相传，上下传承，作为家风熏染教化了一代代人。我的祖父祖母没什么文化，但他们把一些传统美德、人生信条以言传身教的方式传给了我们。

祖父祖母心地慈悲，对这个世界充满敬畏。我刚会走路，祖母就告诉我不要踩到花花草草，更不要祸害天苗。她所谓的天苗就是禾苗，她将禾苗视为天苗，可见在她眼里庄稼也具有神圣的属性。祖母的慈悲也遍及家禽家畜，她对她喂养的毛驴、猪鸡都满怀感情，每年过年时杀猪，她都偷偷抹眼泪并且绝不吃它们的肉。

与人相处，祖父祖母更是终生乐于助人、与人为善。记得有一年生产队大门口发现了一个腭裂的弃婴，祖母见无人认领竟然想抱回家去养起来，而那时日子艰难，父亲虽然是独子，但家里已经有几个孩子了，一家九口人，吃饭都成问题，最后在母亲的反对下祖母才作罢。在我的记忆里，祖母就是一束光，她照亮并温暖着很多人的生活。我的祖父命苦，六岁丧母，后来太爷爷娶进门的继母，只比他大九岁，而祖父祖母对这个只大几岁的继母非常恭敬，且长兄如父长嫂比母，对继母所生子女尽的是父母的责任，祖母每次回娘家不是带着小姑子就是带着小叔子，给异母弟妹买吃买穿，还给他们成亲盖房子。而我的这些小爷爷小姑奶们对他们的大哥和大嫂感情也非常深，我记得小时候每年过年他们都要到我家拜年，给我父母磕头。

祖父祖母做人没有一点私心，帮助别人都是倾尽全力，奶奶会绣花，她几乎给全村的老人都赠送了绣花的枕套，却没给自己留有一件，以至于她去世时我们只能让她枕着一个素枕头。

祖父祖母的善是发自内心的，祖父一辈子不与人发生争执，见人不笑不说话，能帮助人成全人的事情他绝不推辞。祖父六十三岁去世时，乡邻们送的花圈从院子里一直摆到了大街上，大家提起来都唏嘘不已，感叹一个好人走得太早了。

父亲是长门长孙，且是独子，自小在家族长辈的宠爱中长大，但父亲宅心仁厚。父亲当时是公社团委书记，后来做完全中学校长，现在七十多岁了，一辈子没贪过没坏过。我想，这有祖父母的遗传，更是家风熏陶的结果吧。

"穷不死爱揍的"

韩　光

　　"穷不死爱揍的"这句话，是父亲持家的"格言"，翻译成白话文，大概是"只要勤劳就饿不死"。在父亲反复唠叨中，这句话很早就在我的心田里扎下了根，并在岁月的更替中枝繁叶茂。

　　我的老家在跟内蒙古自治区接壤的辽西边地，那里十年九旱，庄稼人不管怎么勤勤恳恳地劳作，收获的却是微薄的希望。在这样的环境里生存的人绝不能懒，否则真会连饭都吃不上的。

　　我记事时，父亲就是个闲不住的人，从春天起他便陀螺样转个不停。"庄稼一枝花，全靠粪当家。""人误庄稼一时，庄稼误人一年。""头伏萝卜二伏菜。"这些农谚时常挂在父亲的嘴边。"打春阳气转，雨水雁河边。惊蛰乌鸦叫，春分地皮干……"这些流传在乡间的土话，也被父亲津津有味地嚼着。其实，老家的春天来得较晚，雨水节气过了好多天，河里的冰还冻着，父亲这样说是提醒着自己也提醒着家人要不停地劳作。

　　不管生存的条件多么不尽如人意，勤劳总是不会错的。在父亲不倦的辛劳中，我家的粮食没断过顿，我家的柴火总够烧。这样的日子在我老家那里算是不错的了。邻居们在谈论我家时，都承认我家是实实在在的过日子人家。

　　父母是孩子的最好老师。打我记事时起，父亲就将他的勤劳基因传递给我。我刚会跑的那年春天，父亲便将种萝卜的任务交给了我。大人眨眼间就栽完的活，我却用了半个来小时，还累得小脸满是汗水。父亲将我高高举起："大儿子中用啦！"萝卜在我的照看下渐渐长出了小叶子，开花，结籽。头伏种的萝卜籽，就是我栽的萝卜结的。冬天家里吃萝卜时，父亲总忘不了说："这用的是大儿子的萝卜籽。"

父亲认定，只有通过学习，孩子们才能从垄沟里爬出去（即不当庄稼人），所以对我的学习看得挺重。上学了，野惯了的我却收不住心，父亲不管白天多累，晚上也要看着故事书"陪学"。我要是偷懒，父亲先是用言语警告，无效肯定对我"动武"。有两年左右的时间，我都是在父亲的监督下学习的。习惯成自然。在父亲的监督下，我养成了学习习惯。当我接到军校录取通知书时，父亲说："一勤无难事，你的成功在于勤！"

2000年的夏天，从不打针吃药的父亲做了大手术，出院他仍闲不住。我劝父亲好好休养，父亲却说："我干惯了，待着难受啊！"2002年，勤劳了一辈子的父亲，还没等到子女们的报答就早早地去世了。每当逢年过节，我和弟弟妹妹相聚，或给父亲上坟时，总爱回想父亲勤劳的一生，总爱谈起父亲对我们的影响，每当这时我们的心里酸酸的，更是暖暖的。

永远延续的纽带

韩继良

1972年农历正月初八，六十六岁的爷爷因病离开了我们。听到爷爷去世的消息，十里八村的乡亲们都赶来悼念送别。小山村的村道上差不多上千人在驻足徘徊，低声叹息，默默送别。我家的人脉，在爷爷去世时得到了最好的认证。

送走爷爷后，我问父亲："爷爷去世，为什么这么多人来送行？"

父亲告诉我："你爷爷人缘特殊好，给我们带出了特别好的家风。"

父亲给我讲了一个故事。1949年以前，本溪、辽阳一带有一伙土匪，头目叫于子芳。他们四处流窜，打家劫舍，强抢民女，抢劫耕牛。就是这样一支土匪队伍，却要找我爷爷给他们做所谓的"随军医生"。给土匪做医生，有什么脸面见祖宗？爷爷一面与土匪周旋、躲藏，一面秘密行医治病。一次，一名土匪"营长"到辽阳甜水大腰岭一郭姓人家与女人野宿，透露了土匪要在八月十五抓我爷爷强迫他做"军医"的秘密。郭家人把这个消息捎给爷爷。爷爷一连躲避了几个月，才把这件事躲了过去。

从此，爷爷给穷人家治病不收一毛钱，给富人家治病也总是赏多少收多少，从来不从他嘴里开价要钱。一次，他被请到岫岩治病，听说患者的邻居家刚刚遭受火灾，家里房子、粮食、衣服全被烧光了。爷爷把在岫岩治病挣的钱全部捐给了那家。

从此，尽量帮助别人、解救别人，就成了我们家的自觉习惯，成了我们的家风。

中华人民共和国成立了，经历了土改和人民公社化，父亲很年轻就做了村干部。1960年，东北地区遭受特大洪水灾害。8月初的一天夜晚，人们在睡梦里听到了山石崩裂声、洪水呼啸声。父亲慌忙下地，屋里已经涌进没膝高的洪水。这时，他首先想到的是附近第四生产队的四十多头大牲畜都在兰河边的一个牲畜圈棚里，还有放牧员老刘也不知道怎样了。如果不及时把圈棚门打开，这些大牲畜不能及时分散逃出，随时会被汹涌的洪水冲跑，那刚刚建立不久的生产队损失就大了。想到这里，他拿起一个玻璃罩油灯，光着脚向院外走。疙疙瘩瘩的路石已经把父亲的脚底硌出血泡，父亲全然不顾，直奔河边牲畜圈棚。圈棚旁是看守牲畜的临时窝棚，放牧员老刘就住在窝棚里。老刘已经被眼前的洪水吓傻了，正在那里哭，他怕自己赶不出牲畜，如果牲畜淹死了，他就会被抓进监狱。他更怕进到圈棚里，洪水随时把他淹死。

父亲一把抓住老刘："快！咱们俩手拉手一块进去！"老刘看到父亲，像遇到救星，也不再犹豫，和父亲一起走进洪水齐腰深的牲畜圈棚，打开圈棚门，赶出了四十头牲畜。

解救了牲畜，父亲拉着老刘的手说："不能回家，咱俩去看看河嘴子高兴宇家吧！"

高兴宇家正在收拾东西，父亲赶到后大声说："别收拾了，赶快走吧！"高家人还在犹豫，父亲连拽带推，把一家赶走。刚刚离开高家一百米远，洪水把高家的房子冲倒了。

这次洪水中，父亲和老刘一共解救高兴宇一家六口人，四十多头牲畜。

1972年11月，父亲在去世前把我们兄弟几个叫到床前，断断续续地说："家里很穷，我没有给你们留下什么遗产。只是希望你们把爷爷传下来的家风传下去。你们若是能把这个传家宝传下去，家业就会兴旺。"

1973年4月，我参加了教育工作，后来调到县里。我无论转换几个工作单位，无论担任什么职务，无论家里生活条件怎么样，都秉持祖父、父亲的遗风。1983年，我们地区教育系统第一次晋升工资，我因为是教学骨干，又刚刚被提拔为学校部门副主任，并当选为县政协委员，论评分我排在第一位。还有两名年纪较大的教师晋级的要求比较强烈，但是评分排在我后面。在学校正式公布评分后，我主动把自己的名额让出来。两位老教师都很诧异，想不到我会在晋级问题上这样高风亮节。

我的作风也影响着我的儿子。无论是在天津大学，还是在米兰理工大学，主动自觉地帮助别人也成为他的习惯。在意大利米兰，一位女学友意外丢失了护照、证件、钱包，儿子主动热情地出面帮助她，使她度过了短暂的困难时期。他们二人因此结缘，回国后结为恩爱夫妻。

现在，儿子的孩子已经呱呱坠地。我相信，有我家几代人的基因，有我儿孙的日常影响和熏陶，我们的后代会把这种美好的家风一代代地传下去，直到永远。

百善孝为先

韩 晶

我出生在辽阳市一个普通工人家庭，全家五口人居住在胡同的平房里。房子里外两间，里间二十多平方米的样子，是睡觉吃饭的地方，外间是厨房和一个小杂物间，屋子前面有一个很大的院子。

小时候家里生活虽然清苦，但是周围人都过着一样的生活，作为小孩子，也是无忧无虑的。我上中学时，奶奶和爷爷（爷爷是继爷爷）年纪大了，先后都得了脑血栓，生活不能自理，为了方便照顾，爸妈把二老接到我们家。于是我们家二十多平方米的房间里就出现这样的情景：奶奶、爸妈、我的哥哥弟弟住在炕上，地上靠墙放一张单人床，爷爷住在床上，屋子里就没有多少空间了。厨房旁边的杂物间收拾出来，勉强挤出我睡觉的地方。夏天还好，冬天屋里还要生地炉取暖，家里的情景可想而知。

住得艰苦不算什么，最难的是二位老人的生活照顾，吃喝拉撒都在床上。妈妈负责一家子的买菜做饭、洗洗涮涮，爸爸、哥哥、弟弟负责家里的体力活和照顾两位老人的日常。当时我上的是重点中学，学业较重，上高中又住校，所以照顾老人比较少。一日三餐，哥哥和弟弟要分别喂老人吃饭，有时全家刚吃上饭，这边老人又要大小便。父母每周只休息一天，还常常要"献工"加班，休息日是爸妈最累的一天，记得最清楚的是妈妈要洗一大盆衣服，累得直不起腰来。爷爷在本市有唯一的女儿，父女之间有隔阂，不怎么来往。爷爷与奶奶生活时间久了，与爸妈也有感情了，所以爸妈对照顾爷爷他们没有半句怨言，也从来没有听过对爷爷的女儿有所埋怨。后来奶奶先去世了，爷爷的女儿实在过意不去，把爷爷接走照顾了，爸妈还经常过去看望。

姥爷姥姥是辽阳人，有两个儿子、三个女儿。当时大舅中专毕业在黑龙江担任一个煤矿的领导，二舅大学毕业留在北京工作。随着年纪增长，姥爷果断地把辽阳居住的房子卖了，义无反顾投奔了大儿子。大儿子那里条件好，也孝顺，但是老人生活起来还是各种不适应，待了不到一年又回到辽阳。那时我们家院里又盖了一间小房，两位老人回来后就住在那里。日常中生活跑腿出力、买粮买菜买煤、劈劈柴脱煤坯等，照顾两位老人的任务又落到我们家。姥姥患小脑萎缩，八十一岁时去世，爸妈又把姥爷接到我们屋子里照顾，一直到九十三岁去世。姥爷在世时，辽阳市的解放军二〇一医院有专业医生来我们家，入户调查姥爷长寿的原因。

十多年的时间里，照顾四位老人的负担一直压在我们一家人身上。这曾经是我青少年时期心里的一个结，家里的状况让我一度很自卑。学校寒暑假时，同学们都结伴串门，我不敢请同学到我家。家里四位老人只有爷爷有劳保，日子过得紧张。奶奶和姥姥去世仅仅相隔十天的时间，当时丧事在家里办，周围邻居还纳闷呢，老韩家刚办完丧事怎么又操办了？现在回想起来，当时爸妈承受着多大的经济和生活压力啊！

爸爸是个不苟言笑的人，对我们很严厉，我们从小都很怕他。但是对待老人，他从不大声说话，有求必应，从来没有表现出不耐烦，默默地付出。爸妈没有高深文化，没有豪言壮语，但他们只是认准一个理儿，照顾老人是天经地义、无条件的，是每个人的本分。对我的叔叔、舅舅和姨没有一点攀比和抱怨。

现在我们兄妹三个家庭都和和美美，经济上和生活上从来没让爸妈操心。爸妈的言行也影响着我们兄妹三人，爸妈年纪大了，弟弟弟妹在爸妈身边，照顾得多些。爸爸去年住院期间，弟妹每天晚上给爸洗脸洗脚，爸妈有病，小侄儿背着爸妈楼上楼下出力跑腿。哥哥嫂子在武汉，每次回辽阳，都要把家里需要修修补补的地方都处理了，尽量陪爸妈解闷开心。我超过两个星期不回辽阳，爱人都主动提醒我，陪我去看望他们。爸妈现在有了两个孙子一个外孙女，马上就要抱上重孙子了。妈妈经常说："现在没有让我们着急上火的事，晚辈们都健健康康的，该上班都上班了，该成家时都成家了，亲戚朋友都说我这个老太太有福呢。"抚今追昔，我愿意相信，是"百善孝为先"的中华民族传统美德，让我们家里老少三代收获了和谐美满，让爸妈收获了晚年幸福。

勤耕恩爱的家园

韩 晴

我童年时，每当睡觉前总会看到爸爸伏案的背影。黑沉的屋子里，昏黄的灯光让他的背影氤氲如油画。我经常问妈妈，爸爸在干什么，妈妈说爸爸在写材料。我不懂材料是什么，不知为什么总也写不完。爸爸在家中极少言语，他另一个主题动作是躺在沙发上看书，嘴唇习惯性地收紧，目光如炬，严肃的表情让我们很少打破他的意境。我和孪生妹妹很小的时候，经常打架闹嘴，不解气时薅头发、掐脸、挠、打，各种暴力袭击。爸爸不紧不慢，一边躺着，一边翻书："打！打！使劲儿打！赶明儿给你们俩买个拳击手套，使劲儿打！"

我和妹妹瞬间败下阵来，他既不劝架也不阻拦，我们对他的淡定表示很气愤又很无奈。

所以说，爸爸是静止的。

有一天我曾经跟妈妈说："妈，你上辈子一定是个爬行动物。"我妈哈哈大笑，因为妈妈在家经常跪着擦地，她的抹布已经嵌在了她的价值观里。她爱干净、勤劳，一刻不得闲。所以说，妈妈是动态的。

家中一静一动，爸爸看上去游手好闲，实则脑力在运动。我妈有一次累急了，冲爸爸喊："我一天做牛做马，你一天作威作福！"爸爸的动手能力太弱，妈妈要负主要的责任，她太能干，有时爸爸想干，妈妈还担心他干不好再重新干，所以给了爸爸充分的懒惰机会。但是，妈妈的辛苦透着甘甜，妈妈手中的小抹布是责任更是爱。她爱这个家，因此乐此不疲，继续做爬行动物。有一次他们结婚纪念日，爸爸送给妈妈一副护膝，妈妈瞬间笑了……

妈妈勤劳善良，爸爸勤奋好学。我从小在这样的氛围中长大。我十二岁与妹妹一同当兵入伍，他们时常寄来书信，写下"勤劳""坚强""奉献""与人为善"这样的词汇勉励我们。我透过纸背看到爸爸妈妈辛苦奔忙的身影，他们就是我学习的榜样啊！在封闭的训练中，我时常能感知到父母的"一静一动"，并且以身示范、效仿践行。

我们每次回家，跟父母汇报在军营的见闻时，父母都会给予我们充分的支持和肯定。他们从来不否定我们的认知，总是以欣赏的态度聆听我们的成长。还记得小时候我们经常向爸爸妈妈提问："人身上怎么能长鸡（肌）肉呢？天上的灯（星星）晚上谁闭呀？"他们总会耐心地回答我们所有创造性的问题，可以说，我爱好写作、爱好看书有很重要的原因是父母给我的影响。

家庭是社会的细胞，是人生的第一所学校。家的前途命运同国家和民族的前途命运紧密相连。我庆幸，勤劳、恩爱、民主的家庭氛围为我的人生理想提供了温馨的港湾。

吃相与家风

韩文鑫

那天中午，走进面馆，要了碗炸酱面，在对过有面镜子的位置坐下。这家炸酱面最是地道，面条筋道，酱香菜鲜，有滋有味，十分可口。不一会儿，服务员端上面来。我长出一口气，舒展开身姿，拌好了面，挑起一筷子填进嘴里，爽爽利利地吃将起来。无意中抬起头，看见对过镜子里，一个圆头圆脑的胖大汉子，鼓着腮帮，晃着下颌，圆着眼睛，气势汹汹、肆无忌惮地大吃大嚼。才吃几口，就已经满嘴油光、青筋暴突了。

头回看见自己的吃相，我被吓住了，所谓狼吞虎咽，所谓饕餮之徒，一个活的例证。怎么搞的，几辈子没吃过饱饭？

饿着了吗？没有。当下时候，我相信大多数中国人，都是到点吃饭，而不是饿了才吃。生活的富足，已经让吃后退了三个位次。就这顿饭来说，我是很从容的，从容地拉开店门，从容地翻阅菜谱，从容地等待送上餐盘，从容地抄起筷子，从容地拌好酱菜……

然而，镜子里的那个人，还是如此狼狈不堪。

我应该算个白领，有个体面的工作，行头也说得过去，不是上等人，可走到哪儿都装上等人，人前人后自我感觉一直良好。

然而，当我看见了自己丢人的吃相、毁坏形象的吃相，良好的感觉瞬间土崩瓦解。

这样的吃相，没有几辈子的打造是不成的。看眼底、看发色、看腰身、看眉宇，我身上肯定流着马背上的民族的血。上古时，祖上渔猎为生，饥一顿饱一顿，打猎，也让人家当猎物去打，吃相都像动物世界似的。后来呢，看着中原的汉族人生活挺好，圈在大墙里头，埋下种子，收获五谷，一天居然吃上三回，就跟着学，纷纷汉化。无奈何，袁隆平生得晚，没人会搞杂交稻，中国的五谷，再风调雨顺，亩产也都很低。研究粮食与人口的读书人说：古代中国，人口接近八千万，就会出战乱，生灵涂炭，白骨露于野，千里无鸡鸣。明朝后半叶，哥伦布发现了新大陆，地瓜、玉米、土豆传到中土，我们的餐桌上，不光是产量很低的五谷了，于是中国人口首次过亿。

但吃仍是头等大事。张宏杰写乾隆，标题就叫"饥饿的盛世"。古代的盛世，是饥饿的。

这样考察下来，我的祖宗们，几乎就没吃饱过。

何以为证？且看我的家风。

打记事起，我家最先刮起的风，都是关于吃的。

我一小孩，懂话就被要求多吃。有年冬天，我奶带我去赴席。到了地方，就有人塞给我偷来的炸丸子、瘦肉块，炕上桌上的糖疙瘩、大苹果，揣满了两挎兜。上菜开席时，我已经吃得顶嗓子眼了，面对一桌鱼肉，哪里还吃得动？我奶气得直摔筷子，"这孩子，不听话，这大肥肉，多香啊，咋不吃呢？"我奶六十六岁那年，老姨奶带了她的侄甥外女来我家吃席，地上坐了两桌她的晚辈，老人家拿了烟袋，从炕头走到炕梢，再从炕梢走到炕头，挥着烟袋杆子，喝令她的孩子们："吃，咋不吃呢？"孩子们在老人家的指挥下，狼吞虎咽，直到杯盘狼藉。

能吃，在我的家族备受尊崇。能吃的人，都是有能耐的人。屯子东头齐宝芳，那年生产队夜战，白面馒头一口气吃了八个，能吃才能干。齐宝芳能干，在屯子里是出了名的。我表弟的岳母，到了晚年依然吃得凶狠，一上桌直如风卷残云，大腮帮子一甩，咔咔一顿猛造，满嘴流油。我爸素来吃相勇健，面对比他还勇的老亲家，由衷赞曰："现在这时候，啥啥都足兴，谁不吃啊！"

多吃、能吃的另一面，是对吃的限制。做媳妇的不能偷嘴，长辈们的故事中，就有对新媳妇偷嘴的处罚，那是公婆可以抄起烧火棍子就打的罪过。

偷嘴是种失德，让吃则是汉民族重要的亲情表达。中餐讲布菜，西学东渐，民国年间桌上兴起了公筷，这是布菜的产物。有点卫生常识，我在桌上吃饭，最不愿给人布菜，但却无法拒绝别人为你布菜，诸多烦恼，足够再写一篇。

仔细算来，也就是近三十年，多数中国人才吃得从容了些。因此，所谓家风，都是从处理吃的问题开始的。那一年，柳条沟村的陈海家，住进了去打塔山的国民党兵，开饭的时候，盛饭的水筲往院里一扔，十几个兵抢作一团，体格弱、下手慢的就没吃着。母亲告诉八岁的陈海："瞧见没有，吃饭要快吃，往后到社会上，吃饭慢，就得饿死。"

不说关于吃的细节了，心情不好。但是，得明白，吃是怎么也绕不开的话题。中华文明五千年，翻开历史查查，把吃整明白，不过眼下三十多年。据说盛唐和北宋，曾经出现过短暂的温饱，看唐宋传下的画作，常常见到胖美人、肥肚子，但怎么也不会是大多数人的温饱。因为吃，是需要条件的。两千年帝制，只有两种人能够衣食充足，一是地主，二是官僚。"耕读"二字，是秦以后基本经济制度的浓缩，于是，自古以来，"耕读传家"是终极理想。

1978年，我家基本够吃，国家恢复高考。我爸给我"刮风"：前屯牛营子王忠敏他哥，人忠厚，十几岁时，终日在家做两件事，在菜园子干活，靠井沿上读书，初中考进锦西一中，高中考上县一高，大学去了北京城。毕业工作在北京，娶个干部当媳妇。身穿中山装，兜别英雄笔，坐在北京一间屋里写文章，风吹不着，日晒不着，不用再回生产队，下到地里撸锄杠，享福去了！

我爸刮来的风，就是一幅"耕读图"，到今儿个我还记着。这情景让我陶醉，也让我神往。

家 旗

韩 叶

母亲老了。每次回到家看到母亲的第一眼，都是母亲的白发，规规矩矩的，就像无风时的旗帜，述说着中国传统家庭，作为一个母亲的好学、慈善与孝顺。

我家的书橱旁是沙发，白天我们上班上学，母亲一人在家，我家的书就成了她的最爱，什么书她都喜欢看。《初刻拍案惊奇》《曾国藩家书》，连《菜根谭》她都能读得专心致志。每当我下班到家，总能看到那个盘腿坐在我书橱旁沙发上的，左手托书，身体前倾，戴个老花镜，嘴唇微微而动的老母形象。花白的头发泛着慈祥，拿着铅笔的右手搭在膝上。发现我时，先是目光越过眼镜的上部看我，微笑着说句"回来了"，继而坐直身子，"来，告诉我，这几个字怎么念?"待我笑着凑过去时，我就看到了那用铅笔描在纸上的一二十个歪歪扭扭的字。我一个个慢慢说，母亲就一个个做符号。那个"嫂"字，母亲在其下画了一个馒头。母亲问的次数多了，觉得给我添了麻烦，一天居然拉着我正读高三的女儿，让女儿教她查字典。祖孙俩坐在沙发上，一个满头华发，一个黢油黑，她们头挨头查字典的样子，着实令我感动。那年，女儿考上了一所211大学。

辛苦劳累的生活，伴随了母亲几十年。那是20世纪80年代的一个周日，不用上学的我跟母亲一块去赶集。天很冷，呼出的白气一簇紧随一簇。母亲眉毛、头发很快就变成白色的了。中午，母亲带我去吃油条豆腐脑。那时一碗豆腐脑八分钱，一根油条五分钱。母亲点了一根油条，一碗豆腐脑，再加半碗豆腐脑。服务员端上来时，母亲把半碗豆腐脑拿过去，其余都推给我，"吃吧，暖和暖和。"母亲怕我不吃，很快地吃完那半碗，起身说："你慢慢吃，妈去看摊。"那天，我是骑着自行车驮着母亲回家的。坐在车后座的母亲，不时地双脚相碰，磕磕，那是在取暖。母亲穿的这双皮鞋，是当年在戏装厂时买的，已经近十年了。里面磨得只剩薄薄一层皮子，可她舍不得花钱给自己买双新的。那天晚饭后烫脚时，母亲倚着炕睡着了。我帮她洗完脚，给她剪指甲时，不小心剪出了血。我惊慌地看向母亲，母亲却没有醒。我的眼泪一下子掉了下来——母亲这是脚冻得没有知觉了！可是第二天，当妹妹的同学霞，如往常一样站在我家屋地，来等妹妹上学时，母亲看到了霞穿的露着大脚指头的破旧棉鞋，硬塞给了霞五元钱，嘱咐她去买一双棉鞋。母亲知道，霞没了父亲，家里有个瞎眼妈妈，还有一个三十多了没能讨上媳妇的哥哥。母亲这一辈子，自己怎么苦都行，就是看不了别人比自己苦。七十多岁的时候，一次我回家，正赶上丽姐来我家看母亲。丽姐是母亲刚结婚时，租住的房东的二女儿。母亲向我们说了丽姐家的困难，丽姐手臂残疾，生有四个孩子，丈夫不久前又去世了。母亲要求我们每人都帮帮她，她自己率先拿出三百元给了丽姐。母亲的慈善，一直提醒着我为需要的人做点什么。

百善孝为先。每年的正月初三，不管经济多拮据、犯多大的难，母亲都要把我们的爷奶叔姑请到家里，做几样菜，烫两壶酒，让一大家人坐在一起吃顿饭，乐和乐和。这种做法似乎成了惯例，从母亲的青丝缕缕到满头白发。母亲说："咱对别人都好，何况是自己的亲人呢！"我们点着青丝满披的头。

家庭就是学校，但校的旗在门前，家的旗却在母亲的白发里。那里藏着好学、慈善与孝顺，那里源源不断地递送出暖如四月的清风，传给你，传给我，传给一代代。

从劳动中走来

郝万民

所谓家风，有的有概念，会形成条条框框；有的没有概念，只不过世代相传约定俗成，而为一种自觉的坚守。我的家乡在辽宁西部，一个几十户人家的小村庄隐藏在大山的缝隙里。家族中文化人极少，没有家风的概念，世代都是以辛勤劳作为本。离开家乡快四十年了，少年时林林总总的事能清晰回忆的不是学习和游戏，而是劳动。少年时能受这样的家风熏陶，对我来说实在是非常重要的。闲暇之时回想起当年劳动的情景，总有一种亲切感、快乐感，会感到趣味无穷。

小时候参加过多少劳动，实在无法说清。春种夏管秋收冬藏，所有田里的活都干过。另外还干过捡蘑菇、刨药材、砍柴、植树等。篇幅的关系，选择植树劳动与朋友们分享。

植树是在春天。当时大规模植树由生产队或大队组织，有上百人甚至数百人参加，都是在大山上，植的是松树。小规模植树是自发的，地点是田间地头、房前屋后，植的大都是杨树。

一天早晨，天还没亮我就被叫醒了，随便吃口饭，带上中午吃的干粮和装树苗的筐，跟很多人一起出发。翻山越岭跨沟越涧，两个多小时后到达邻村的荒山。大规模植树要分工协作，工种有担水、刨坑、运苗、植苗、培土、浇水。担水的都从家里带了扁担和水桶，从山下的井里或山泉里装水，挑起来，慢慢地很平稳地往山上走。山坡上没有路，很陡，但担水的都是强壮的汉子，挑着上百斤重的担子爬山，看上去很是悠闲。刨坑的也大都是男的，体力比担水的要差一些。运苗的都是年轻女人，要从山下把成捆的树苗背到工地。植苗就轻松多了，就是把树苗规整地放进坑里。培土和浇水也不太累，就是把刨坑时刨出来的土填回坑中把树苗压实，然后浇上水。

只有十多岁的我参加大规模植树时干的都是植苗的活。把树苗放进筐里，跟在刨坑者后面，每个坑里植入两棵树苗。

那天在那座山上植树的劳动者来自五个村，有二百多人。山是秃山，夏天也不长多少草，时值初春，放眼望去萧条一片。近黄昏时，我们已经快到山顶了，纵目远眺，但见连绵的群山层层叠叠，一直汹涌到天边，近处的能看出山形，远处的则朦胧成了道道纱幔。黄灿灿的太阳悬在西方的群山上，把很大一片大山照得水晶般通体透明。天上飘着很多云，夕阳中变成了金黄色，大都聚在了太阳附近。劳动结束时，很多人聚到了山顶。劳累了一天的他们不是立刻回家，而是或站或坐地与邻村人说话。当太阳即将落进涌动的群山，晚霞把半个天空装饰得色彩缤纷时，几乎所有的目光都转向了西边。片刻后，先是几个二十岁左右的小伙子把双手做成喇叭状放到嘴边，啊啊地喊了起来，接着二百多人一起，不分男女，不分老少，都学着几个小伙子的样子，啊啊地喊了起来。我也不例外，也随着喊了起来。二百多人一起倾生命之力大喊，又是在高高的山上，真可谓气壮山河，连绵的群山随着舞了起来，天上的五彩云霞也随着舞了起来。

以后的四十多年里，那喊声常常会回响在我耳边。那是劳动者对大自然的崇拜、敬畏，同时又是对自身智慧和力量的自豪、自信。那是一种自然的原始的声音，虽然简单到只有一个音节，却是人类内心世界最直接也是最具诗意的表达。我进城后常跟同事同学朋友去旅游登山，登到山顶时一些人也会啊啊地喊几声，可是在我听来，那声音特别别扭特别苍白，因为它们不是发自内心，也不是自然流露，更没有劳动之后的安然和轻松，有的只是对紧张和无奈的发泄。很多时候还带着做作的炫耀，甚至还有挑衅的味道。我从来不会跟他们一起喊，因为我已经尽情对着天和地，对着连绵无尽的大山，在紧张劳动之余喊过了。

许多年后回家乡时，我参与植下的树已经长大了。我曾经走进一片松林，那些当年由我植进土坑，只有十多厘米高的小松树苗已经比我高出很多，树干笔直刚劲，枝叶繁茂如盖，每一棵都那么美丽，那么高洁，那么苗壮。

在田间地头房前屋后小规模植树，在春天是随时都能进行的。把还没发芽或刚刚发芽的杨树枝砍下来剁成尺多长的段埋入土中，在周围浇一些水，一棵杨树便栽成了。很快，埋在土里的那些本该长成枝叶的芽会长成根须，露在阳光风雨中的不用说，当然就是枝叶了。十多岁时，我跟姐姐一起，用三四个春天，在老宅四周植下了上百株杨树。一些年后，那些树都长到了十几米高，树干直径超过了三十厘米，远远望去，已经是一片树林了。夏季杨树枝繁叶茂时，老宅掩映在绿树里，凉爽清静，坐在院中，惬意无比。

现在回想起来，那样劳动应该是很累的，可是事实上，当时根本没觉得累。那时我认为那是自然而然的事，不干活干闲着才会无聊，继而还会不安。那时我觉得各种各样的劳动就是最好的玩乐，觉得在劳动中能收获快乐，收获安慰和创造的喜悦，同时还能磨炼意志、增加智慧。

劳动是人类生存过程中的永恒主题，崇尚劳动是很多家族共同的家风。毫不夸张地说，从走出小山村跨进县重点高中的校门到现在，近四十年间，我经历了很多人生的风风雨雨和坎坷崎岖，但是我从来没在任何困难面前低过头，因为我是从劳动中走来的。我继承了我的家族世代相传的劳动基因，同时也就继承了人类战胜一切困难的本能。

家风：民族的精神伦理文化

贺　颖

众所周知，无论从儒学、文学、佛学、历史、文字、民俗、社会、伦理等哪方面看，在中华民族五千多年的灿烂文化所孕育的众多优良传统之中，家风的出现与存在、传承与发展，可以说作为一种精神文明的沉淀和演化，反映了民族风貌与东方特质，最后成为民族文化的一种重要组成部分。今天我们的家风之意蕴，显然已经不仅仅代表一个或多个家庭、家族传承意义上的风尚及精神标尺，而是堪称当下每个国人立身做人的准则，蕴含着中华民族历代传统美德的现代传承，称其是使人心对世界常常生出感恩与敬畏的道德律令也不为过。

于哲学的语境之间，家风是否可以称为一个社会传承中民族精神自身对社会的隐秘而独到的一种解释，并因由这种解释而建构出一种颇具传承深度的哲学根基？在这样的释疑之间，可以说既有对滚滚洪流的历史之探究与回望，更有对当下时代的人类自然观及某些隐匿的心灵危机的安放与安抚，更兼具对传统与现代的繁复关系的无畏直视，是一个民族、一个社会的灵魂传承中，必须谨守的大义与准则，更是中华民族穿越人间烟火的最庄严的精神结晶。

毋庸置疑，家风是一个近乎汉语名词中的专属用语，堪称中华传统文化漫漫承袭中的中坚及魂魄。有家方成国，而有人才有家，因此可以肯定的是，家风之间蕴藏着中华传统文化之精髓，它的核心气质并不是一种概念的建构，而是中国传统文化几千年来对一个伟大民族的推广实践及其绵绵不绝的影响。从某种意义而言，它一方面以一种社会现象的形态存在于世间，同时又以精神产物的特质存在于人们的非物质生活，它的发生与发展是社会积淀之下的必然结果，甚至可以说，是一个社会精神层面的标志性道德基础，是中华历史传承中，我们民族血脉的精华呈现，是我们遥远的先祖精神遗存下来的家族禀赋，以至于它仿佛是源于远古的某种神性之仪式，以辽阔醇厚之精神力量，从古至今地决定着每个个体、每个家庭以至整个国家民族的精神特质与心灵命脉，充满浓郁的人情味，又满怀庄严缜密的民族精神伦理文化。

中华民族的家风文化有着漫长、深厚而悠久的历史，中国的家风是世代相传的中国传统文化的核心本质所指向。时代在发展，万事万物都在历经着沧桑流变，我们的家风也不可避免地在不同的历史时期有过变化，以不同的面貌呈现于世界，但人们的精神深处永远明确地意识到，家庭是社会的细胞，那么一个家庭上乘的家风传统，可以说是任何时代的社会和谐的保证，是社会形态的核心美德。中华民族丰富的传统文化中一直充溢着宝贵的家风主题。"积善之家必有余庆"，无疑是提倡家庭要注重"积善"。明代的《朱子家训》，就是以家庭道德为主的社会启蒙教材，在今天飞速发展的时代背景下，关于家风文化的探究，以及家风教育的深入，都无疑具有格外深刻而积极的启示。"见富贵而生谄容者，最可耻；遇贫穷而作骄态者，贱莫甚。""家门和顺，虽饔飧不济，亦有余欢。""重资财，薄父母，不成人子。""一粥一饭，当思来之不易；半丝半缕，恒念物力维艰。""勿贪意外之财，勿饮过量之酒。""与肩挑贸易，毋占便宜；见穷苦亲邻，须加温恤。""勿恃势力而凌逼孤寡。""人有喜庆，不可生妒忌心；人有祸患，不可生喜幸心。""刻薄成家，理无久享；伦常乖舛，立见消亡。"这些话，均是中华家风遗训的珍宝，并经由历史的冲刷与荡涤，成为一种永恒的普世价值标准。

还　愿

胡俊成

母亲一天书没念过，斗大的字不识一口袋，倒是做出的事让我常常敬佩不已。小时候她就常对我们兄弟姐妹们说，要上敬天，下敬地，中间要敬父母双亲。因为岁数小什么也不懂便当成顺口溜念，觉得挺有意思。直到我长大了，特别是为人父母了，才知道其中的道理和含义。

父母一生养育我们兄弟姐妹六人，三个哥哥，两个姐姐，我最小。1978年我积极响应祖国征召，光荣地成为一名解放军战士。因为我当的是铁道兵，又远在大西北的新疆，条件环境艰苦自不必说，刚刚迈进军营的门槛就赶上了中越边境自卫反击战，有的人当了一辈子的兵也不一定能赶上战争。来回传递书信的是二姐和我，二姐每每在信中都特别提到"咱家的娘十分想念你"。当时，我正在托克逊县前进公社的新兵十七连参加为期三个月的训练。

第二天刚起床，战士们便议论新兵十九连被派往边防的事，并纷纷踊跃报名上战场前线。下午我又收到了二姐的来信，我迫不及待地将信拆开来看，二姐在信上告诉我，全家人最想念你的要数咱娘，其次是爸爸、大哥、二哥、三哥、大姐和二姐。我已泪流满面，担心被班长看见，便偷偷地走向一边快些看完信的下文，我万万没想到的是，二姐在信上告诉我母亲问新疆打起来了吧，并嘱咐我说如果真的打起来的话，让我一定勇敢地上前线。

我们铁道兵第五师很快参加到南疆线——新疆鱼尔沟——库尔勒的铁路

建设中去。

1983年南疆线—鱼尔沟—库尔勒全线通车。

1984年铁道兵集体转业到铁道部，我们铁道兵第五师改编为中铁十五局。为了报答母亲的养育之恩，1985年6月我从中铁十五局调回老家建平县农机修造厂工作。

我还十分清楚地记得，我回到家的当天，母亲端坐在屋中央向我微笑，而此时的母亲已经瘫痪在床上有十七八年，特别是当母亲看到我邮回家的两大木箱子里装的全是书籍的时候，更是高兴万分，夸我这兵没白当，出息了。

全家团聚是母亲最大心愿，我从外地调回，犹如香港回归到祖国的怀抱，母亲着实高兴得不得了，可是好景不长，母亲突然变得沉默寡言起来，不吃也不喝。我害怕得不得了，以为母亲突然患了病。三哥告诉我母亲患的是心病——向老天许下的三个愿，打从我回来的那天起就想还了。三哥告诉我母亲是信守诚信的人，已经向老天许下了三个愿，第一个是爸爸抗美援朝走的时候，向老天许下的愿；第二个是二哥当兵走了以后，向老天许下的愿；第三个是我当兵走时，向老天许下的愿。中心内容是：如果母亲的亲人们能够平安回来，供奉老天一个猪头、一场驴皮影戏。母亲说现在已经全家团聚了，日子也已经比先前好过多了，想把这个愿还了。

我当即答应了母亲的要求。

这是1988年春末夏初，当时正好有一个皮影戏班子在山乡走村串户，我找到戏班的负责人并说明了来意，对方当即应允下来。特别是当这位负责人知道母亲的真名实姓后，必须先上我家来唱，他说早就耳闻母亲是上下营子出了名的孝女。

许愿和还愿都是要举行仪式的，母亲说她向老天许下的三个愿都在夜幕降临、天空布满繁星的晚上，而且必须在家屋檐下的天灯牌跟前。虽然母亲许下三个愿的过程我一个也没亲自见证过，但还愿过程我却经历了始终。一个夜幕降临后天空布满繁星的晚上，母亲在我和三哥的帮助下在屋檐下天灯牌前放上一个吃饭的炕桌，上面摆放着三个提前买好的猪头，点燃三炷香后，母亲便在我和三哥的搀扶下双膝跪地双手合十默诵老天在上，能够保佑三位亲人平安回来，她要兑现自己承诺过的誓言，然后磕了三个头。

母亲的虔诚深深地打动了我，内心不时涌起波澜。

第二天晚上，戏班子全体人马一股脑儿地拥进我家院落，开始了为期三天的驴皮影戏的演唱。还不到开场演出，我家小院已人山人海，就连大门外、墙头上也挤满了前来观看的人。第一场唱的是《四平山》，第二场唱的是《花木兰扫北》，第三天也就是最后一场唱的是《呼延庆打擂》，戏班人员唱得格外卖力，又如泣如诉，前来观看的人格外多，小院几乎被围了个水泄不通。母亲端坐在炕中间，观看得格外聚精会神。当戏班唱到"我为你老呼家招兵买马，我为你老呼家大报冤仇"，整场演出接近尾声时，漆黑的夜空突然电闪雷鸣，雷声大作，一场大雨瓢泼而下……

辽西干旱是出了名的，盼天下雨比拾到金子还宝贵。那天，虽然不少人被浇成了落汤鸡，但反馈到母亲耳边的信息却令人感动：说母亲是位有德之人，虔诚守信，竟然感动了老天！

好记性不如烂笔头

——我家关于写日记的三代传承

胡世宗

我出生在沈阳，原籍营口。父亲胡庆荣十几岁只身闯荡沈阳，当了一名勤杂工，后来到红星制药厂工作。虽然没上几天学，但他自学成才，以快板、数来宝等形式配合当时的政治宣传且收获颇丰。1953年，《沈阳日报》曾专门采访报道过我父亲的事迹。

我父亲能取得如此成绩，全凭日常观察、记录生活。我曾经读过父亲的日记，记的都是"某月某日，世宗探亲回家"等日常琐事。但它对我的人生产生了很大影响。从此，我也开始记日记了。

我的早期日记是从1956年9月开始的，那时我十三岁，在沈阳市第二十二中学读初一。我在当年9月21日的日记中写道："今天上课听见一个消息，同学夏再山告诉我，他家生活困难所以不念书了。我听他这样说，心里很难过，差点哭出来……"同学感情跃然纸上。刚开始不是每天都记，后来上了沈阳第二师范学校，我才每天坚持写日记。

在第二师范读书期间，我担任校刊《园丁之路》主编，每天都用心观察、记录、还原师生之间发生的故事。那时候，学校经常组织师生下乡劳动，同学之间的嬉戏、赛歌，同学中当炊事员起早贪黑的辛苦，老师的关怀，还有参加市区诗歌活动，如赛诗会、诗歌讲座等内容，都成了我日记的题材。

我早年的日记本，几乎每本日记的扉页上都有这样一句话自勉："假使你对生活热爱，就不该让日记有一页空白！"

1962年，从师范学校毕业的我应征入伍，成为一名解放军战士。当战士期间，白天训练，我就利用晚上时间读书、写日记。站岗结束，我偷偷地躲到洗漱间，读书、看报、写日记。不站岗时，我就悄悄地趴在被窝里打着手电坚持读书、写日记，把每天的经历记录下来。

量的积累产生了质的飞跃。一年下来，我发表在军内外各类报纸上的诗歌、文章达四十多篇。当时，首长给全团全年在报刊上发表一百篇稿件的指标，我一个人就完成了一半。

1965年，我受邀到北京出席全国青年文学创作积极分子大会，受到了周恩来、朱德等党和国家领导人的接见，并见到刘白羽、茅盾、老舍、周扬等文化界名人。特别是会议期间，能与自己敬仰的贺敬之、李瑛等诗坛前辈面对面地座谈，使我更加坚定了努力的方向，找准了自己的定位——《北国兵歌》，从此在我的笔端唱响——日记是创作的素材，诗歌是日记的提炼与升华。

在我的日记中，光记录部队生活的内容就达三百多万字。这些日记宛若一部军旅史诗，记录着我的成长，也记录着中国军队的变革和前进。

我的日记依然如影随形。我把写日记当作自己和自己心灵的对话，日记成了我生活中的重要内容。在我看来：凡是经历过的生活，没变成文字就等于白活。

工作中，我接触、采访过很多作家、诗人，我把这些经历写进日记，为日后创作积累了大量素材。如：我把记录与臧克家、贺敬之等四十四位著名诗人交往的日记素材进行提炼，写成两本《当代诗人剪影》，由春风文艺出版社结集出版。前些年，著名诗人柯岩逝世，《沈阳日报》编辑约请我写一篇纪念文章。我接受任务后，翻开与柯岩交往的日记，其中的素材信手拈来，六千字的长文一气呵成。这都是日记给我带来的益处。

如今，退休后的我与日记缘分难舍。不论是参加会议，还是朋友聚会、外出旅游，我都要将相关内容记入日记，以备日后查询。2015年3月1日至5月26日，我携老伴参加了一次为期八十八天的环球旅游，途经三大洋、五大洲、十八个国家和地区。途中即使再劳累，我每天也要以日记形式把沿途所见、所闻、所感记录下来，发到自己的博客上，与朋友共享。

我根据1979年、1986年两次重走长征路的日记总结、提炼、创作的长篇作品《重走红军长征路》和长征诗集《雪葬》，出版后在读者和朋友中间产生了一定的反响。

"好记性不如烂笔头。"因日记获益的我，不但在日记中每天记录子女成长的经历以及与子女交往的故事，而且引导子女从小学习写日记。

儿子海泉十二岁就开始写日记。他在1987年2月13日的日记中写道："早晨，我刚刚睁开蒙眬的睡眼，发现窗外铺了一层白雪，这雪好大呀！近看……远看……整个世界变成了玉石的世界。我真想大喊：我爱你，世界！我爱你，祖国！我爱你，生活！我爱你，家乡！"

毕业后，海泉独身一人闯荡北京，开始了艰苦的北漂生活。其间，他一度与一名外来打工者同住一间锅炉房，他在日记中描述："晚上睡觉前，闻到了一股浓烈的煤气味道，真的不知道自己这样睡下去还能不能醒来。"

无论是顺利还是挫折，无论是成功还是失败，无论受人追捧还是被人批评，都让日记这种文字记录下经历的这一切。这时候，经历就变成了一笔财富。

日记记录了海泉日常生活中的点滴，他通过日记记录自己，总结自己，提升自己，特别是这种在日记中任意驰骋的思维，对他的音乐创作产生了巨大影响。

如今，我的三百零九本手写版日记已被沈阳市档案馆收藏。春风文艺出版社正式出版的记录超过半个世纪生活和感受的《胡世宗日记》，共十七卷，九百七十二万字，也由国家图书馆收藏。这些文字记录的生活和思想更是收藏在我的内心之中。

清明是根

黄　瑞

清明是泪，清明是根。

清明，是祭奠先人的日子，是想念亲人的日子，是与父母重逢的日子。

父母离开我已近三十个年头了，不论多忙，每年的这一天，我都会以自己的一种独特方式来纪念他们。

我的家族除我们这代，世代农民。是父亲的功劳，他用自己的双肩、双手，硬是把我们兄弟三人，从那个偏远的小村子，肩扛手拉，弄进了城市。大哥成了一名带长的公务员，二哥成了职业军人，我混成一名滥竽充数的作家。

久居他乡为故乡，梦里依然故乡样。

村口的老树，村中的老井，屋顶的炊烟，林梢的晚霞，我抹不去的乡愁，别梦依稀！

曾经多少个夜幕里，我盼着父亲回家的身影。他从清晨出发，肩上挑着一百多斤的几套泥瓦盆，寒风里走村串屯，往返清晨和子夜里。回来时，满身的霜花，眉毛皆白。我迎回来的父亲，不言疲惫，只有笑意，粗糙的双手，数着一角两角的票子，像数着我们三兄弟的希望。

父亲的勤劳，我是说不完的。

曾经多少个时日里，我渴望一件新衣。人长大了，心事多了，可父亲明白我的心，不达我的意。那时，哥哥们还在念书，奶奶年纪大了，妈妈身体不好，都需要钱啊！父亲一个老羊皮袄，从我记事起，每到冬天，总穿在他的身上，直到我离开村子时，二十多年也没见他换掉。村中的场院早没了，午夜的马儿拉着石头碌子的咕噜声早没了，可我分明清晰地听到父亲唤马儿的鞭子声，清晰地看到那件挂满寒月之光的老羊皮袄。

父亲的俭朴，我是说不清的。

曾几何时想吃一顿没有大酱的鸡蛋，那油汪汪、香喷喷的炒鸡蛋，成了儿时的梦想。那时，家里只有奶奶才有这个口福。妈妈每次做饭，要炸鸡蛋酱，如果用两个鸡蛋，她也会拿出一个不放酱的鸡蛋，用小碟装好给奶奶。奶奶的柜子里，一直有两个小罐子，一个装点心的，一个装小米的，总是满满的。挨饿那年，奶奶从罐子里抓了一把米给我煮的粥，真的救了我；一家人都在挨饿，奶奶没有。

父母的孝道，我是看在眼里的。

长大了，村子遥远了，故乡遥远了，父母的坟茔也遥远了！可我与父母的梦近了。

父亲曾托梦问：立交桥下有掌匠的铺子吗？

母亲曾托梦问：城里的十字路口有纸灰吗？

一片云飘来了，不知是从海上飘来的，还是从故乡飘来的；

一弯月，悬在楼角，如同月上柳梢头，恍惚了儿时的梦境；

总想有一次跋涉，把他乡拉近故乡；

总想有一次交流，重温我与父亲母亲的故事。

烫一壶老酒看父亲慢饮，沏一杯清茶听母亲说话。

又到清明了，又一次与我的父亲母亲重逢。

母姓姥姥

贾 辉

姥姥姓母，河北省乐亭县母家庄人士，1940年逃荒到黑龙江省泰康县他拉哈驿站，与刘姓姥爷文伯一起经营一家杂货铺，土改之时收养了三个月大的林姓地主家的女儿——我的母亲，一家三口相依为命。

姥姥的接生婆行当是和太姥学的。姥姥接生的工具只有一把剪刀和一个刷得铮亮的铜盆。姥姥的坐骑是一头灰色白耳朵的毛驴，牵驴的通常是孕妇家的男人。驴通人性，半夜有临产的人家敲打房门，毛驴就扯着脖子一通干嚎。姥姥知道驿站有了喜事，麻溜披上她的大袍，猫腰碎步走出房门。这是我过年时才有的兴奋，饭桌上又有了煮鸡蛋可美美地享用。鸡蛋是姥姥接产的一点酬劳，姥姥从来不收接生钱，她说都是穷苦人，还有揭不开锅的人家，为我外孙子积点功德。孩子满月的人家还有登门酬谢的，这些人家多数是生了男娃，家境好些的，合不拢嘴地进门，把春天的头刀韭菜用高丽纸捆绑着，拴个红绳，外加二十个带有血迹的鸡蛋虔诚地放在姥姥的板柜上，偶尔还有拎两盒槽子糕的，几天不吃就长一层白茸茸的毛，那种蛋香的诱惑，至今回味无穷。

姥姥时常牵着我稚嫩的手去坐席，出门时往往嘱咐一番，坐有坐相，站有站相，吃有吃相，吃菜时在你的这边吃，不能过河，对面客人的那边盘子里面有肉，也不能过河去夹，这是规矩。姥姥总是说吃席要等长辈动筷子方能吃，长辈撂筷子才能离席。我流着口水，急不可耐，使劲盯着炕头方桌上座白胡子老头手中的筷子。

姥姥的语录是屈己待人。挨饿的年月，姥姥领着母亲在冰天雪地里刨着水涝的麦子，把耗子洞里的五谷杂粮扒拉出来，用碾子磨一笸箩，去井沿提汲两筲水，二十印的大锅熬上个把小时，捞点芥菜缨子切碎扔进锅里，招呼半屯子人喝着这锅照脸的糊糊度命。

饥饿逼得人们发了疯，一向不会游泳不会捕鱼的驿站人开始奔向嫩江口的大清泡子。姥姥也丢下手中的接生剪刀，和站里的男人骑驴到大清泡子里捞鱼。挨饿的年景，老天有眼，鱼多得数不清，个头大的扛不动，男人们把多捞的鱼装在姥姥的麻袋里，四五条鱼就能把一条麻袋装满撑破，压得那头白耳朵毛驴放屁喘粗气。

鱼吃光的时候，饿疯的站民就把苞米穰子碾碎，用大锅烀上，美其名曰淀粉。这些淀粉让很多孩子吃后拉不出屎来，一脸猴急的孩子父母搬救兵似的来找姥姥。姥姥也不急，用勺子到猪肉坛子里捝一勺猪油，从头上取下银簪子，朝拉不下屎憋得吱哇乱叫唤的孩子肛门上抹点猪油，肛门周围得到润滑之后，再用银簪子往外一点点扒拉屎蛋子，拉不出屎的孩子痛苦地撅着腚等着姥姥的猪油和银簪子。数邻居家的二秃子扒拉的干屎蛋最多，足有一铁锹板子，屎蛋子掉在铁锹板上乒乓直响，如铜钱落地。

1997年，姥姥寿终正寝，享年九十八岁。临终前，她把胸前的旧荷包沉甸甸地挂在母亲的脖子上，旧荷包里装着一个乐亭小脚女人闯关东的辛酸史，由于家庭成分问题，没有为母亲找到工作，是姥姥一生最大的心病，这沉甸甸的荷包也许能减轻她心头的重负。

驿站里的榔头、蛋子、秃子、黑子们都齐刷刷地跪在姥姥的寿材前给他们的大奶磕头，他们都是姥姥亲手接生的，如今他们有了儿子，有了孙子。乡贤九爷说，驿站自打朱洪武的明王朝有驿路的那天开始，这是最隆重的葬礼。出殡的那天，姥姥的寿材十六人抬，灵车到坟茔地时，送葬队伍的尾巴还没有走出我家的院子，全驿站的人都在为这个乐

亭来的小脚女人送行。猎户的三儿子在驿站小学当校长，姥姥的碑文由
他跪着书写：

　　河北省乐亭县母家庄人，先妣刘母氏之位。

　　驿站的人第一次知道姥姥姓母，伟大母亲的母。

生命的风度

贾　颖

军人出身的父亲，神情里总是带着军人特有的威严。这威严在外人看来是一种英武之气，而在年少的我和姐姐眼里，却一点也不抒情。

若干年后，当父亲已过古稀之年，性情较年轻时绵软了许多。我和姐姐同他开玩笑，说："爸，你年轻的时候是把我们俩当战士来训练的吧？"

身为军人的父亲，常年在部队营房，一个月或者更久回家一次。父亲回家第一件事，是把我和姐姐叫到跟前，向他汇报他不在家的这些日子，我们俩各自做了些什么，然后检讨自己什么事情哪些地方做得不好。最初，我和姐姐总是遮遮掩掩，不肯说自己的不好，如果一定要说，尽量避重就轻。可是，这样显然过不了关。父亲仿佛长着火眼金睛，总能辨出我们哪一句话是真，哪一件事掺了水分。平常的日子，因为惧着父亲回家时不得不做的汇报，凡事也是思量后才做，言行上自然是稳重了许多。

虽然我们常常调侃父亲的严厉和不近人情，却也明白，人生中必要的自省是多么重要。也许我们可以骗得了别人，可是，我们难以欺骗自己。当我们面对自己，问向自己的内心深处时，我们如何还能遮掩得了？又有什么能欺瞒得了的？

父亲也并不总是严厉。当他遇到我的母亲，便生发出许多的诗情画意，变得文艺起来。父亲极爱写诗，不过，他爱的都是古体诗词，那些我永远记不住的词牌，什么"菩萨蛮""念奴娇""如梦令""浪淘沙"，他总是信手拈来，绝不错一点格式。

母亲高中毕业，因着家庭经济困难，放弃了考大学的机会。然而，她心里的大学梦始终是在的。转化成实际的行为，就是阅读。

母亲为自己和父亲订阅了一些杂志：《诗刊》《人民文学》《芒种》《大众摄影》，还有现在已经停刊多年的《大众电影》。我和姐姐对文学的最初启蒙，就是家中的这些杂志。

2017年端午节时家庭聚会，满头华发的父亲拿出他写的《满江红》给我和姐姐看，让我们提意见。我跟父亲说起家中的《诗刊》。我用手比画着杂志的大小，封皮的颜色，又说起有一期的封面印着一首诗的题目——"哭李季"。父母很诧异，那时候的我只八九岁的模样，竟然对这本杂志有着如此深的记忆。我说，是那首诗叫我记住了《诗刊》。

母亲还为我们订阅了适合我们年龄的期刊，我印象最深的是上海的《少年文艺》。只是没有想到，若干年后，我由《少年文艺》的读者，成了《少年文艺》的作者（这是最让父母自豪的事情）。

我的父亲母亲均已过古稀之年，不过，订阅报刊的习惯却是几十年如一日。如今，他们订阅着《新华每日电讯》和《广播电视报》。父亲的性情虽然绵软了许多，但是一些原则上的事情，他还是没有丝毫的改变——比如约了时间做什么事情，他永远早到至少五分钟。比如，他的被子还是如从前一样有棱有角。再比如，我们家人彼此之间，还是会为了自己的冲动冒失和误解，而真诚地向对方道歉。父亲在跟我们说"老爸错怪你了，对不起"的时候，神情特别可爱。

自省和阅读，是我们家的"传家宝"，也是一种生命的风度吧（这是我的理解）。我和姐姐在自省中成长成熟，懂得凡事需先寻内因，由内而外地改正改变，使自己趋于美好。而阅读，我的父母用言行告诉我们，即使你将来不以写作为生、为主要职业，但依然要坚持阅读，坚持写一点东西。因为生活需要浪漫，需要一点点文艺情怀。如此，即便身为普通人，也会有不同寻常的快乐跟喜悦。

站 姿

焦凡洪

虽然我的军装已穿过四十个年头，但使我羞愧的是永远比不上父亲那种老兵的站姿。

从我记事起，父亲的形象就是英武挺拔的，高高的个头，笔直的腰板，满脸的络腮胡子刮得干干净净，什么破旧衣服穿在身上都显得利利整整……

奶奶说，父亲的脚下有根。父亲曾在中华人民共和国成立初期的上海当过六年兵，参军前，他一个大字不识，退伍后，能读报，会写信，还能哇啦哇啦地讲道理，于是就当了大队干部。

当过兵的人有傲骨，就是生活的压力再大也站直了不趴下。家中我兄弟姊妹七个，经常是吃了上顿没下顿。为了多换几个工分，父亲每天三四点钟就起床去捡粪，他说去"出早操"；傍晚下工后还要去砍柴，很晚才回来，这时我们兄弟姊妹几个已在炕上横倒竖歪地睡着了，父亲对我们一个个查看后才去吃饭，他说这是"晚点名"。父亲容得下我们在家中天翻地覆地打闹，但见不得我们生活中的懦弱、屁包。有一次，吃了晚饭，我带着弟弟们从南屋往北屋走，院里很黑，我害怕了，就喊了一声："有鬼！"结果，把弟弟们都吓哭了，我蹿进北屋也跌倒在地上。当时父亲正在收拾一串绳子，他拎起手中的绳子就向我狠狠地抽来，厉声喊道："站起来，胆小鬼！在家里你都害怕，将来怎么去当兵？当兵得有种！"我在挺立的父亲的脚下爬起来，只见身上隆起了一道道血印子……这是我记忆中唯一一次父亲重重地打我，那绳子的印迹在我的心中刻下了：勇敢、坚强！

1978年2月，循着父亲的足迹我参军了，送我出发的那天清早，奶奶和妈妈都哭成了泪人，而父亲满脸的坚毅，一言不发，他一如那种老兵的站姿立在村口，望我远行……

当我探家时，我远远地望见父亲依然站在村口，见到已换上了"四个兜"的军服的我，并无话，只是脸上多了一分自豪。就这样，在一位老兵的站立凝视中，我的肩章由"一道杠"变"两道杠"，由"一颗星"到"四颗星"……

当我又一次急匆匆地赶回家时，村口已少了那个站立的身影，父亲患脑血栓住进了医院。虽经多方救治，他站起来已很困难了，行走更是变成了一步步地往前挪。我们给他买了各种拐杖，还有轮椅，可他什么都不用，坚持艰难地站立，艰难地行走……家人劝他：不坐轮椅，不用双拐，挂个手杖总可以吧？可他发火了："我是当过兵的人，手里怎么能拿根木头棍子？"就这样，父亲又顽强地站立了两年，终于在一天跌倒了，而且腿多处骨折，由此只能长期卧床了。

在之后的六年里，我一次次地回家看望他，在病床上，他先是能立起身子，后能立起手臂，到最后能够立起的只有那根拇指了。

作为一名职业军人，我永远在读父亲"站立"的语言。现在再回老家时，虽然我已见不到那个熟悉的具有标准军人站姿的身影了，但在村口，我会情不自禁地整理一下军容……

我读父亲

金　方

　　父亲离开我整整十年了，十年间我从未停止过对他的思念，每次想起父亲，就会拿出父亲的作品集，一页一页翻看父亲拍摄的摄影作品，仿佛父亲又回到我身边，静静地和我交谈。在我眼中，父亲就是一本厚厚的书，父亲的每一幅作品都是书中最精彩的篇章，翻看父亲的作品如同重读他不平凡的人生。父亲的作品中充满着他的思想、他的个性、他的追求、他的审美情趣和无数关于生命的信息。

　　父亲是个摄影家，他漫长的摄影生涯是伴随着军旅生活开始的，那时父亲在第四野战军《战士画报》任摄影记者。抗美援朝期间，父亲作为随军记者入朝，在朝鲜前线拍摄了《彭德怀司令员视察朝鲜大德山前沿阵地》等二十余幅重大新闻照片，这些珍贵的历史照片曾经在国内许多报刊上发表，如今已作为反映彭老总戎马生涯和光辉形象的重要史料载入史册。转业后，父亲到《辽宁画报》任摄影记者，从此他把镜头瞄向更广阔的空间，瞄向大千世界，发表了二百余组摄影专题报道，成为报社的高产"状元"。

　　父亲的一生是坎坷的。爷爷是个商人，父亲是家中的独子，爷爷将全部希望寄托在他的身上。可父亲偏偏对经商不感兴趣，而迷恋上当时并不十分发达的摄影，并将这个爱好作为自己毕生的事业，这让爷爷十分失望。为了让父亲收心，在生意上助自己一臂之力，爷爷便逼迫正在中学读书的父亲马上成亲。这门亲事早在父亲三岁时就定下了，对方是一个富家小姐，其父是爷爷生意上的伙伴，但父亲对父母包办的婚姻很排斥。为了说服父亲，爷爷请来当时许多社会名流，此时，父亲与青梅竹马的同学已相恋多时，自然无法接受爷爷的安排。于是，在奶奶的暗地资助下，父亲与自己的恋人逃婚到了北平，那位恋人也自然成了父亲的伴侣。此事惹恼了爷爷，一气之下和父亲断绝了关系。几年后，父亲的妻子因病撒手人寰，撒下一双儿女。这位不幸母亲的同事，也就是我的生母因为同情父亲的遭遇，更是可怜孩子，便不顾父母的强烈反对走进父亲的生活中。母亲当时独立选择生活的勇气和牺牲精神，至今令我折服。

在我刚刚记事时，在北京大学读书的哥哥，父亲唯一的儿子，在学校组织的游泳中不幸溺水身亡，哥哥一直是父亲的骄傲，他的离世对父亲打击太大了，整日整夜沉浸在失去爱子的痛苦中，我常常看见他一个人默默流泪。原本期盼时间能抚平父亲的伤痛，不幸的是没多久父亲又得了白血病，这种病在当年被称为血癌，医生断言父亲最多只能活五年。父亲是全家的依靠，父亲病倒了，我们这个家也就完了。此时"文革"爆发，父亲的单位被迫解散，我们全家跟随父亲到农村走"五七"道路，这一去就是十年，父亲一生中最美好的时光就在农村"改天换地"的劳动中度过。在农村父亲当过几年的生产队长，从未干过农活的他，竟然凭着一股闯劲和韧劲，硬是将一个常年吃返销粮的小队变成全公社的先进队。

农村的生活虽然艰苦，可苦中也有许多乐趣。至今我还记得，每当秋天收获的季节，我们一家三口围坐在地头，折下一小捆豆秸，点上火，豆秸燃烧着发出"噼里啪啦"的响声，声响过后，烧熟了的黄豆散落出来，散发出诱人的香气，馋得我瞪大了眼睛。父亲用木棍拨拉出刚刚烧好的、滚烫的黄豆，放在手上吹凉，然后送进我的嘴里。我吃得满嘴是灰，看着我这副样子，父亲和母亲笑得前仰后合。

闲暇时，父亲也会背着相机，带上我，到地野田间捕捉一些生动有趣的画面，我儿时许多精彩的照片都是那时留下的。时至今日，几十年过去了，当年在农村生活的许多场景，都深深地印在我的脑海里，每次想起，内心都会有一股暖流在涌动。我经常想，也许正是这漫长的十年，渐渐弥合了父亲心灵上的创伤，让父亲安全度过疾病的五年危险期，心情也逐渐好起来。

"文革"结束后，父亲重返工作岗位，此时已年近半百的父亲愈发感到时间的宝贵。父亲说，既然磨难不能压垮他，死神不敢靠近他，那就是上天还要给他继续追求生命价值的机会。此时的父亲对摄影创作的热爱已超越了对自己生命的珍惜，他的创作进入了一个自我超越的崭新境界。父亲不辞辛苦地往来于白山黑水间，以自己对生命的挚爱，去感受自然，感受圣洁，创作发表了许多风光摄影作品。这些作品构思精巧，韵味独到，即使是生活中常见的一草一木，经父亲镜头的再现，也都具有了生命的灵性。

在家里，哥哥姐姐长我许多，而且很早就离开了家，在父母身边就我一个人，按说我应该受到特别的宠爱，可事实并非如此，父亲对我的要求非常严厉。即使是生活中孩子常犯的一些小错误，他都不原谅，有时甚至还会实行体罚。有一段时间，我非常恨父亲，有意疏远他，我怎么也想不明白他为会什么要对我如此苛刻。许多年之后，特别是当我为人妻为人母后，才渐渐领悟到父亲的良苦用心，那是一种特殊的爱，他希望我一丝不苟地面对人生，他容不得我在成长过程中出现一点点差错。我想我之所以有今天的一切，都要感谢父亲当年的严格管教，是他给了我正确的方向，告诉我该如何做人。

离休后，经历无数磨难的父亲本应在家中安度晚年，然而，他却闲不下来，背起相机，徜徉在大自然广阔的天地里，凭着自己半个多世纪以来对人生的体验和理解，去摄取一个个美丽而永恒的瞬间。

有一年冬天，年迈的父亲不顾家人的再三阻拦，和别人结伴去黑龙江拍照，由于雪天路滑，不小心摔倒骨折了。当时已临近春节，街道上到处都洋溢着节日的气氛，看见父亲拖着摔伤的大腿，一瘸一拐地走进家门，我真的是又生气又心疼，眼泪哗哗流了下来。当时，母亲生病住院，我正在家待产，照顾父亲的责任自然落在我的身上。那段时间，我不停地劝父亲："年龄大了，别再四处奔波了，好好在家享享福吧！"父亲对我的劝说无动于衷，他说："人活着就是要有一种精神，不幸对每个人都是不可避免的，关键是你怎样面对，如果遇到点挫折就缩回去，这辈子你什么也做不成。"回想父亲的一生，他老人家正是凭着这样一种顽强的精神，才在无数磨难中一步步走向生命的纯粹和艺术的完美。

在父亲去世十周年之际，谨以此篇短文表达我对父亲的思念之情，这便是我眼中的父亲，一个令我骄傲、让我敬佩和感念一生的父亲。

爷爷的身教

纪 蕊

19世纪末期，爷爷的爷爷扶老携幼随着闯关东的队伍，离开了山东登州，几经辗转，踏上了辽东这片热土安家落户。爷爷虽是农民，但他不管身在哪里，都受人敬重，这与爷爷秉承先祖家规遗风密不可分。据爷爷讲，我家世代读书，家风严谨，到了爷爷这辈更甚。

爷爷把"静坐常思己过，闲谈莫论人非"作为家训，拳拳服膺谆谆教诲。打记事起，爷爷始终整洁谦卑，谨言慎行，他每天做得最认真的事，就是拿一把大剪刀，对着小镜子一丝不苟地剪他的胡子。爷爷一生不赌钱，不爱烟酒，谦卑礼让，遇事从不与人计较，不与人争长论短。他跟我们常说的话就是：双拳不打笑脸人，吃亏是福。

伪满时期，年轻的爷爷做过户籍警察。因他生性刚烈，不肯妥协而受到了不公正的待遇。每次通知他去开批斗会，家人都胆战心惊。他倒是一副人义凛然的样子，说他从没做过坏事，行得正立得直，没什么好怕的。我们都不敢睡觉，等爷爷回来。可爷爷不管受多大委屈，进屋时总是乐呵呵地把我们几个挨个抱一抱，然后把我们举得高高的，就好像一位凯旋的将军。在我的记忆中，爷爷从不像村里的老人们那样破口咒骂，或是粗声大气地在亲人面前发泄不满。其实，如爷爷这般遭遇，能没有怨怼情绪吗？只是爷爷以隐忍和豁达来安抚和教诲我们，该以怎么样的心态面对逆境中的生活。

爷爷是家里的主要劳动力，每天天刚蒙蒙亮就出工了。他光干活不说话，而且是干那些谁都不爱干的活。歇工时，爷爷帮贫农老郭头铡草、削豆饼，主动给饲养所里除粪、垫圈、喂牲口。有人举报爷爷，说他拉拢腐蚀革命群众，罪加一等。叔叔们非常愤怒此人的落井下石，爷爷把脸一沉，他们都偃旗息鼓了。爷爷说，夜晚再长，终有天亮的时候，没什么大不了，韩信若不忍胯下之辱，就成不了一代名将，咱受点委屈算得了什么，只要一家人平平安安就好。爷爷最终没能成为一代名将，却为我们留下了受用不尽的财富——宽容。

而今，我终于明白"静坐常思己过，闲谈莫论人非"之于我的莫大好处：人生难免坎折，遇事多反思自己的过失，就容易宽宥别人的恶，就会化解对人和事的怨恨，做一个心胸高远、意守平常的人；祸从口出、病从口入，是非曲直与己何干？不散播，勿妄言，便是个严于律己的修养之人。

东山院子

孔庆武

丙申冬月，出岫岩，进海城，过山海关，我像一条小鱼游进了北京城。

鲁迅文学院的灯光，温暖地照在大厅的报名处。身后是鲁迅先生如炬的眼神，望向远方。两位老师登记了我的姓名，看过了录取通知书，领了登记门牌，我正式入驻鲁迅文学院学习。

从在报刊公开发表作品算起，我用了十年时间，从东山的院子走进鲁院。因为爱上文字，在字里行间耕耘，写豆腐块，爬格子，一路走来家人给我的影响最大。

记得童年我有一个刷黄色油漆的小木箱，是叔叔当兵后留下来的。挂把小锁，藏着我的秘密。其实，也就是多半箱小人书和少部分玩具。这些书本，让我啃到第一块精神食粮。别人家孩子买玩具、买衣服，我们家也买，买得更多的是书。家人在孩子面前唠嗑，提到最多的是谁家的孩子考上大学能读书之类的。耳濡目染，别的孩子喜欢疯玩，我喜欢读书。后来写作时，因为在校园里我的书没读到多少，现在反倒比学生时代读得多。

20世纪80年代那会儿农村常停电，晚上睡得早。睡前讲几个故事成了惯例。好读，好玩，好听，伴随着童年的好时光。我们家不缺的是书本笔墨，没有经史子集，有四大名著，有各类报刊，有父母的叮嘱——好好学习！

上学了，东山的院子增添了生气。每天早晚有个戴红领巾背书包的同学出入。现在看着上幼儿园的女儿，便看到了自己的影子。

上学，参军，工作，书本一直陪伴在我身边。冬天冷，趴在大火炕上写。夏天热，搬上板凳坐在山墙背阴处写。累了，倦了，惰性来了，想一想爸爸说的，头悬梁，锥刺股。

我在写作路上每步成长，得益于父母的支持。复员后，结婚前正是入门写作的重要时间段，每年订阅各类文学报刊，每天下班，换下衣服，闭门读书。时间久了，到了饭点，父母喊两声，我答"知道了"，继续读书。一方面是自己底子薄，一方面是当时如饥似渴。常常错过饭点，一门心思在书本上。妈妈把饭菜盛在锅里保温。夜里肚子"咕咕"叫，才知道吃饭。这样读着、写着，偶有发表和获奖。入了省作协后，也结束了单身生活。妻子不喜欢写作，但支持我的爱好。见我学习，不打扰，有时还能帮助打字。后来偶有稿费和奖金，留点买书，其余送给妻子。家里的支持似春风，助我在文学路上成长。

选择一种爱好，可以影响一生！

好好生活，好好爱，做一个有爱好的人！

在东山的院子，有喜鹊登枝；有月季花、荷花、野刺玫花盛开着，芬芳着院子；松鼠蹿上飞下嬉闹打斗，野兔野鸡满山跑。

在东山院子，沐浴阳光，看山观水，闻槐花香，雨天静听雨打红瓦屋檐滴水，捧一卷在手，没有烹雪煮梅，有山水煮茶，这个地方是我居住的家。有一缕风，贯穿全身，给我无尽力量，我想这是文学的力量！

少年行

李　皓

没有电脑、网络、手机的时代，老师对我们写字的训练是极其严格的。然而，时至今日，一切都变了。

还好，小学一、二年级的孩子还是用铅笔。用铅笔写字，力道颇费思量。用劲过猛，铅笔芯就折了；用力过轻，起不到练字的效果。而削铅笔，也算一门学问。铅笔芯外层的木质部分，要削怎样的坡度才适合写字？陡了，不利于握笔，写出的字也是歪歪扭扭；太缓，削出一个长长的铅笔芯，最易折断。铅笔芯的尖部，削得太尖，按到纸上迅速折断；削得太粗，写出的字迹极不美观。人的天分，在细节处，就是把握一把小小的削铅笔的刀片。天分高的人，会把铅笔削成艺术品，写出的字也是大大方方，中用耐看；天分低的人，能笨出花来，老师的教鞭也不管用。后来有了卷笔刀，让铅笔浪费起来，一不小心，就卷断了，再卷，仍然跟心灵手巧的学生削出的铅笔相去甚远。

20世纪70年代中后期，普通农村家庭，买一支铅笔也是需要斟酌的，那一分钱，恨不得掰成两半来花。所以，这"贵重"的铅笔，也能成为我们的礼物。"下乡青年"的女儿尹大平，二年级回大连念书，我们都舍不得这个个子挺高，不怎么漂亮，但身上有着城市气息的女同学，我们一人拿着一两支铅笔来到她家，默默地把铅笔放在她家的米柜上，一句话也不说，站了一会儿就离开了。从此，尹大平和作为礼物的铅笔，一并从我们的身边消失得无影无踪。

后来出现了自动铅笔，那细细的笔芯，轻轻一撅，一小截就没了。那样的笔，是断不能让学生练出一手好字的。而当下孩子的手拙，在我看来，与不削铅笔，不制作木枪、滑冰车之类玩具是有着巨大干系的。

要使上自来水笔，我们在三年级还有一段蘸水钢笔的训练。现在的孩子，直接用上了一次性的油性笔。科技的发达，该让孩子们享受便捷，但他们的字同样也打了折扣。

钢笔杆只要一支，钢笔尖是可以换的。那样的钢笔尖，不能过于用力，力度大了，笔尖就劈了，且极易划破作业本。蘸墨水少了，写不上字，蘸多了，墨水就滴到本子上，搞得作业本花里胡哨的，极不美观。最要命的是墨水瓶经常被碰倒，倒在书本上、桌子上还好，洒在衣服上，是常有的事。那时的孩子，也没几套衣服，洗掉了还好说，洗不掉还真是让人难为情。我妈给我做了一件的确良白衬衣，没新鲜几天，就被同学溅上了墨水。妈妈心疼得不得了，把我打了一顿，边洗衣服还边数落我。可同学的妈妈来道歉的时候，妈妈竟然装得跟没事人一样说："不要紧，不要紧……"

四年级开始学毛笔字，乡下人也叫墨笔字，写大仿。爸爸给我买了一捆质量不怎么好、类似烧纸那样的纸张给我练字。我买了一本沈尹默的字帖，无师自通地瞎练一通。春节，就大胆地给自家、邻居家写对联，名声在外，颇有些沾沾自喜。这样断断续续练了些年，虽不敢妄称书法，但在中学里、部队上办黑板报倒是用得上了。前年与一干作家在洱海采风，看大家都不动笔，我自不量力上去挥毫一阵子，中国散文学会会长王巨才竟称赞我是"童子功"，心底下颇为高兴。想想那些所谓的书法家歪歪扭扭的"书法"，我又买来笔墨纸砚，装腔作势起来。

有人说，一手好字是人生的财富。我想，不求达到书法的境界，但求对他人的尊重，也要工整而为之。由楷而行而草，恰如由铅笔而钢笔而毛笔，哪一个过程都不可或缺。

送给孩子的三个锦囊

李见心

孩子，首先我想对你说，你是我生命的杰作，最完美的诗篇。套用一首流行的歌："你存在，我深深的脑海里，我的梦里，我的心里，我的歌声里。"但我对你的爱不大于任何一个父母对孩子的爱，也不小于它。它如此妥帖、温暖、适宜，就像自然一样自然，像存在一样存在。

孩子，感谢你成为我的孩子，让我见证了你的成长，成长的过程是神圣的，从过去俯视你到现在仰视你，这低头抬头之间，耗尽了人间的极爱与向往，我们都收获满盈，我从你身上学到的远比你从我身上学到的要多，感谢你让我学会用你的眼睛看世界，把每一天都当成第一天。

现在，你已迈进大学的校门，撑起自己独立的天空。这时候，我只想送你三个锦囊。需要时你可以打开它，但我相信你时时、处处都需要它，它应该化作你血液的一部分、人格的一部分，成为另一种自然，它是生活态度，也是思维和行为方式。

第一，面对挫折的态度。我一直建议从小学起就应开设挫折教育课，它甚至比数学、语文还重要。把挫折视为人生的常态，它像成长需要风雨一样正常，是人生必须要经历的，痛苦或苦难是人生的必修课。你能找到完美的人，却找不到一个没有痛苦的人。小的人物要经历小的痛苦，大的人物要经受大的苦难，没有人是一帆风顺的，每个人的一生中都会遇到这样那样的挫折，我们改变不了风雨，但能逆袭对挫折的态度，而心态决定状态。俄国作家陀思妥耶夫斯基说："一生中我唯一担

111

心的是，我怕我配不上命运赐给我的苦难。"这话多牛呀！多伟大呀！伟大的心态把苦难也变得高贵，涂成了金色。

第二，宽容的境界。大学里你会遇到形形色色的人，你们也会举行辩论赛，对于与你不一样的人，对于与你持不同意见者，你会怎么想或做呢？要记住一句真理：参差多态才是世界的本原。还要记住一句话："我可以反对你的观点，但我誓死捍卫你讲话的权利。"试想想，这世界如果都是和你一样的人，复制数十亿个你，该是多么无聊呀！人类也就消亡了。宽容是一种修养和境界，对于你的对手或不爱你的人，你也要感谢他们，学会站在他们的角度考虑问题。爱你的人让你学会了爱，不爱你的人会让你学会更大的爱。你要把来到你身边的每个人都当成天使，哪怕他偶尔露出魔鬼的面目，你也不要后悔你的付出，因为月光恰恰是为黑暗存在的。

第三，感恩的方式。孩子，你早晨起来，阳光满眼，食物满腹，关爱满心，你将用怎样的爱感恩回馈你得到的这一切呢？爱的要义并不是什么倾心、献身，而是用一种崇高的动力去成熟，在自身内有所完成，忍受孤独和寂寞，找到自己的位置，充分发挥自己的潜能，去完成一个自己的世界。只有相信奇迹才能创造奇迹。奇迹行走在大地上，每个人都是个奇迹，也会不断创造奇迹。而所谓奇迹就是使自己幸福也使别人幸福。这才是感恩的方式，也是最大的善和孝。小孝为家，中孝为企，大孝为国为全人类造福。

好了，孩子，最后祝你不一定长成我愿望的样子，但要长成你愿望的样子，与你的才能匹配，与你的梦想等高。

无字家规

李　铭

家规是指一个家庭的行为规范，一般是由一个家族遗传下来的教育后代子孙的准则。

家是组成社会的细胞，家和万事兴。可见一个家庭的和谐稳定对社会的大环境影响该有多么重要。我祖籍是河北省青龙县，大约在光绪年间，老祖宗一副担子担着自己的儿孙落脚到大辽西。我去看过祖宗居住过的地方，在辽西朝阳的茫茫丘陵山地间，他们选择了一处僻静的场所。背依丘陵，面对浅河，开荒垦田，男耕女织。

扎根落脚以后，祖宗也曾把家搬离这深山。我在故居看到的仅仅是聚集一地的碎石，它们静静地有规则地散落在地上。依稀能见的是一堵墙的轮廓。碎石的内心能够缅怀逝去的时光，却不能开口描述彼时的镜像。从祖宗到现代，我们老李家加起来历史也并不久远——总共七辈几百口人。

祖辈都是老实巴交的庄户人，几乎没出过文化人。我很小的时候，从我老爷爷那里看到我们李氏家族的一段文字记载。那是写在一块黄布上的"过子单"。大意是老祖宗家里孩子多，难以抚养，因为家族叔叔家里无后，老祖宗就过继给叔叔家里做儿子。时间是清光绪年间。后来发生了什么事情，没有任何文字记载和口头亲传。祖宗过继以后怎么样？为什么又从河北迁居辽宁？这一切都变成了历史的谜题。人生，就是在历史长河中的一道划痕，有的地方我们能够洞悉，有的地方已经模糊不清。

我老爷爷活着的时候做过生产队长，他手里曾经有跟河北老家那边往来的几封书信。我这才知道，祖宗的原籍是河北省青龙县一个叫桃君山的小地方。

之所以不厌其烦地提及这些，是想说明我家的一个事实：祖传家规是无字的。

爷爷李青是老实出名的，他当年打柴火挑着去朝阳城卖，被人讹诈说是偷了凤凰山的官柴，逼着爷爷把柴火挑到指定的地点没收处理。爷爷步行四十多里地，挑着二百来斤的柴火。回来憋屈得上火，把这事讲给了父亲。我的父亲李景先年轻时候也有类似的经历，他挑着一担黄茅草去朝阳城。一百一十七斤，一百斤七块钱。他们都是铁骨铮铮的男人，用自己的血汗谋生养家，即使倍受凌辱，仍然乐观开朗地活着。

我爷爷有句经典的名言：谁欺负咱，骑咱脖颈子拉屎，扒拉下去就是了。

这句金句曾经是我感觉耻辱的家族记忆。凭什么叫别人欺负？凭什么叫别人往脖颈子上拉屎？然而少年轻狂了几年，我才悟透了祖辈的这句家规。

"世间有人谤我、欺我、辱我、笑我、轻我、贱我、骗我，如何处治乎？""只是忍他、让他、避他、由他、耐他、敬他、不要理他，再待几年你且看他。"当有一天我悟到这段话的时候，心里一惊，四十岁的时候悟到不晚！

小时候特别恨我爸妈。因为在外面不管遇到什么事情，都不敢打架。爸妈的原则是不管对错，只要打架，回来必受重罚。这叫我们弟兄六人不敢越雷池半步，小心翼翼地长大成人。

小时候吃饭的时候不能大声吧唧嘴，不能用筷子敲碗碟，不能用盘子吃饭，家里来客人不能擅自上桌，尤其是吃饭不能缠席。当然这些家规，在现在很多已经不被重视，但对我的影响还是广泛深远。顺便说一下，我吃饭的速度那是相当惊人的，而且饭碗里不会剩一个米粒，不能浪费一点粮食。很多朋友观察我吃饭，纷纷纠正我吃饭的时候要细嚼慢咽。我屡次努力，速度还是降不下来，爸妈的要求是快点吃饭，吃完去干活。

我的爸爸是共产党员，今年八十一岁。爸爸能成为党员是靠在生产队里务实苦干得来的荣誉。他现在还是闲不住，除了干农活，每天还要学习识字。他几乎不会写字，也很少讲什么家规家训，但是，他的言传身教已经是一本立体的家规！

如果我来总结这无字家规，那就是八个字：天道酬善，天道酬勤。

与人为善，不争长短。善心面对世间万物，善待自己，善待他人，这一点我们弟兄都做到了。勤奋持家，努力完善自己的事业，这一点在我的身上也有所体现。初中毕业，自学写作。十八载梦想照亮现实，能够成长为一个作家，我要感谢的是祖辈留下的无字家规。

踏实做事，身体力行

李明慧

李家是个大家族，太爷爷以前的祖祖辈辈都是庄稼人，以种地为生。到了太爷爷这一辈，就有几支经商了，在宁远城里有了门市和产业。无论城里还是农村，李家人都秉承祖辈家训："踏实做事，身体力行。"即使雇了伙计和长短工，李家人也是带头做事，指导和督促他们，把事情做好做细致，所以，李家商铺在宁远城远近闻名，李家人在十里八村都拥有极高人脉。

爷爷这辈兄弟三个，大爷爷和老爷爷在城里谋事，后来老爷爷还成了政府官员，年老时随儿子去了美国，大概要把家训传承到美利坚，而爷爷则一直留守农村，带着全家人和李家另外两个支脉过农家生活。

由于李家家训的影响，李家人几乎个个炼成能工巧匠。几个叔伯爷爷除了是种田能手，还是出色的泥瓦匠。做校长的父亲，跟着爷爷们耳濡目染，不但学会了瓦工，还无师自通，悟出了木工技巧，盖房上梁样样精通，就连制作家具也是一手好手艺。年幼的老叔叔，也成了响当当的瓦匠，二叔叔则是全乡闻名的铁算盘。我出生的五间大瓦房，就是爷爷领着家人建造的。在过去年月，李家人虽然个个能干，怀有一技之长，却没有靠这个发家致富。那时，农村人盖房修屋不容易，李家人仁义，都是这家帮忙，那家出工出力，顶多吃口饭，遇到贫困人家，干脆连饭都不吃。

家族中身体力行最极致的是父亲。父亲这个校长，抓教学是行家里手，听课评课导课课课精通，有时还给教师做示范课。在父亲管理下，学校各项工作考核总能名列前茅。每逢和父亲交流，我们认为父亲事必躬亲，太累。父亲总是说：农村学校，特别是村小，和城市学校没法比，教师少，工作量大，一个萝卜一个坑，当校长的不身体力行，怎么带动教师工作，提高教学质量？他告诫我和弟弟，做人凡是力所能及的，就不要指望和转嫁别人。

父亲的瓦工、木工手艺，在校园有了用武之地。节假日，放学后，校园里经常传来叮叮当当的声音，那是父亲为了不影响和耽误师生工作和学习，义务维修桌椅。父亲不必自己维修，学校有这笔经费开支，但父亲把节省下的钱用在了教学上。这样的开源节流，"人尽其才"，倒也成了乡村的美谈。

父亲身体力行，把自己奉献给学校，还让母亲跟着踏实做事，做了无名义工。学校有两个大花坛，每年都要栽各种花花草草，照理，花草可以让学校给买，这不违规。父亲不这样做，老人家在家里播种，花籽当然是向亲戚朋友要来的。发芽，栽种，间苗，侍弄大了再移植到学校花坛。辽西春天干旱，母亲和父亲就要每天浇水，还要除草。学校省下了买花的钱，父亲母亲却付出了辛苦。父亲也知道自己过两年就退休，留钱对他来说也没什么意义，可父亲在为下一任校长留家底。等到父亲退休了，一个村小，居然有七八万元经费，而其他学校校长退休了，学校经费都成了负数。

明年，父亲就八十岁高龄，母亲也七十八岁了。在我的记忆中，父亲母亲很少支使我们做这做那，更没有要求过我们什么。倒是父亲母亲，在自己的菜园里为儿女种菜栽花，栽种我们喜欢的苣荬菜、小野蒜、秋葵……就像小时候生活困难，缺少食物和水果，父亲就在院子里种下桃啊杏啊梨啊葡萄啊一样。种下的是自食其力的种子，结出的是甜蜜幸福的果子，传承的是"踏实做事，身体力行"的家训。

一直记得，小时候看爷爷洗脚，我要给爷爷倒洗脚水，爷爷阻止我说，洗脚水是脏水，不能让别人倒；自己能做的事，也不能让别人做，否则会折寿。

　　身为李家后代，工作和生活中，不知不觉地践行着"踏实做事，身体力行"的家训。有时候，单位年轻人想帮我"减负"，我就向他们讲爷爷说给我的话，告诉他们爷爷九十四岁无疾而终，他们听了也觉得不无道理。

坚守的力量

李 玲

说起家风，我感受最深的是坚守。

我的父母都是南方人。父亲有点像《激情燃烧的岁月》里的石光荣，从小被一个孤老太太也就是我的奶奶收养，后来她因病离世，父亲便参加了游击队。中华人民共和国成立后，父亲在部队学习文化成为一名通信兵。母亲很美，她个子不高，皮肤白皙，眼睛大大的总是透露出温暖而善良的目光。不过，在我的记忆中，父母始终是在吵吵闹闹中过日子，有时我甚至不明白当年母亲为什么会义无反顾地随父亲走南闯北。1958年，父亲复员后服从组织安排来到东北，母亲默默地克服了水土不服、饮食不一带来的不便，用柔弱的身躯哺育了我们兄妹四人。

父亲在县城里负责通讯科和广播站，有一个徒弟我叫杨叔，和父亲一样都是钓鱼迷，我们两家最开心的事就是分享他们的劳动成果。不知为什么，"文革"开始的时候，父亲和杨叔竟莫名其妙地成为对立派，师徒俩较着劲在各自的指挥部上架起了用几个小喇叭合成的超级大喇叭搞政治攻势打嘴仗，最可怕的是有时候还相互枪击对射，母亲带着我们过着担惊受怕的日子。1970年，我们家成了第一批"五七大军"下放户，临走的时候，杨叔送来一百斤大米，据说那是他费了很大劲"走后门"批的，那一刻师徒俩的手紧紧握在一起，默默地流下了眼泪。后来在农村每逢青黄不接的时候，杨叔就托人为我们送些粮食。三年后我们家被落实政策返城。

　　来到东北后，由于经济条件和交通不便的原因，很难回一趟老家。1974年秋天，思乡心切的母亲带着三岁的小弟回老家看望患病的姥姥，结果到了南方小弟水土不服，没待上几天就不得不回来了。从那以后，母亲再也没有回去过，想家了就给我们讲海的故事。

　　家里的日子一天天好起来，1977年春天我中学还没有毕业，母亲却因意外的医疗事故瘫痪在床，不能吃不能说话。父亲没有麻烦南方的亲属，一个人全身心地护理母亲，债台高筑仍为母亲治病——半年后，母亲还是静静地走了，当时刚刚五十岁的父亲一下子老了很多。他默默地工作，默默地看着我们一个个成家立业……

　　父亲在我们不知不觉中离休了，他坚持要住在当年单位分给我们家的那不到三十平方米的平房里，每年的大年三十我们一大家十多口人挤在一起，听父亲唠唠叨叨地挨个数叨一遍，讲那些遥远的传奇故事，欢声笑语，亲情浓浓，其乐融融。父亲还要亲自给我们做些南方的家乡菜，每当有鱼端上来，父亲就会自语道："要是能钓上一条红毛大鲤鱼过年就好了。"

　　父亲不能像从前似的去大河边钓鱼了，因为他患有严重的关节炎，出门必须要靠轮椅来帮助。一次，我们带父亲去一家大酒店吃饭，看到满桌子的好菜，父亲有些不高兴地说："咋的，有了好日子就不知道怎么过了？"搞得大家都很尴尬，但大家都明白，父亲的经历太多了，看不惯的事情也就多了。

　　2007年的那个夏天，八十一岁的父亲在我们没有任何准备的情况下像母亲一样静静地走了……我的父母没有给儿女们留下什么物质财产。父亲严于律己，近似于刻薄地教育我们要淡泊名利，一次又一次地将荣誉、涨工资的指标让给别人，一次又一次地行善事献爱心，他对母亲的那份忠贞不渝的情感无不让人动容。在那些艰苦的岁月里，心灵手巧的母亲总是能够将简单而枯燥的生活变得神奇而有光亮——他们用生命诠释了坚守的力量。

　　每到过年我们兄妹都要聚到一起，或许这便是父母传承给我们的最好的家风。

老爸的城市生活

李伶伶

老爸是个农民，来到城市后，最大的不适应是满身的种地本事得不到施展。

老爸在农村时是个种地的好把式，花生、玉米、大豆、高粱，不管种啥，都能有个好收成，尤其擅长侍弄葡萄。我家有个葡萄园，里面栽了四百多棵葡萄藤。老爸有时间就去葡萄园忙活，把葡萄园弄得特别干净，谁见谁夸。秋天，老爸葡萄园里的葡萄总是最先成熟，葡萄颗粒饱满，色泽诱人，客商爱买，村人羡慕。老爸很有成就感。可城市，哪有种地种葡萄的地方啊？楼后倒是有一块空地，种的都是景观树。我们不认识，听说叫银杏树。树下不让种东西，菜都不让种。老爸是个守法公民，不让干的事绝对不干。

老爸在屋里待不住，整天出去溜达。最爱去的是菜市场，因为菜市场人多，还能跟卖菜的说说话——讨价还价式的说话也是说话嘛！老爸太寂寞了，朋友都在农村老家，在城市，连个说话的人都没有。住在同一幢楼里，乘坐同一部电梯的邻居，在那么小的空间，那么近的距离，都不会跟你说句话。这一点，让老爸很不适应。不适应归不适应，他依然会按照自己的方式处世，每逢和人一起进楼门，不管认识不认识，都会帮人开下楼门。跟楼上的赵叔就是这么认识的。

那天赵叔抱着东西进门，老爸见他腾不出手，忙帮他开楼门和电梯门。赵叔很感谢，一聊，他住在我家楼上，比老爸小两岁，退休多年。

一天晚饭后，老爸又出去溜达，在小区门口碰见赵叔。他也出去溜达，跟老爸不同的是，他不是没有目的地行走，而是去一个健身场所健身。老爸还不知道有这样的场所，赵叔就带他去了。是另一个小区的室外健身场，有一些简单的健身器材，供居民健身。以后，老爸就经常跟赵叔去那里健身。

过年那天，我爸出去买菜。一出楼门，看见赵叔被抬进救护车。老爸忙上前询问怎么回事。赵叔说，蹬凳子打扫卫生来着，摔了一跤，腿摔折了。

赵叔在医院住了一个月，做了股骨头置换手术。出院后，老爸去看他。赵叔心情很低落，想到自己以后走路一跛一跛的，就觉得丢人。所以不想练习走路，更不愿意出屋。老爸说，你这么想不行，你得练习走，现在不练习，以后就不会走了。别人爱说啥说啥呗，管他呢！以后老爸经常去开导赵叔，鼓励他出去练习走路。赵叔腿好后，特意来我家感谢老爸。这是他第一次去楼里的邻居家串门，也是我家来的第一个楼里的邻居。

春天来了，楼下的银杏树长出了叶子，扇形的，像一把把小扇子挂在树上。因为干旱，持续的干旱，刚刚舒展开腰身的银杏叶渐渐变黄。一天晚饭时，老爸说，楼下的银杏树快旱死了。我说，那应该浇浇啊！晚饭后，老爸去楼下浇银杏树。没有水泵水管之类的东西，只能拎着水桶，一桶一桶地浇。楼下乘凉的人见状，说，受这累干啥？这都是物业的事，物业都不管，你管啥？还说，浇也浇不活，你看那棵树，叶子都掉没了！是啊，一共十棵银杏树，有一棵的叶子几乎全掉了，剩下的九棵，叶子也掉得差不多了。老爸说，我就不信浇不活！又说，我高低把它们浇活了！于是，每棵树两桶水，两天浇一次。那棵叶子掉光的树，老爸也没放弃，每次浇水时，给它也浇两桶。半个月后，有个看热闹的人说，那棵死树活了！老爸抬起头，看到那棵被认为旱死的银杏树的树枝上冒出了两个新芽。真让人惊喜！一个多月后，银杏树又恢复了原貌，像没遭遇干旱一样，变得郁郁葱葱。

　　一天，老爸在银杏树下除草，有个老奶奶从旁边路过。她看看银杏树，又看看老爸说，这些树活了多亏你啊，树神都会感谢你的！老爸听了很开心，觉得所有的劳累都是值得的。

　　因为浇活了银杏树，老爸成了小区的名人。第二年春天，物业在小区里栽了些桃树和葡萄藤，号召居民认领。老爸认领了七棵葡萄藤，再多不让。其他认领的人都来问老爸桃树、葡萄藤该怎么管理，老爸总是耐心解答。老爸的城市生活变得忙碌起来。

忠厚传家久

李学英

今年九十二岁的老爸在过年的时候，给我们每家写了一副对联，给我的是"忠厚传家久，诗书继世长"。这是老爸常写的，基本上每次写书法都写它。老爸说，他从记事时候起，家里贴的对联就是这个。

老爸还对我说："你爷爷读私塾，开始懂得读书的重要，做人更重要。你奶奶也说，人奸没饭吃，狗奸没屎吃。"都是农村老头老太太懂得的朴素的道理，但这道理很管用，可以管一辈子、两辈子，甚至三辈子。老爸那辈兄弟四个，都本分读书，后来都出来工作，经历了各种磨难，但始终也没有磕磕碰碰，都平安健康地生活着，老爸的哥哥是铜金属专家，比九十二岁的老爸大四岁，还享受着幸福时光。老爸总结说："这就是咱家的传统，厚道、朴素、宽容、快乐。"

我们家里姐妹四人，也都是互相帮助互相促进，有事也不计较，老爸说："我长寿，是我的孩子们孝顺。"可是我们都受惠于老爸的教导，简单地看问题，复杂问题也用简单的办法处理，从来没有矛盾。

我记得刚参加工作时，有几个部门可供选择，老爸说："去地方志吧，可以继续学习，明志淡心。"这也许就是家风，它会对家庭、家族里的每一个人产生持久、深远的影响。

对于家庭和个人成长而言，家风是一种气质，它融在血液中，历久不变；家风是一种品格，它积淀在骨子里，经久不衰。于是，家风衍化为一种习惯性的思维方式，引领着家族和家族成员的处世方向。

家风有好坏之分，好的家风像春风细雨，温润滋养着家庭、家族里的每一个人，让每一个人都健康向上地成长，"妻贤夫祸少、子孝父心宽"，好家风的熏陶下，这个家庭一定是和睦的，幸福的。而不好的家风，会带坏一个家庭甚至家族，也给社会的和谐造成不良影响。

对于国家和社会而言，家风是社会风气和社会和谐的基础。家庭是社会的最基本元素，无数个家庭构成了社会，无数个家族的良好家风，自然也就构成了良好的社会风气，社会和谐正是从这里起步的。

如此看来，家风看似小事，实则兹事体大。那么我就继续我的忠厚传家，终生写字。

接　班

李秀生

秀仁还是打酱油的年龄的时候，每每到了吃饭的时候，他的妈妈都会喊他，不过和其他小伙伴的妈妈喊的都不一样。她始终是这样喊秀仁：叔叔回来了，快回家一起吃饭了。

一开始，小伙伴们还不理解，慢慢地才明白。其实，秀仁的家真的是一大家子人。有秀仁的爷爷，有他的父母，另外还有秀仁的叔叔，当然秀仁还有好几个姊妹。

那个年代，吃饭就是天大的事。秀仁的叔叔由于没有娶妻，就一直住在秀仁的家。由于穷，一天到晚，一年到头也吃不上什么好一点的饭菜。但不管是掺有榆树钱儿的糊糊，也不管是油梭子包的菜饺子，还是窝窝头和大萝卜咸菜，秀仁的妈妈都要认真地去做，更认真的是，全家人都要一起吃饭，少了一个也不行。

有一次秀仁的叔叔在地里干活，回来得很晚，以至于秀仁都等睡了，也没吃上饭。

秀仁不能理解妈妈。可妈妈总是说，叔叔是你爸爸的弟弟，他是咱们家的人，是一家人，就要在一起吃饭，谁也不能落下。每每说完，秀仁的妈妈还会补上一句："你爷爷在世的时候就是这么说的，也是这么做的。"

秀仁慢慢地长大了，他习惯了妈妈的做法，也更理解了妈妈为什么要这样做。

秀仁妈妈去世的那天，死死地攥着他的手，费尽力气说，你要接妈妈的班了。他十五岁接父亲的班来到了矿山，三十五岁接了母亲孝顺的班，一直到现在，接在手里的两个"班"从未在自己的手里滑落。这两个"班"在自己的手心里被握得紧紧的，并已经有了温度，甚至已经孵化出很多思想来。

秀仁的父亲今年已经九十三岁，叔叔今年八十九岁。老哥儿俩自我生存的能力很低，差不多有些像是只能喘气的木乃伊。但他们还在顽强地活着，似乎在期待着什么。

秀仁每天在作业区把工作做完做好之后，下了班就要准时去父亲家，因为那里有两位老人家在等着他。

到了父亲家后，他的第一件事就是做饭，做好了饭，他就一个一个地喂。到了晚上，秀仁每隔两个小时，就要给老人家翻身、接尿等。

天天如此。有时候，看着两位老人家，秀仁也累、也烦、也急，可是他有泪只能往肚子里咽。累了、烦了、急了，他就想想母亲。叔叔又聋又哑，父亲的耳朵也非常背，一到了晚上，秀仁的孤独是常人难以想到的，没有人和他说话。

秀仁对待自己的工作非常热爱。供电网络都在自己的脑海里装着，就像电脑里安装的程序一样。就单说一千二百根线杆，都在什么位置，一根一根都在他的心里装着，一千二百根线杆的位置和地点，每一根他记得不会相差一米。

他骑摩托车时，经常看见路上有散落的石头，每每这个时候，他就会把摩托车停下来，下车把石头一块一块搬走。

这些年，秀仁每隔几天，就会把单位的变化一股脑儿地告诉父亲。当然一有时间，他就会召集全家人在一起吃一顿饭，每每这个时候，他的耳边还会响起妈妈喊他回家吃饭的喊声。

虽然他知道，父亲现在已经听不懂，可他始终就是觉得，父亲心里能懂，他也肯定能听得进去，尤其是妈妈更能听得见。

耳濡目染　不学以能

李永宏

如果把人一生的积累分为十个刻度的话，那么从一到五的刻度里一定是家风给予的。家风的内容多得数不清，渗透于生活的每个细节里，尤其对孩子的影响是融进骨髓般深刻。然而家风于我们李家而言是什么，好像无法用一两个词来概括。仔细回忆往事，似乎也找不到父母亲常常挂在嘴边的家规家训，但我却又真真切切地感觉得到它无处不在，既有耳濡目染，亦有潜移默化。

我在家里虽为长女，却没有享受过父母之独宠，因为在我还没出生时我的姑姑已从农村来到我家。也许父亲与姑姑已经有了二十多年相处的兄妹情，而对我这个刚出生的女儿还有些陌生吧。母亲说，那时父亲对姑姑比对我好。后来，三叔、老叔也来了。再后来我懂了，父亲是在尽哥哥的责任。

那时我们家住在后戈杨树林边上的一间平房里，实际面积我没量过，母亲形容它是巴掌大点的地方，最多时我们那间房子里住过八口人。记忆中，那巴掌大点的地方，北面是一铺炕，父母、我、二妹、姑姑，我们住炕上。炕下有一个地炉子，烧炕用的，有时也熬粥烧开水。南面紧靠窗处搭一张床，老叔住在那儿。外屋原本是厨房，说是厨房，实则也就一小条地方，印象中，父亲双臂伸开便能够到东西两面的墙壁。然而就是这么大点的地儿，父亲将原来盘着炉子的地方填平，在上面盘了一铺炕，又在炕沿处从上至下挂了一个幔布，算是新婚的三叔三婶的洞房。可想而知，那时的父亲该有多难，但我想最难的，是让他置弟弟妹妹们的难处而不顾。

而我却能在这种窄小、拥挤的环境中跑来跑去地嬉戏玩耍，感觉空气中都迷漫着浓浓的爱意。在无数春风沉醉的夜晚，在一个个平凡的日子里，美妙的亲情静悄悄地敲打着我幼小的心扉，在纯净的心底，深深地埋下了"一奶同胞，血浓于水"的责任与担当。

等我慢慢长大了，分清楚母亲与姑姑、叔叔们的关系，便由衷地佩服母亲的善良与包容。也许住得拥挤还能忍下来，经济拮据是让人忍无可忍的。姑姑和老叔都是在我们家念的高中，我那时太小了，不知家里的状况有多严峻。但后来听母亲说过，多少回都到了揭不开锅的程度。尽管连饭都吃不上了，但母亲没有怨天尤人，也没有抱怨父亲。二妹会走路了，没钱给她买鞋穿，母亲便把我穿得露了脚指头的鞋拿来，又淘弄来几块碎布，剪裁一番，再熬两个晚上，硬是把碎布缝制成了两个栩栩如生的猫头，然后结结实实地缝在我穿露了脚指头的鞋上，于是二妹就有了一双独一无二的新鞋。

在我的记忆中，母亲应对这种穷日子的办法有很多。上学了，我多想有一个漂亮的文具盒呀！但我知道家里没有钱买，只好忍着不说。母亲也不说，她在默默地做，在我开学的前一天，竟然给我做了一个文具盒。她用做鞋的袼褙缝了个文具盒骨架，不知从哪里要来的一块与绿军装一样颜色的布，用她的巧手在绿布上绣了鲜花和蝴蝶，然后精心地缝在文具盒的里子和面上。说心里话，当时我是喜欢的，但是又怕同学笑话，上课时不敢拿出来摆在课桌上。没想到有一天被老师发现了，她说我的文具盒因为独一无二是最漂亮的。有一年学校开运动会，要求运动员入场时一定要穿白鞋。我没有，又没钱买，母亲仍然有办法。她把邻居大娘扔掉的沾了黑臭油（沥青）的一双白鞋捡回来，刷洗干净，用白线在鞋面的黑渍上绣一朵白牡丹，另一只也绣了一朵对称的，若不了解内情，还以为是鞋厂的原创呢。这还没算完，母亲又把鞋弄湿，在上面用白粉笔涂了一层，等鞋干了之后一看，真的如新的一样。夏天，我家的小院里开满了母亲种的笤竹梅花（格桑花），秋天花落了，我感伤地说，假如这花永远不凋谢多好！母亲说她有办法。入冬了，母亲把向日葵秆里的瓤扒出来，把它剪成花瓣，一瓣一瓣地粘好，粘成一朵朵格桑花，涂上粉色的水彩，再把这些花用绿色的手工纸缠在干树枝上，然后配上叶子。好了，一束束格桑花做成了，母亲说它可以开到明年院子里格桑花开的时候。

母亲的巧思妙想，给我的童年送来了一个又一个柳暗花明，也使我耳濡目染、不学以能。在童年之后的许多日子里，我学母亲的样，化解了曾经的囊中羞涩、捉襟见肘和女人总是少一件衣服的无奈。孩子小的时候，大家的工资都低，不过我儿子的衣服却显得很多。因为我经常会买一块布，在傍晚的灯光下，踩着缝纫机便给他做成了一件缀满母爱的衣服。直到现在我家里仍然有两台缝纫机，一台电动的，一台脚踏的，当我觉得柜子里又少了一件衣服的时候，便使用从母亲那里继承来的心灵手巧，开始给柜子里的衣服动手术，改一下领子，镶一个花边，缝几颗亮钻，或者绣几朵小花。去年儿子从国外回来，他看见我又在缝，笑称我缝衣服已是老常态，不是新常态。还问我说："妈，你这是不是跟我姥学的，我姥也是，每次看到她好像都在做拖鞋。"是的，好多年了，我家的旧衣服都被母亲改作拖鞋了。

现在回想起来，其实父母亲说过很多很多类似于家规家训的话。其中就有一奶同胞、血浓于水关于亲情的。更有一些看似没什么，实则至关重要的规矩，尤其对身为长女的我经常说：小丫头吃饭不能吧唧嘴，小丫头说话不要那么大嗓门，小丫头要节俭，小丫头要勤奋善良，小丫头要心灵手巧……总之，父母亲说了许多小丫头要这样做和不要那样做的话，只是全部淹没在父母亲的行动之中。

许多年以后，我们兄弟姐妹五人都各自成家。忽然有一天，二妹因家庭变故暂时无处栖身，我想都没想，便将二妹接到家里一住三年。前些年小妹的女儿考上重点高中，因我家离学校近，又让他们三口人搬来家中住下。我们兄弟姐妹非常团结，感情特别好，隔几天若是不见，心里会觉得空落落的。每年除了大小节日的聚会，更有各种主题的家宴。重视亲情、姊妹情深，绝不是刻意追求，而是内在命令和意识自觉。这一切都源于父母对我们的言传身教，他们不富有，一辈子平平淡淡，然而却给了我们许多宝贵的财富和无私而广袤的爱。

母亲的听力

刘国强

母亲不识字，凡带字的都成了"摆设"，听力便尤为重要。

听广播，听别人讲话，听老师对我的"反映"，听别的孩子对我的评价……

母亲的听力是"兼容"的，不管从哪儿得来的知识，只要对她的孩子"有好处"，她就认真听，然后再让我"认真听"。

母亲的听力像个细筛子，听来的话要用"筛子"筛一遍，凡是有用的好话，她尽量一字不落地说给我。

母亲的听力还设了一道"防火墙"，把所有负能量的话拒之门外。

我最该强调的是，母亲以听力复制听力，甚至让"重点话"在短时间内以几何级数增长，反复重播，让我刻骨铭心，照着做。

起初我并没觉得母亲的话有多重要，有些话听得我耳朵都出了老茧，很烦。我甚至趁母亲不备捂上耳朵……

生活中每遇一个坎儿，回想听过的母亲的话，真的起作用，像解题时猛然想起应用公式，"扣儿"一下就开了！

碰上难事，母亲说："没有过不去的火焰山！"

买东西受骗，母亲告诫道："人要不想占便宜，就不会上当受骗。"

工作太累，不想拼了，母亲鼓励说："宁让身受苦，不让脸发烧。"

对社会上那些灰暗面，母亲这样看："别叫浮云遮双眼，天下还是好人多。"

母亲怕我工作出差错，天天听广播，天天看电视。目的就一个，挑些"有用的"记下，再说给我听。

母亲老了，听力下降得厉害。可她老人家仍然保持着"天天听"的习惯。母亲白内障眼疾相当重，怕晃眼睛，很少看电视，便"听电视"，每晚的新闻"天天听"。本来她有个小收音机，也能听新闻，可母亲说，小收音机的新闻她不爱听，还是电视里说得好。

母亲太老了，听力不济，时明白时糊涂。为了让母亲觉得自己重要，多动脑子，我让母亲晚上替我听新闻。我说："妈，你一定要认真听，万一有重要的事，好通知我。"

母亲问："有你们单位的事？"

为了激励母亲，我回答说："对。"

母亲听后特别在意，每天晚上七点钟，准时来我们屋听新闻。

母亲一来，我就夸她几句，说母亲来我就放心了，可以眯一会儿。之后，母亲就绊绊磕磕地向我述说她听到了什么，我不时插话，故意挑一句说"这条新闻有用""这条新闻最重要"，母亲听后非常高兴，精神也随之振奋。

母亲一直和我住在一起，中间隔个客厅。母亲来我们卧室听新闻，练脑子，走动走动能锻炼身体，我们也唠唠嗑，一举多得。

母亲的身体日渐虚弱，糊涂多明白少，很少下床，已经顾不上替我听新闻了。

一天晚上，我要过去看母亲，一推门，咣的一下撞了母亲。我吓坏了，连忙扶起母亲，看见母亲脑门撞个大包，埋怨道："妈，你怎么站在这儿呀！"

母亲说："儿啊，妈来帮你听会儿新闻，怕单位有什么重要事，你不知道哇！"

这是母亲留给我的最后一句话。

传承好家风，我们一直在路上

刘素平

习近平同志指出："家庭是社会的基本细胞，是人生的第一所学校。不论时代发生多大变化，不论生活格局发生多大变化，我们都要重视家庭建设，注重家庭、注重家教、注重家风。"

优良的家风传承，是中华文明薪火相传、绵延不熄的重要原因。

长者，是好家风的指挥棒

俗话说："家有一老，胜过万宝。"家庭中已身为祖辈的人都可以称之为长者，而作为长者，是家庭的指导者和指挥棒，因此，长者的一言一行关乎着整个家庭的价值取向。

在这一点上，老一辈革命家为我们做出了榜样。

毛泽东同志在家风上坚持"三条原则"，即："恋亲不为亲徇私，念旧不为旧谋利，济亲不为亲撑腰。"在子女的婚姻和上学等问题上，毛泽东同志常说的一句话是："谁叫你是毛泽东的儿女呢！"

周恩来同志曾专门召开家庭会议，定下"十条家规"；陈云同志为亲人定下"三不准"；习仲勋同志教育子女要"勤俭持家、低调做人"。

父母，是好家风的传承人

父母，是一家的天福星，要以全家安乐为己任。身为父母，往往是上有老、下有小，在家庭中处在承上启下的位置，因此，上要尊老，下要爱幼，要做尊老敬老的孝道榜样，以启蒙后代，让好家风一代代传承下去。

知礼仪、重家风是中华民族的优良传统。因家风清廉质朴、善良守信、进取有为而赢得赞誉的父母不胜枚举。

包拯，严厉要求其后代不犯赃滥，不违其志，否则就不是包家子孙，死了也不得葬在包家祖坟。

岳母姚氏，在岳飞背上刺下"精忠报国"四个大字，岳飞又严格教育参战的儿子一心报国。

清代名臣林则徐，留给后辈的家训说："子孙若如我，留钱做什么？贤而多财，则损其志。子孙不如我，留钱做什么？愚而多财，益增其过。"

儿女，是好家风的践行者

家风，是家族子孙代代恪守家训、家规而长期形成的具有鲜明家族特征的家庭文化。家风，需要一代又一代地传承下去。我们身为子女，从父母身上接过了良好家风的接力棒，就要身体力行，自觉成为良好家风的践行者。

2001年10月15日，习近平同志在写给父亲的祝寿信中写道："自我呱呱落地以来，已随父母相伴四十八年，对父母的认知也和对父母的感情一样，久而弥深，从父亲这里继承和吸取的高尚品质很多。父亲的节俭几近苛刻。家教的严格，也是众所周知的。我们从小就是在父亲的这种教育下，养成勤俭持家习惯的。这是一个堪称楷模的老布尔什维克和共产党人的家风。这样的好家风应世代相传。"

注重家风，是中华民族的优秀品格。传承好家风，我们一直在路上。

以顺孝亲家自安

刘文艳

　　童年记忆中，最为深刻的，就是一家人在一起吃饭。家里吃饭的规矩是，奶奶先上桌子，然后是爸爸妈妈，最后才是我们兄妹四人依次坐下。如果老人没上桌，晚辈是绝对不能上桌的。如果做了好吃的菜，奶奶不动筷子，我们是绝对不能动的。谁先于奶奶动了筷子，肯定会被家人视为"没规矩"。

　　孝敬老人，是家里一辈辈传下来的规矩，而这些规矩，体现在生活的方方面面。家里有了好吃的，妈妈总是先给奶奶吃。小的时候，家里细粮少，主食多为玉米面饼子。奶奶不愿意吃，妈妈就想办法做点小米稀饭，把沉在下面的米饭捞给奶奶吃。奶奶偶尔吃玉米面饼子，也只喜欢吃嘎渣儿。妈妈就把两个饼子的嘎渣儿揭下来，合在一起，中间卷好葱酱和青菜，送给奶奶吃。剩下两个没有嘎渣儿的饼子，妈妈合在一起，中间放上一些葱酱、青菜，也吃得有滋有味。奶奶去世前几年患了老年痴呆症，妈妈一直跟随着奶奶，不离不弃，精心照料。奶奶生活不能自理时，妈妈端茶倒水，煨汤做饭，穿衣浆洗，擦屎接尿，无怨无悔，直至养老送终。

　　妈妈说，养老容易敬老难，敬老容易顺老难。什么是孝，顺着便是孝。当晚辈的，要顺着老人的想法做，以让老人满意为原则。妈妈很能理解奶奶的心思，她想做又不好意思说的事情，妈妈总能心领神会，并顺着她的愿望去做。

记得我七岁那年腊月，妈妈怀孕九个多月，快要临产了。外婆去世早，妈妈只能依靠婆婆伺候月子。可是，奶奶最小的女儿捎信来说，她到医院做了检查，预产期也在这两天，希望奶奶能去。

奶奶感到很为难。妈妈看出奶奶迟疑不定的心思，就说："妈你去看看她老姑吧，她是头一回生孩子，心里没底。我这儿你不用惦记，我也不是第一次生孩子，我能照顾好自己！"在妈妈的劝说下，奶奶做了些安排就去姑姑那儿了。

妈妈分娩时，没有自己的母亲也没有婆婆在身边，刚生孩子几天，就自己下地做饭了。对此，她从来没有一句抱怨。小的时候没在意这件事，只是觉得妈妈很坚强、不娇气。到了自己也生孩子时，才感到妈妈的孝心真是令人赞叹：妈妈能在自己生孩子时，没有母亲也没有婆婆在身边，而不表现出任何的怅然失落，是要有怎样的胸怀呢！

奶奶三十七岁时，爷爷就病故了。奶奶年轻守寡，带着几个孩子过日子很不容易，这造就了奶奶的坚强，也生成了她比较厉害的性格。她对妈妈比较严格，有时对妈妈不满意她不直接说，等爸爸回来和爸爸说。爸爸有时也说妈妈几句，给奶奶面子。可妈妈从不和奶奶计较，对她总是关照、孝顺。我们年纪小时不懂事，曾问妈妈："我奶对你那么不客气，你怎么还对她那么好？"妈妈总是说："老人做得对与错，我们小辈的都不能挑。"妈妈还说："古时候不是有那么一句话吗？父母疼爱我，做到孝有什么难呢？父母不待见我，仍然尽孝，那才是真贤惠呢！"现在才知道，这句话出自《弟子规》，原文为"亲爱我，孝何难；亲憎我，孝方贤"。

20世纪80年代初，嫂子与哥哥结婚走入我们家，她也和妈妈一样对老人百般照顾，孝敬有加。2007年年初，妈妈不幸患了胆管细胞癌，到她去世前一年多时间里，嫂子一天也没离开过。她起早贪黑给妈妈打针服药、喂水喂饭。在妈妈病重期间，她和妈妈住在一个炕上，昼夜守候。有一次，妈妈便秘特别严重，采用服药、洗肠、用开塞露等各种办法，还是便不下来。看着痛苦万分的妈妈，当医生的嫂子说："没别的办法了，我用手吧。"她戴上塑料薄膜手套，用手指把堵在肛门里的大便，一点一点抠了出来。这一幕，让我们在场的每一个人都很感动。妈妈更是不好意思地说："哎呀，这是咋说的，让你嫂子还上手了，怪不好意思的。"嫂子说："自己的老妈，还有啥说的。比起你对我的好，这点事算什么呀！"

妈妈与嫂子婆媳之间之所以有如此深厚的感情，其间有妈妈的示范作用，也还因为妈妈生前对儿媳像对亲生女儿一样关心，什么事都想着嫂子。嫂子当医生上夜班的时候，妈妈经常给她包好了饺子，煮出来，放在锅里温着，并捣好了蒜泥等嫂子回来吃。每次我给妈妈买衣服，妈妈都说："我老了，穿什么都行，你嫂子年轻，多给她买几件。"

如今，嫂子也有了儿媳妇，婆媳两个也是亲密无间，儿媳妇对婆婆总是悉心照顾、尊敬有加。平时，儿媳妇就常给婆婆买衣服，每年母亲节肯定给婆婆买好衣服送去。过春节一家人团聚，嫂子的儿媳妇怕婆婆受累，就在自己家做好饭菜，把公公、婆婆请到她家吃团圆饭，这已成惯例。

记得爸爸妈妈都喜欢一副对联，"几百年人家无非积善，第一等好事还是读书。"读书明理、行善积德可谓家风。而百善孝为先，孝是善的根基，而顺着则是孝的基本体现。孝顺老人的美德在我们家一代一代传承着，特别是奶奶、妈妈、嫂子、侄媳四代婆媳一脉相承，她们以自己的孝亲善行，让安定和谐幸福的家庭生活，在良好家风中不断延续着。

爷爷种的家风

刘兆林

大字不识一个的农民，却种出"唯有读书高"的家风来，这似乎不合情理。

我爷爷生于生有孔圣人的山东，我父亲生于我爷爷带领全家逃荒关东的野路上，我生于中华人民共和国诞生那年爷爷用箩筐挑着父亲落了脚就没挪窝的黑土小镇。爷爷逃荒东北二十多年后，仍是一字不识的菜农，但他带到黑龙江的四个儿子，都从小读书，且一个比一个读得多。排行最小的父亲，读完本镇的新学堂，又到县城读"国高"，再到外省省城读军校，四个儿子没一个农民。中华人民共和国成立后三伯当上了镇政府文教助理，父亲则是本镇最高学府职业教师。到了我们一大帮孙子辈，不管男女，起码读完初中再参加工作。二伯家我大姐，考到省城读大专，毕业分到上海工作。三伯家的我大哥工作没出本县，后来成了县长，这在当时一个区区小镇，可算大事了。而姥姥家，大我四五岁的老姨，小学竟和我同班，没毕业就辍学了。姥姥家的女孩没有一个读书的，男孩也没一个读到高中的。

同是不识一字的农民，因何种出两种家风？从孔圣人老家逃荒到关外的爷爷，受"万般皆下品，唯有读书高"观念的影响，加之漫漫逃荒路途的见识，与黑土地肥得流油文化土层却较薄的坐地农户，眼光定有不同。但毕竟爷爷也是农民，他想的"唯有读书高"，不会是做官当老爷，而是读书能出息人、过好日子。对正帮教师父亲挖菜园累出一头汗的我，爷爷说："这孩子真懒，写作业去！"在他眼里，学生不刻苦读书就是懒。见开着杂货店却坐那儿埋头读许多杂书的我大伯，他会说："你不能再这么懒，孩子没妈，你得紧盯着他书念得咋样！"对当教师的我父亲，一放暑假他便会问："柴火够烧了吗？"父亲就得带上母亲，让屋后堆起够烧一年的柴山。对家庭妇女的母亲，爷爷会偶尔问："夜校还天天去吧？"对刚上初中的我，爷爷开始常叫我睡前给他和奶奶念一会儿《水浒传》《杨家将演义》什么的，既是帮他解闷，又是督促我多读书认字、长见识。我爱上文学写作，就是从小受这影响。而爷爷的"唯有读书高"思想，还包含读书能提高生活质量和做人质量。比如，年年被推举为给社里看瓜果的"老瓜头"，他对我能用所学知识帮他修理手电筒、收音机、理发推子这"三大件"看园武器，分外高兴。因此爷爷有句话我至今印象很深："社里东西，不能往家拿！"这是我到瓜果园帮他修理"三大件"时听到的。为防自己寂寞，也为防别人偷瓜果，爷爷总喜欢白天背着收音机，晚上拎了手电筒各处转，头发长了，收音机或手电筒出了毛病也不肯上街，而是传我到瓜果园去修、去理。我当然招之即来，却不愿挥之即去。原因不外想混点口福。对此爷爷极有分寸，摘个熟透的香瓜或李子让我吃了，便打发我走，却不让我往兜里装。即使我忍不住打出奶奶的旗号，他会说："让你吃点，是你帮社里忙了，你奶奶不能白吃！"有时也见爷爷往家带过瓜果，那是每个社员都有份的。我也碰巧见过队领导叫人捎来公社领导的条子，让爷爷给县上来的人摘些瓜果送去，这时爷爷绝不求我念那条子，而说他一个大字不识，谁的字条都不认得。记得最深的，有回我趁午间爷爷可能打盹儿，带了几个小朋友去偷瓜果，不幸被爷爷发觉，偷果不成反被撵了好远，以致跑姥姥家躲了一夜，第二天奶奶去接，才战战兢兢跟回家去。公家的财物不能私占，至今是我心头的律条，当然这律条也死贴父亲的心上了。1962年挨饿很厉害，教书的父亲带我到很远的山沟开小片荒，种点高粱，也从没掰过半穗多次擦肩而过的社里苞米。只听父亲说曾拿过学校一箱书，那是伪满洲国倒台时，日本人跑了，父亲在读的"国高"图书馆被砸烂。他说，"万有文库"是书中精华，烧了可惜，才趁乱拿了出来。

独生儿子报考大学时，我已成为有文科文凭的军队作家了。我心知肚明，这是爷爷种下的家风使然：写书比读书更高。关于选哪门类让儿子去读，我和妻子一致同意，读军校文科。我知道爷爷曾同意父亲读军校，但没读完也黄了，父亲才回家乡当教师的。妻子是中学教师，我是武人堆里的鼠辈文人，力所能及地只是把儿子培养成文武双全的人。我说的武，不是指当将校，而是性格中军人那种阳刚之气。那时我是家族中唯一有过正式军龄的人，知道军队文科大学最能培养这种气质的文人，军艺毕业的莫言就是例证。儿子如了我的愿，获得军校文科学士学位，又获人大文学硕士学位，再获北大文学博士学位，最后投身部队，终成武人堆里能写书的文人。这既随了祖父种植的家风，也合乎中华民族大骄傲家庭的家国情怀。此时，故去多年的爷爷坐在老家旧屋前，背靠早早备下的红漆棺材看着我，暖暖日光下的闪闪白发与喜洋洋的棺材，辉映给老人家一脸金红的安详。

等待敲门

马秋芬

都说老年得子，如获意外之财。父母对"老疙瘩"的那份娇宠是可想而知的。我虽不是男丁，可来到这个世界上时，父母已经四十开外，据说那时我妈嘴上老是指点着这个捧在手上的小人儿说她是个"累赘头"，可是却一条声地喊她小猫呀、小狗呀、小猪巴呀，语声里尽夹着千疼万爱。

我刚懂事，就记得妈妈的两鬓已经斑白。我不明白，为什么我这么小，而她却那么老。但是在我看来，妈妈具有非凡的智慧和力量，她单薄的身体和温暖的怀抱，为我抵挡着幼年的夜晚数不清的恐惧，创造着使一颗童心绚丽缤纷的遐想。

妈妈的手修长而平展，只有神造的手才那么灵巧。尽管家境清贫，但有她那样一双能干的巧手，我照样被她打扮得比别人家的孩子更整齐漂亮。她不仅给我改制了有模有样的小衣小裤，还为我做了一个又一个让我爱不够的布娃娃。娃娃的眼睛是妈用毛笔画的，嘴是用红染料点的。她还用花布头给我的布娃娃做了小被、小枕。我觉得我的一切是多么幸福和美好，全世界谁也没有我和我的布孩子们美丽和富有。

妈妈那时还特别乐意给我做布鞋。记得她为我做的大大小小的花布鞋，像工艺品那样在柜子上摆成长长的一溜儿，一双比一双大，等我的脚一点点长大，慢慢地穿用。我问妈妈为什么不慢慢去做，她柔声地说："妈老了，还有病，可你这么小，万一妈妈不在了，你还能有鞋穿呢。"她眼圈红了，这话让我非常害怕。

我六岁那一年妈妈病得很重。有一天她领我到医院去看病。路上她实在支持不住，躺倒在路边马路牙子上。我吓得大哭起来。忽然我想我应该为妈妈做些事情，就跑着叫来一辆三轮车。妈妈被扶上车，还有气无力地问多少钱，车夫说五角钱。妈一听，竟然来了点精神，惊讶道："五角？不坐！不坐！"她挣扎着挪下车，一下又瘫软在路边，终于支持不住，重又躺在马路牙子上。我看着妈妈紧闭的眼睛，呜呜大哭，四周围了很多人。过了很久，她才一点点地爬起来，拉着我慢慢向医院走去。

我当时还无法弄清五角钱对于穷苦人家究竟是什么价值，可要面子的妈妈为了它，能躺在风里任女儿吓得哭喊、任路人围观，这五角钱起码是一个不小的数目。

那一次从医院回来，妈妈虚弱地躺在床上。这时门突然被敲响。我飞快地把门打开，又飞快地关上。妈问是谁在外头。我说："是一个要饭的，别理他们。"当年要饭的很多，城里的小孩总是远远地用石子撇他们。我妈打起一点精神问："是什么样的人？"我告诉她说："是一个说话口音挺侉的女人，还领着俩小孩。"我看妈妈神情专注起来，我特别怕她被打扰，就忙说："妈，别理他们。那要饭花子可埋汰啦，领个小小子还光着屁股呢，脚丫子可黑了，连鞋都不穿。"妈一听，支撑身子坐起来说："把门打开，让我看看他们！"我只好打开门，那脏女人还在门口，她将手上破了边的大碗擎了擎，颤声地对我妈说："人姐，行行好吧！看在两个小的分儿上，给口干粮、剩饭吧……"妈让我拿出馒头和咸菜，还倒了一碗白开水。两个孩子当即就大吃起来。

我妈看了一会儿孩子吃饭，就和那女人聊起来。原来他们老家河南遭了灾，丈夫又得了重病，在家卧床不起，她只好领着两个孩子一路讨饭来到沈阳。我妈看着两个孩子狼吞虎咽的吃相，看着褴褛的衣衫，不住地擦眼泪。妈对那女人说："你的闺女和我这个差不多大吧？等过十天八天的，我的病好些了，你再来，我拾掇些孩子的旧衣裳给你！"女人千恩万谢地走了。妈妈在床上好像在合计着、犹豫着什么，一只手还在不停地摸索着口袋。对我说："快去把她娘儿几个再招呼回来！"我不知何故，急忙将那个要饭的女人又叫回来。只见妈妈将掏出来的五角钱递给她说："钱不多，你拿去攒着吧，攒多了好给男人治病。"妈又对我说，"你的糖球呢？"我从口袋里小心翼翼摸出来，只有两块，怪稀罕地攥在手心里。我看出她是想把这糖送给那两个要饭的小孩，就一下子把手背过去，说："我才不给他们呢！"我妈急了，伸手打了我一巴掌，掰开我的手，把糖球抠出来给了他们。女人收下钱，拉着孩子一起跪下，给我妈磕了一个头，揩着眼泪连说："大姐，我这是遇见好人啦！遇见好人啦！"

他们一走，我就哭起来。我妈从未舍得这样打我，我委屈得鼻涕流过河，抽搭得喘不过气来。要知道尽管我妈挺娇惯我，可在当时给我买几块糖球，也并不是常有的好事。再说还把五角钱也给了他们，妈妈为了省下五角钱，宁可躺在大马路边，也不肯坐三轮车，没想到她竟舍得把钱白给了要饭花子。妈生气地说："你这孩子心好硬啊，一点不懂怜惜人。我不待见心硬的人，往后再不能给你买糖吃了！"我争辩着喊道："可你为什么白给他们钱？"妈叹口气说："这钱就权当我坐了趟三轮花掉了吧。可是你渐渐大了得懂得，人活世上，时时都兴许碰到难处。有了难处，就需要别人拉扯一把。你拉扯一把，他拉扯一把，难关就挨过去了。这五角钱在咱手上，够买一斤猪肉的，吃完不也就拉倒了？那娘儿仁真是可怜见的，五角钱到了他们手里，攒起来兴许就能救人一命，就能派上大用场。"

我妈给我揩净眼泪，给我讲了家里以前经历过的一件事。由于一场意外事故，我家住的那个大院发生了一场火灾。大火熊熊燃烧了三天三夜，十几家的房屋都被烧塌烧毁，还烧死了好几位邻居。一夜之间全院都变成无家可归之人。我家万幸没有人口伤亡，但房屋财产全部化为灰烬，一家老少六口，顿时衣食无着，没了栖身之处。

是素不相识的善良人和亲戚邻人，在大难当头，给了一床被、一碗米的救助，才使一家人在初冬将临的季节，度过这人生中致命的一击，重新站立起来，鼓起与厄运抗争的勇气……妈妈的话使我幼小的心灵第一次受到极为强烈的震撼，第一次意识到我有这么温暖的家，原来这温暖之上有这么多人为之付出，为之修补。妈妈的这一巴掌和这番话，对一个混沌初开的孩子来说，真是最好的人生第一课，使我懂得，对于一个人来说，善良、慈爱、扶助弱小，是多么要紧的品德。

妈妈病好些后，赶紧把我穿小的衣服鞋袜都洗刷得干干净净，包进一个大包里，放在柜盖上。为了这大包衣物，我和妈妈总是等待敲门声。妈妈有时还在门口张望着。

终于有一天，门被怯生生地敲响了。果然那个河南的讨饭女人领着孩子来了。不等妈妈说，我迫不及待地拖下柜盖上的大包，妈妈从里面先选出两件，给那两个孩子穿上。我则把我留了多时的糖球，给每个孩子手里搁了一块。我还拿出一个最小的布娃娃和一条用手绢做成的小棉被，送给那个女孩，叮嘱她不要忘记给娃娃盖被。

那个时期关里来东北讨饭的灾民特别多，从那以后我对他们竟十分关注，而且有着莫名的牵挂。一颗小小的心灵萌生出许多担忧和怜悯。我每碰到沿街乞讨的人，就上前给人家指一下我家的门口，说："我家就在那儿，快去吧！我妈会给你东西的！"然后撒丫子跑回家去，进门就气喘吁吁地对妈说："快点，快点！要饭的来啦！"我妈一点都不怪我，赶紧打点些物品预备上，我就急渴渴地等待着敲门。我妈经常戴着花镜，缝缝补补，为再有讨饭的人过来时准备点什么。有一次妈把我穿小了和穿出洞眼的布鞋全找了出来，钉上掌，补上眼，刷刷洗洗后，晾了一窗台。邻居都知道我妈这是在干啥，就说："打发要饭的还用弄得这么干净利索？"我妈听了挺不高兴，回家说："要饭的咋啦？没偷没抢，和咱是一样的人。一时下贱，还不是日子逼的？笑话人不如人，谁都有走到窄路上的时候哇。"我妈绝不许我像别的孩子那样喊他们要饭花子，她有时让我送过去一个饼子，还必嘱我："要管人家喊婶子、大娘！"她自己对那些乞食者，更如对待姐妹那般。她常把这样的人领进

145

家来喝口开水再赶路。在很长一段时间里，我家柜子上放了一个大瓷碗，那是专门给这些人喝开水预备的。

现在，我妈妈已经去世多年，但幼年时妈妈对我最为朴素的人生启蒙，却如种子一样，扎下了深深的根须，在岁月的灌溉下，已长成一个难以撼动的做人的观念和准则。后来我成了作家，我的笔下燃烧着她老人家播种的爱火，为大地和天空奉献着我赤子般的情愫。我更常常在梦中与老母再度重逢，并贪婪地重温她那极为动人的爱意融融的眼神。

家　风

满城烟火

都说岁月和回忆从来都是背道而驰的，当爷爷白发苍苍时，眼前的事情都已经不容易再记得，记忆的匣子却被打开了。我想，那该是他心灵深处最宝贵的记忆，纵使韶华不再，记忆系统已经停摆，烙印进身体的记忆也无法被剥离。

未曾听过那段记忆的人，大概无法想象这位普通得不能再普通的老人会有那样辉煌的回忆。

是的，辉煌，我眼中的辉煌。

纵使爷爷没上过战场，也不是救死扶伤的英雄，我依旧为爷爷回忆里的那位少年感动得热泪盈眶。

那位少年，让我们明白了什么是"善待"。善待生活，善待亲人，善待人生的每一件琐事。我愿把这样的"善待"一路传下去，直到我白发苍苍，也要讲这段故事给我的子孙听。

爷爷的父母早逝时，爷爷还是记忆中的那位少年，下边有三个弟弟，最小的只有七八岁。

长兄如父，那时的少年用稚嫩的肩膀扛起了父亲的重任。他从来没把自己想得伟大，他只是想将三个弟弟养大，并为他们娶妻成家。漫长的岁月中，生活艰难的跋涉，从不曾让他有过放手的念头。

他说那只是对人生的一种善待，纵使那时候连饭都吃不饱，纵使他的力量微薄，但他用一颗善待万事的心，一步一步走到儿孙满堂。

每逢新年，爷爷总要穿上新衣，坐在堂内等待着我们上门，他喜欢拉着我们，讲起那些过往的岁月。那时，他脸上堆满的褶皱会变成盛开的花。他已经不记得所经历的苦难，只是陷在美好中。

庭前的一串鞭炮响起，火红的纸屑漫天飞舞，弥散的烟火散去后，我看到一位少年微笑着走向我们，我缓缓弯起唇角，微笑着迎来新年，迎来于人生而言新的启迪。

扬帆起航的旅途纵使再远，纵使不知归期，我只需记住那位叫"善待"的少年，我相信，便能无往不利！

父母的哲学

聂 与

我的父母都是20世纪60年代的大学本科生，两人是高中同学，还是邻居。我上小学时，是五年制，只上半天课，母亲把我锁在家里，钥匙交给邻居老太，中午的时候把我"放"出去上学。那是80年代，我家里除了一铺火炕，两个沙发，摞在一起的两个柜子，一张桌子，就是满屋书架上摆放着的密密麻麻的书了。现在想起来，父亲是浪漫的读书人。家徒四壁，他就自己做了好多的书架，刷上天蓝色的油漆，用书做装饰，后来书太多，炕头和炕梢一边又立了两排书架，整个屋子就是书的海洋了。

我被锁在屋子里，作业一会儿就写完了。我无所事事，从炕上跳到炕下，不知如何是好，看墙壁上的照片想里面的人是否会看到我的样子呢。我就把衣服脱了一件，想如果照片上的人捂着嘴笑，或者是眨了眼睛就说明他们会看到。这个游戏宣布失败后，我想再找出好玩的事，四下搜寻，抬头转身除了书还是书，满屋的书劈头盖脸地向我扑来，我只能从书架上拽出一本来看，记得第一本书是川端康成的《雪国》，对于一个十岁左右只上小学的孩子来说，太多的字不认得，绊绊磕磕一目十行地往下读，那种暧昧不清的文字看得稀里糊涂，不知所云。又抽出一本，是显克维支的《十字军骑士》，更是东一榔头西一棒槌，拿起来读上几页跳下炕蹦几下，无聊了又抽出来读几页，当时书是我唯一可以依靠的玩具。就像在一座孤岛上，只有一样东西可以选择，那么，就一定会慢慢地无可阻挡地热爱上它。

后来我上了中学，父亲升职，单位分了三居室的楼房，把独居的奶奶接到家里来，我和奶奶一个屋。我奶奶是左撇子，满族人，总是号称叶赫那拉氏后裔，但叫不准是啥色旗。她从未上过学，进过扫盲班，有过目不忘的本领。每天睡前把灯一闭，就开始在黑暗里给我大讲特讲《三侠五义》，什么穆桂英挂帅，王宝钏苦等寒窑十八载，薛仁贵征东征西征南征北，这些桥段听得我烂熟于心，如果说，家里的书是我的文学启蒙，那么奶奶的故事就是我的人生观萌芽。我长大后，最大的后遗症就是理想化人格。总是分不清书本和现实的差距，因为从小的这种耳濡目染太过强烈和深刻。

上初中时我开始往报社投稿，第一首诗歌得了两元钱稿费，我视若珍宝。但父母并不喜欢，他们希望我考上好的大学，像哥哥一样优秀。可惜我沉浸于文字，对理科冥顽不化，作为高知的父母当然不能接受这一现实，我在家里的地位可想而知，自卑的情结深深困扰着我，但文学把我一次又一次地撑起来，直到现在，还是一本本书给了我巨大的能量让我走下去。

我上初中时的年代，都是公家给安装电话，整个楼栋只有两三家有，是身份的象征，有电话的人家基本都不与大家熟络，刻意保持着一份高贵。邻居都上我家来借电话，并且把我家的电话号码告诉亲戚朋友有事往我家打，我家就成了三十多户人家的电话接听站，我和哥哥每天晚上就是不停地楼上楼下地去敲邻居的门，告诉他们远方有来电。当时，我的内心很反感，不知我和哥哥像个二傻子似的楼上楼下地奔跑到底是为了啥。但父母的话只能服从，不敢问为什么。

有一次，父亲不在家，一位全身散发着怪味的老人敲开了我家的门，说是我父亲以前的下属，调转到其他单位了，现在家里遇到困难想借点钱，他一边流泪一边说，他想了一大圈觉得父亲是个好人，会把钱借给他的，他是实在没辙了才打听到我家在哪里，他在楼下徘徊了两个多小时才鼓起勇气敲开门。当时我父母的工资三百多块钱，来人要借一百四十元钱。母亲同情老人的遭遇，都没有核实来人的身份是否真实就把钱借给了他，还让我拿手电筒给他照亮，把他送到车站。当时我心想：万一他是个骗子怎么办？万一他把我害了怎么办？我忐忑不安地完成了母亲交给我的任务，摸黑跑回家。我想父亲回来一定会责怪母亲的鲁莽，我故意没有睡觉等着父亲回来，迫不及待地把事情跟父亲学了一遍，没想到父亲一边脱外套一边轻描淡写地说了一句，是有这么一个人，这么晚了快睡觉吧。我想象中的责怪和愤怒都没有，长大后，我才知道那就叫善良。

现在父母老了，哥哥在上海，为了不让儿女挂心，他们去了养老院生活，每个星期我都会去看他们，母亲在电话里说得最多的句子就是：多买点，我要给大家分。我大包小袋地往养老院送，隔凉垫十六个，手套十副，护膝八副，黄瓜二十根，西瓜两个，消炎药五盒……母亲总说，在这里，人家帮助过我和你爸，咱们得回报人家。我问："他们怎么帮你们的？"母亲说："帮我扶着你爸；帮我往房间端饭；帮我晾衣服；帮我打热水。"我笑了，经过了四十多年的人生阅历，我已经完全懂得了他们为人处世的方式与哲学，有点愚却那么真，让人心疼却坦坦荡荡，他们的这种品质潜移默化地影响了我和哥哥的一生，让我们在人群中有点"另类"，却收获了接纳、信任与尊重。这就是父母留给我和哥哥最宝贵的财产吧。

当我们谈论家风时，我们在谈论什么

潘 洗

时间如果回溯二十六年，那是在1991年，我还是个意气风发的少年郎，我和我媳妇儿刚刚相识。我们也遭遇了双方亲朋好友的多次明察暗访。我出身寒门，家境清苦，父母双亲仅靠勤劳的两双手，砍大柴，劈条石，出力工，养猪驴，莳弄庄稼，起早贪黑，口挪肚攒，成功供养了大哥和我两个大学生，这在周遭的十里八村传为佳话。穷人的孩子早当家，我毕业后在城里参加了工作，单位效益和前景显然不错。在他们看来，这样老实勤奋的人是靠谱的。在我媳妇儿那边，她父亲是个退休多年的商业职工，母亲则操持着家务，虽儿女众多，但其他兄姊皆成家立业，家境较好。最重要的是来自她家邻居的反馈，左邻右舍都说这家人与邻为善，多少年下来从不掺和家长里短的琐事，也从未跟街坊们吵过架红过脸。这是个殷实本分的好人家，这是个善良大气的好姑娘。我心里说，就她了。

事实证明，我们的眼光都不赖。我结婚时就一直跟岳父同住（岳母已于婚礼前去世），几年后，扎根省城的大哥就把爸妈接来岫岩城里安家，这样，照顾两家三个老人的重担基本落在我媳妇儿柔弱的肩上。我爸得过脑梗，我妈多年伤病在身，老两口有个头疼脑热，家里有个大事小情，就给儿媳妇打电话，儿媳妇一接到电话，马上到位，里里外外张罗忙活。我妈在四五十岁的时候多次说过："就我这体格，活不过你姥姥啊!"我姥是在五十七岁那年得肺气肿去世的,而我妈如今已经过了八十一岁的生日。我妈逢人就夸老儿媳妇是如何尽孝的。客观地说,大哥大嫂在省城,两个姐姐在乡下,总有远水解不了近渴的时候,我们住得近,多出力照顾老人,那是责无旁贷的。而在这漫长的时间里,特别是我调到鞍山工作这十多年以来,基本上都是媳妇儿一个人在战斗。媳妇儿,你辛苦了!

我媳妇儿的辛苦更体现在照顾岳父上。随着岳父年事渐高,媳妇儿辞掉了收入稳定的工作,就为了安排好老父亲的饮食起居,让他度过一个祥和幸福的晚年。现在,岳父虽已是一百零二岁的高寿老人,但他更像个不谙世事的懵懂孩童。照顾这样一个老小孩,付出的辛苦与精力可想而知。周围的朋友们都说,如果没有我媳妇儿的悉心照料,老爷子可能活不到这么大岁数。按说也不能这样下结论,孝敬父母是子女义不容辞的义务。确切地说,在我岳父安享晚年、延年益寿的功劳簿上,我媳妇儿理应给记上浓墨重彩的一笔。

多年以后的今天,当我们谈论家风的时候,我们在谈论什么呢?父慈子孝?兄睦邻和?勤俭持家?耕读传家?……我曾经有过一个梦想,就是在一个依山傍水的地方盖几间房子。房前屋后有菜园果园,再养一些鸡鸭鹅狗猫。院里要辟一个木工房,安置我的锛凿斧锯和墨斗,等我退休之后就当个木匠。当然还要有一间宽敞明亮的书房。这可能就是浸润在我们每一个人骨骼和血液里的那种晴耕雨读的遗风吧!

我忽然想起数年前另一场简朴热闹的乡下婚礼,那是我大外甥女的婚礼。娘亲舅大,我作为娘家客的代表致辞。除了祝福,我大概说了三层意思:一是好好过日子,二是孝敬双方父母,三是教育好孩子。而今,我们的长辈尚在却已逐渐衰老,晚辈已经陆续长大成人。这些孩子的青少年时代面对的与我们当年明显不同,我们的国家、社会,发展变化得太快了。但我们从家族中、从老祖宗那里祖祖辈辈传下来的好东西不能丢。这叫坚守。

是的，今天我们谈论家风的时候，我们还应该谈论点什么呢？别再抱怨世风日下、人心不古了，从自己的小家做起，竖不攀，横不比，老老实实抓自己吧。把那些父辈留下来的东西挑拣归拢一下，正本清源，激浊扬清，好的要发扬，坏的就摈弃。是为传承。

沉甸甸的账本

庞 滟

坐经沧桑流年，一位学究式的英俊的男子，有时埋头整理陈年旧账，有时吟诵《论语》的之乎者也，有时耕作于广袤的土地。他就是我的父亲。

父亲本是没有资格上学的，爷爷家里孩子多，父亲很小就和大人一起下田干活。识文断字的二姑教会了父亲识字，导致他常拿自己的干粮去换别人的书看。爷爷见他倒背如流，狠狠心，东挪西借把他送进学校，同时分了一块田地给他，告诫道：田侍弄坏了，学也别上了。

父亲乐此不疲往返几十里外的学校，白天在书里耕耘，晨曦和月光下在田里劳作。苦尽甘来，父亲成了乡里第一名考进县高中的人，然而，他赶上了特殊历史年代，读书梦于此夭折。一本《论语》成了他教导我们的启蒙书。

是金子不会腐烂于泥土。才华出众的父亲被聘为村会计，十几年未出一点差错，他的同事却犯科入监。他常说："文行忠信，饭疏食饮水，曲肱而枕之，乐亦在其中矣。不义而富且贵，于我如浮云。"

村委会合并，父亲不再做会计。账目交接后，一些旧账本也成了无用的废纸。父亲没有扔掉，把空白页也做了编号，视若珍宝，不许我们动一下。他严肃地说，土地是农民的命根子，万一谁用来查旧账，这都是证据的老底子。

他爱账本胜过稀缺的粮食。一个狂风暴雨的日子，屋顶的一块油毡被风掠走，屋内成了水帘洞。母亲原本珍藏于木箱子内的白面和米都被他搬出来，把留了十来年的旧账本用唯一完好的塑料布裹严实，放进去束之高阁。

让我没想到的是，脾气不合的父母，那一刻这般相爱和谐——归来的母亲看到完好的账本和泥水中湿透的粮食和衣物，竟未埋怨父亲，默默摊到热炕上晾干。这一年春节，我们吃的都是发霉白面包的饺子，

小时候，父亲最疼我，却因一张白纸痛打了我。为得赛船第一名，我偷撕了一张硬实的账页纸折叠成大纸船，暗自侥幸：撕无字的账纸是无罪的。当我还沉浸在纸船王的欢呼里时，父亲的柳条鞭已从天而降。我受不住痛打，晕头转向跳进河里，被救起时已快奄奄一息。母亲抱着屁股开花的我和他大吵，说他因为鸡毛蒜皮的事差点害死亲生骨肉。父亲怒吼，小孩子知法犯法、铤而走险还不去教育，大了悔之晚矣！

过后，他语重心长地对我说，孩子，对不起，爸不该打你！可是，我不止一次和你讲过：人而无信，不知其可也。大车无輗，小车无軏，其何以行之哉？这些账本是乡亲们对他的信任，不能辜负愧对。

自童年起，父亲的话就落进我心里生了根，让我不敢辜负人生这本沉甸甸的账。后来，当我的工作遇到重大转折向父亲求教时，他郑重地送我八个字：文行忠信，责任担当。我视此为家训，谨记一生。

父亲的旧账本终于等来了用场。家乡土地流转被政府征用后，一些多年外出的农民回来找地到处受阻，父亲的老账本成了他们最后的希望。村霸吴二非法占有了这些土地，他提着一大皮包钞票，来买这些旧账本，父亲拍着桌子把他骂跑了。

从此，家里也再无宁日，砖头经常破窗而入。当父亲头破血流倒在路上时，他却笑着安慰失魂落魄的家人：智者不惑，仁者不忧，勇者不惧，邪不压正，不能做昧良心的事。胆小的母亲搂紧我们，默默和父亲一起扛着不可预知的危险。事后，找回土地的乡亲们送来酬金，他分文不收。

父母搬家数次，旧木箱也跟着辗转上楼。岁月的霜雪浸染了父亲的

韶华，他眼睛里始终流淌着明亮的温暖，每天依旧喜欢拨打算盘，如坐禅敲木鱼般虔诚，依旧喜欢用手指敲击木箱如叩家门，翻出几十年前村委会的老账本和一本家谱，念叨上面每个人的名字，如同和老友们唠着家常。

当我敲击木箱，不止一次给女儿讲这些故事时，她眨着聪慧的眼睛，银铃般笑着问我，是把木箱当钟敲了吧？

是的，这么多年，我时常梦到父亲和木箱，梦里梦外都能听到洪钟亘古不变的沉甸甸的回声。

两棵树的不同命运

齐明达

院里的园子是种菜、养菜的地方，父亲一向反对里面栽树。园子原本有一棵花椒树的，正值旺年，一个秋后，父亲拿把斧头把它砍掉了。自此，园子再没有栽任何一棵树。

树一高了，遮光挡风，欺负并且耽搁菜生长，到头来咋灌水施肥也不行。园子不适合树、菜同时生长。据说，这便是父亲当初砍掉树——园子唯一一棵树的原因。

父亲砍掉的花椒树，为他自己亲手所栽，时间是我家盖房子的头个春上。那时，家中排行老大的我，还不满一周岁。母亲不透露，我们几个孩子，不知也料想不到，父亲会自己否定了自己曾经做过的事情。

母亲还说，房后墙外那棵碗口粗的桑树，当初如果不是她的极力阻止，差一点就栽在了园子里。那样的话，恐怕也无法逃脱花椒树一样的命运，一准儿早已砍了毁了，不再年年吐绿与分枝。

如此说来，父亲并非压根儿不喜欢树。只是后来园子里边长着的树、长着的菜一年比一年矛盾加剧，两者之间必须做出取舍，父亲的天平倾向了菜的一边。这既符合常理，也符合父亲对待、处理事情的性格、逻辑和思路。父亲一贯取舍分明，毫不含糊。

园子包括院子不许栽桑树，起因"桑"音同"丧"。母亲充满宿命观的借口，竟然动摇、改变了父亲的态度，我们听了心里总犯合计，不太相信。记忆当中，父亲好像从没向迷信低过头。

　　不管相信与否，父亲当时有意无意的一个让步，最终导致了两棵树两种不同的开始、阴差阳错的命运与结局。

　　桑树，虽然被委屈地栽在了房后的院外，日后却意外地得到了成全和长久。相比之下，花椒树虽然一时受宠，安身落脚于园子里，几年之后，谁料却半途夭折，先于桑树有了归宿。

　　细究起来，桑树存活下来，以至走到今天依然蓬蓬勃勃，或许还有其他方面的原因。父亲常向我们讲，桑树所占的地份儿，在我家外墙线的外边，属于当街，桑树长在那儿，不单属于我们一家，至少应该属于几家，甚至于说整个村子。

　　对于父亲的讲法，我们始终持有异议。我们一直认定，桑树既然是父亲所栽，又最靠近我家房子、院子，理所当然非我家莫属。假如不是这样，为何桑树上面长出的桑叶、结出的桑葚，年年统统归我们采摘？（尽管，有的时候，村中一些同龄伙伴摘些去，毕竟均属偷偷摸摸，没谁敢像我们那样理直气壮，一边采摘，一边大喊大叫。）

　　一天，后院老刘家的一头毛驴啃掉了桑树的一块青皮，我与二弟发现后，气愤地寻上院门，跟人家理论。父亲闻讯，不容商量地厉声喝回我们，谁家对牲口没有个疏忽和闪失，毛驴啃块树皮算得了什么！啃死了，大不了一棵树。

　　我们想反驳一下父亲，抬头见父亲的脸色阴郁得吓人。人家平常不帮着你留意这棵桑树，说不准桑树早已不在了，难道你们真的不懂，还是故意装糊涂？

　　其实，我们真的不懂，我们不懂父亲的心。

我们都是祖先的影子

秦朝晖

世界很大，以至大象无形。年龄渐长，已经过了天命之年。许多年前，读过庄子的两句话："天地与我并生，而万物与我为一。"时至今日，似乎读懂了一点点，偶尔生出点"究天人之际，通古今之变"的雄心，但稍加思量，便会就此打住。

人是万物的尺度，但人是有局限的。除去世间鲜有的大智者，承认和接受一己之小，该是人活于世的一点常识和姿态。如此想来，认同个体的诸如"盲人摸象""井底之蛙""一叶障目""一孔之见"等等，也是人存在的真相之一吧。世上生命的个体，大多通过的是一扇"窄门"。人生天地一叶萍，承认个体的渺小，会让人少一些狂妄与膨胀，多一点谦卑与敬畏，会让人找到一点真真切切的"脚踏实地感"，说不准还会认同——当你觉得不能改变世界时，你会改变你自己。

生命的个体孕育于家之中，家的味道熏陶着人的味道，家是一个人最初的支撑，家的空气得自一代又一代父母的营造。家风源于积淀，源于传承。小的时候，不理解身为乡村教师的父亲，为何每年春节都要回到他远在几百里外的父母，我的爷爷奶奶家过年；长大了，身为人父，住在城里的我，连同妻儿回到住在乡间的父母家过年变成了习惯。小的时候，不理解身为农民的母亲，为什么总是让上门乞讨的人"有所收获"；长大了，才知道母亲的朴素做法来自我姥姥的信仰：人要善良。2009年，七十三岁的父亲大病一场，他出院后的第一幅毛笔字是："活着真好，得好好活着。"许多年了，每次从老家返城，母亲都执意到车站送我，送我的母亲从不挥手，她只是静静地站着，看着班车渐渐远离开她的视线……

家是柴米油盐，家是酸甜苦辣，家是浪迹天涯中的一份牵挂。家的根是亲人，家的一切源于人的心。祖祖辈辈，世世代代，兴衰成败，万化根源总由心。百善孝为先，说的是孝心；忠厚传家久，说的是宅心；家和万事兴，说的是仁心。人心关乎家道，家道组成世道，世道联结家国命运。

如果不想慨叹世风日下，只有尽匹夫之责，先把家风重振；如果没有"修身齐家"，哪会有"治国平天下"？家风是一种文化，而"文化是一种包含精神价值和生活方式的共同体"，它需要"通过积累和引导，创建集体人格"。家风，应该由"变与不变"互动而成。它不变的是对"积德百年元气厚，读书三代雅人多"的相信，只有相信，才能慎终追远，不忘初心；它的变是对"天行健，君子以自强不息"的创造性转化，只有薪火相传，心心相印，才会有"各美其美，美人之美，美美与共，天下大同"。

个体是渺小的，但有时不妨小中见一点大。仰望祖先，我是后之来者，我是祖先的传承，我是流动的家风。凝望明朝，我相信，会有后之来者，御风而动，踏歌而行！

我妈的承受与承担

萨仁图娅

我妈当过老师，我两个舅舅都是老师，其中大舅还是校长。我妈是她家四兄妹中最小的一个，她嫁入农家甘心为农妇。

我妈教导我的话更多是在她的行为中，我妈的行为足以让一切豪言壮语失去重量。下中农家的女儿嫁到富农家庭，她承受很多，始终无怨，在上有老下有小的大家庭里，她有干不完的活却乐于担承。

印象中，我妈每天总是忙碌的身影，总有干不完的活。朦胧的记忆中，爷爷瘫痪在床，呼唤"登元媳妇"，登元媳妇就是我妈。我妈的名字——杜淑琴，嫁到一个大家族，不叫傅杜氏已经是社会的进步了。我妈侍奉公婆，抚育孩子，喂养猪鸡，下田干农活，还当过妇女队长。每天清晨，我一睁眼就是热乎乎的饭菜，不知道我妈何时起来的，做好饭菜，喂了猪鸡，而后出工下地。晚上收工回家，我妈从不空手，要么是野菜，要么是柴火，都是她在别人歇着时做的。放下东西，她生火做饭，喂猪喂鸡，屋里屋外地忙。等到一家人吃过饭，收拾利索了，夜晚油灯下，我妈还要纳鞋底，为一家人做布鞋，起初几年还纺线织布。常常是我一觉醒来，看见我妈还在灯下干活。我睡眼蒙眬地说："妈你咋还不睡？"我妈回答："妈不困，你睡吧！"我有时分明看她也快睁不开眼睛了，打个小瞌睡，一低头，头发被油灯烧焦了，有一种味道。

我表弟森林与我差不多大，表弟一出生，他母亲即我大舅母有病，就由他姑母即我妈来抚养。当时我妈一个人喂养两个孩子。后来，逐渐长大的我，又小又弱，感冒发烧是经常的事，中耳炎、气管炎、肚子疼，反正总生病。身边的大人们谈论说，这孩子从小奶水不足！可我妈从来就不说什么，倒是我大舅母常提起，表弟森林常来看望。大爱无言，我妈的善良在行动上。

踏着荆棘，不觉痛苦，在阶级斗争天天讲的特殊年代，下中农家庭出身的我妈，嫁的是富农家庭成分的我爸，妇女队长不能再当了也不抱怨。我妈以行为教会我坚强与面对。党的十一届三中全会后，党的政策全面落实，我妈更加勤勉劳作，只是仍然话不多。

我妈的话在手上。她手巧，会用自己纺织出来的棉线编织毛衣、手套、袜子。我妈会绣花，村里女孩都爱围着她，让我妈手把手地教。我的上衣与鞋子上总是绣着花，引得小同伴羡慕。

我妈的话在脚上。多远多黑的路，她都不怕。记得我念初中，是到离家六公里的上园。家里拿不出每月六元伙食费，我只好走读。当时我学习成绩好，初中一年当上少先队副大队长，初二是学生会学习部长，有时开会就得很晚才能回家，总是我妈翻过山梁来接我。

我妈不多说话，她的为人，在邻居大娘、嫂子们的口中传诵，我也越来越理解她的只是承担与付出。

家风也是门风，其实就是在家庭里形成的道德风尚。

我奶与我妈，在山村里终老，在我心中永恒。

常常在寂静的午夜，如电影中的慢镜头，我奶的音容，我妈的身影，清晰地浮现浮动。

感念深恩，我奶的阅读精神与书卷气，我妈的承受承担与勤勉良善，融入我的血脉，融化在我的血液中……

杏酸枣甜我的家

萨若兰

陶斯根艾里，一个在中国地图上找不到影子的孟浩然式的村庄，那就是我的故乡。

——题记

陶斯根艾里是个蒙古族和汉族人民杂居的地方。陶斯根，蒙古语中译为"接济""救济"；艾里，"村落"之意。清康熙二十二年(1683年)，清政府在村西海棠山上修建了普安寺，香火鼎盛，号称有名的喇嘛三千六，无名的喇嘛赛牛毛，陶斯根艾里也随之形成了村落，并有了名气。村人成为寺庙的属民，种的粮食和蔬菜常年供应寺庙的喇嘛生活，有的把自家最聪明的男孩子送到庙上当喇嘛以活命，学知识，互惠互利。那时没有学校，寺庙就是最好的学堂。我的爷爷一共兄弟五个，有两个曾是喇嘛，后来死在了庙中，剩下的娶妻生子，不然就没有今天的我。

我们家应该有九个孩子，夭折了三个。我的童年是在外婆的脊背上度过的，外公去世后，外婆一个人支撑着门户，孤苦伶仃，孝顺的我妈和我爸经商量从三里地以外的三家子村搬过来，和外婆一起住，于是我爸就成了养老女婿。那时，我爸在外工作，大小是个干部，我家孩子又多，我妈忙不过来，外婆就成了她的帮衬。我妈说我小时候是"哭吧精"，还干打雷不下雨，我外婆就背着我一天到晚地在外面逛，串东家走西家，她瘦骨嶙峋的胳膊夹得我大腿生疼，于是又哭。可是，外婆从来不打我，哼哼唧唧地给我唱民歌，唱着唱着，我就在她的后背上睡着了。

　　我家有个菜园，是孩子们的乐园，有点像鲁迅笔下的百草园。菜园里什么都可以种，我爸我妈把它当成了养家糊口的副业，种上高棵的玉米、高粱，留出一片菜畦地，种上各种蔬菜。菜园墙边似乎永远长着那么几棵果树，杏树、枣树、梨树、葡萄都有。每当水果成熟的季节，我们小孩子就在树下玩耍，水果刚刚有点甜味，就开始摘吃了。外婆去世后，我妈在生产队上工，没精力管我们，大哥大姐带着我们小的作翻了天，有时还挨我妈揍，拿着鸡毛掸子在后面追，跑在最后面的就挨打了。我妈可不是那种护犊子的人，只要她举手，一头儿带有榔头的鸡毛掸子就一定落在了身上。

　　我家的家规很严，我妈对我们"约法三章"，不许我们在外面打架，不许偷东西，筷子不许插在盛饭的碗里，女孩子不许踩门槛，不许说粗话。反正不许这样，不许那样，有时我们在外面受了别人的欺负，回家还要遭到批评，心里委屈得很。生产队有个大菜园，别的孩子偷吃菜园里的茄子、西红柿，吃饱后忘记了回家，我们家兄弟姐妹不敢，一到饭时便饥肠辘辘地跑回家。那时我家常常断不了食客，他们多半是来求我爸救济的，因为我爸在公社管民政。家里来客人吃饭，我们小孩子从来不争抢，降幂排列似的坐在窗台上看着我爸陪客人吃饭。这时我妈就会喊我们去外面玩，告诉我们等客人吃完了饭再回来。那时细粮少，只有来客人时才会改善一回，也只够客人和我爸吃。客人撂了筷，我们才会上桌吃饭，哪怕剩下一张馅饼，我妈都要分给我们，每人也只能分到一小块，而我妈是吃不到的，我心疼她，觉得我妈是最吃亏的人，故意说不想吃，把馅饼夹给我妈，可她还是夹回来，放在我的碗里。

　　我爸我妈生活很俭朴，过日子精打细算，花钱近乎吝啬，对外人却很慷慨。我家有四棵杏树，一棵结甜核杏，三棵结苦核杏。每当果实成熟的季节，红彤彤的杏子沉甸甸地挂在树上，很诱人，来海棠山游玩的人路过我家，借故口渴来我家小坐，顺手摘几个吃是常有的事。杏是热性水果，苦核杏酸酸甜甜的，吃多了倒牙，还会上火，如果吃到没熟透的，还会让人酸得龇牙咧嘴流口水。甜核杏个儿大，口感好，核也可以凿开吃，果肉和核一起吃可败火，营养价值高。

我家房后曾有三棵与我同龄的大枣树，枣树高出我家房顶，尤其每年中秋节后，通红的大枣在阳光下很是惹眼。村里的孩子们见了，馋虫在嗓子眼儿里一蹦一蹦的，有时还会起"贼"心。一天晚上，我们全家人刚刚睡着，就听到房顶上有动静，我爸一骨碌爬起，穿上衣服，拿起手电筒出去捉"贼"。果然，有三个黑影正站在我家房顶上摘枣，我爸大喝一声，他们吓了一跳，慌忙跳过矮墙向外跑，我爸毫不示弱，紧追不舍，抓到了跑在最后面的人，用手电筒一照，才知是我堂舅家的小儿子大海，那年他十二岁。我爸一看是他，笑出声来，借手电筒的光亮给他摘了好多大枣，装在他的背心里，让他鼓鼓囊囊地兜着带回家去了。

世上的事有时很奇怪，我爸去世后，正值盛果期的一棵杏树也死了，也许是我爸带走了它吧。那三棵枣树也被伐倒了，据说有人拿去烧炭了。想起我那去世的爸妈，想起他们经历的那些事，我的心里酸酸的，像吃了一枚没有熟透的杏子。在那特殊的年代里，我爸和我妈何尝不是酸酸地度过了一生？可每当想起我那满街玩耍的童年，我的心里就又甜甜的了，遗憾的是，我已经无法再回到童年生活里去了。

巴雅日泰（蒙古语，"再见"之意），我的童年！

父母赠送的财富

单成繁

家庭是没有桃花的桃源，家风是滋润心田的雨露。

1943年的山东大旱和招工者的谎言，似乎解开了一个人渴求生存的迷茫，他与工友一起从山东张店（现淄博市张店区）乘着"闷罐子"火车来到"本溪湖市"（现本溪市），先在本溪湖柳塘日伪煤矿挖煤，之后转到本溪湖彩屯竖井煤矿下井挖煤。百余人通铺的简陋工棚让他见识了"洋房"，牛马活儿、猪狗饭和工头的棍棒让他领教了"吃白饭""挣大钱"，不断的工伤、病亡，甚至一息尚存被"抛尸"，让他知道了什么叫人间地狱。实在不堪苦累、伤痛和压迫，在一个雨夜凌晨，冒着抓回被拷打的危险，他会同几个工友绕过看守，钻过铁丝网的漏洞，逃出煤矿。之后几经转折，到一个淳朴厚道、基本自食其力的农村大家庭做工，中华人民共和国成立后与这个家庭的一位女子成家。他们就是我的父亲和母亲：单亦泰和汪桂珍。

从无数次父亲的忆苦思甜中，我非常感谢祖坟中曾经有过的几棵大树，感谢父亲、祖父的开明。当父亲七岁时，靠那几棵大树卖的钱，他与族中几个年龄相当的孩子一起去学校读书。到十一岁，因家中困难，开始全天回家干活，后来给地主当小工挣点吃的。父亲的这种文化启蒙，对他有益，对他的子孙后代都有益。

当然，我也感谢母亲所在的土改分家时四十八口人的大家庭。在这个家庭主政的妈妈的二叔懂医学，明事理，讲规矩，很公道。这个远近有名的积善之家，妈妈从小耳濡目染，受益良多。

中华人民共和国成立前，父亲多受苦难。中华人民共和国成立后，他念念不忘，对我们兄弟姊妹说得最多的是牢记共产党和毛主席恩情。他把这种感恩扎扎实实地体现在工作上：无论闹土改、当农协会长，还是当村主任、当社长，他都尽心尽力。尤其在供销社工作近二十年，他兢兢业业，一丝不苟，几乎没有任何闪失。因为为人谦和，处事稳妥，他被大家誉为"老太平"。

20世纪六七十年代，父亲结合自身经历多次到一些中小学做忆苦思甜报告。一旦有机会，他就给我们讲自己的经历、家乡的故事、单家人的故事，还经常讲《封神榜》《三国演义》《隋唐演义》《岳飞传》《红旗谱》《播火记》《烈火金刚》等，借此鼓励我们学习英雄，报效国家，行善积德，积极向上，严格自律。父亲的如山大爱让我们兄弟姊妹脚下有根、背有依靠。

当年，父亲主要在外劳作，特别是在供销社工作期间，每周只有一天公休在家，母亲除了做工还要主持家务，教导我们知书达理。每天我们兄弟姊妹入睡时她还在忙碌，睁开眼睛时不知道她又操劳几时了。由于父亲有参加土改等经历，到供销社时工资定得较高——每月四十七元五角，以后每次涨工资都是别人的事，直到退休他的工资都没有变化。因此，吃的是"瓜菜代"，穿的补了补、连又连，是近二十年的家庭常态，母亲为此付出的辛劳对我们兄弟姊妹影响很深。没有馋的、没有烦的是我们饮食的共同"偏好"。更令人敬佩的是，一家七口人，无论上学还是工作，早走晚归总是不断发生，但是我们竟然一次没有吃过冷饭！母亲正是以简单的无数次重复的行动体现了伟大的母爱。恢复高考时，也是妈妈动员我不要安于现状，应该参加高考，而且让我考试前请假二十天，到沈阳姨姥家静心备考。这也体现出妈妈海一样的胸怀。

厚道谦和，勤奋俭朴，感恩向善，是父母赠送给我们的宝贵财富。

两位父亲

单瑛琪

谨以此文献给我的两位父亲，
平日照顾不周，
文字也匆匆而就，
但爱一直饱满。

按甲骨文字形来看，家是同处在一个屋檐下，共同生活的相亲相爱之人和他们所住的地方。

结婚后我有两个家。嫁鸡随鸡，先说婆家。只选说婆家里的父亲，平日里我称呼"爸"。

我爸迷上了网购。我们家说话都非常小心，千万不能说到需要什么，否则我爸听去了会立即下单。家里平均每天进一两单，快递小哥都知道那个老头儿，八十多岁，腿脚不利落，然而每每亲自下楼取件。有一次，正好被我和他儿子赶上了，他儿子立马变成老子的样子大发雷霆，说："为什么不让快递小哥送上楼？"我们都怕他下楼磕着碰着有闪失，这时我爸像做错事的孩子一样，小着声音说："快递小哥也不容易，要是每家都送上楼，那一天要爬多少楼梯。"我爸超好一老头儿，从没说过世界上任何一个人"不"字。我赶紧拉拉他儿子的衣角。他儿子软下话来说："爸，又买什么啦？"

　　我和他儿子特别发愁，我爸买的东西太多了，阳台上，床底下，窗台前，沙发后，堆得到处都是，多得成患，我爸做着时髦的"月光族"。他女儿跟我说，他们家也东西成灾，都是我爸买的。

　　基于我爸的安全和我家的空间问题，我们三番五次与我爸会谈，希望他不要再痴迷网购了，却毫无成效，最后他女儿对我女儿说："你能不能做做你朋友的工作啊，现在只能你出马了，我们的话他都听不进去。"我女儿与我爸是铁杆朋友，她欣然接受任务，去找我爸，说："爷爷，您省着点钱，别什么都买，啊！"我爸说："我不是什么都买，我买的东西都是需要的。"我女儿有做指导员的天分，她拉着我爸坐下来，语重心长地讲："我的英语老师是极简主义者，他的家人也是。他们家很小，东西极少，物质上做减法，精神上做加法，生活简单高效……"

　　我爸听进去了，他无奈地说出了真话："我网购有瘾了。"

　　我女儿说："没关系，您放心，我帮您戒。"

　　我们都面面相觑，要知道凡一谈到"瘾"，那可都不是容易对付的。我女儿说："您把钱放我这儿，我每月给您两百零花钱。"我女儿她爸每月就给她两百零花钱。我爸不甘地看着我女儿。我女儿心软了，她设身处地地想了想，又补充了一句："要是零花钱不够，您再跟我申请，啊！"

　　然后，我爸的经济大权就被我女儿收去了。

　　我们家消停了，快递小哥不再频频按门铃。

　　生活一下静下来，静得有点不适应，有点有问题，我们都发现我爸情绪有些低落。

　　我爸没有哪里不舒服，吃喝拉撒也没任何异常，就是没以往活泛。

　　我们一起分析，终于得出结论：白天，我们上班的上班、上学的上学，我爸一个人在家，没意思；他的老家在上海，儿女以外的亲人都在那里，他从没跟我们提及难耐的孤独，不想我们为他分心，自己在面对；网购是他的寄托，快递小哥是他要等的人。分析清楚之后，他儿子对我女儿说："赶紧，取消限购，归还经济大权。"

我爸重新获得了经济大权，网购自由了，精气神也有了。

他恢复网购下的第一单是一本关于极简生活的书。

再说我的娘家，重点说娘家我的父亲，平日里我也称呼"爸"。

我爸，是个口是心非的老头儿。

我妈种花，种得满院子、满胡同。我爸说种那有什么用，不当吃不当穿。可是，我妈一拎水浇花，他就抢过水桶，嘴上还说："看你拎那点水。"浇一次需要近二十桶水，天热的时候，早晚各一次。也正因如此，那些花长得远近闻名。

我妈听戏，常年把着戏曲频道，我爸说比比画画，咿咿呀呀，不知说啥，听那有什么用，不当吃不当穿。可是，我妈听多久，他坐在旁边陪多久，从不调台，从不走开。

我妈写诗，写成手抄本那种。她不礼佛不信教，不打麻将不玩牌，不张家长不李家短，大门不出二门不迈，她变成了我上学时的样子，痴迷写作。我爸说点灯熬油的，写那有什么用，不当吃不当穿。可是，我妈用的笔、纸，都是我爸给买的，买得非常及时，从没断过，还买了笔袋和《现代汉语词典》。我一回家，他就对我这个出版人讲："你妈写了那么多诗，你看看能不能出成书。"我说："只能自费出，要花钱，三万。"我爸，一个从来衣兜里钱不过百的老头儿，说："多少万也得出啊，得鼓励她呀！"作为作家，我知道，其实我妈不需要鼓励，创作是生命的一种需求而已。但我答应我爸，给他夫人出书。

我爸吸烟有瘾，戒不掉，可是他从没在我妈面前吸过一口烟；我爸喜欢吃肉，我妈喜欢吃素，他就随着我妈吃得素淡，我们回家，他才叫苦，说把他吃得都要哭了；我爸干活不紧不慢，悠着，我妈恨活，一气干完，片刻不能闲，于是我爸就一直如我妈所愿地勤快着，他把一生都"赔"给了夫人。偶有一次，我爸说我妈太任性，干活太过，他要离家出走。他儿子赶紧把他接去了，可是晚饭都没吃，他就要回去，说："你妈一个人更不好好吃饭了。"

我爸不爱出门不爱逛街。可是，我们说外出吃饭时，我爸立即带上我妈走在前头，点我妈爱吃的菜，还不停地给她夹；逛商店时，他总能提示我妈"这不是你想要的吗"，我妈买足了，他什么都不买也足了；乘滚动电梯时，我看到我爸紧紧握住我妈的手……我的心里安安的，暖暖的，亮亮的，我明白了为什么我会从小的时候开始就一直安安的，暖暖的，亮亮的。

我是个阳光能照进心里的人，这感谢我爸，感谢我爸像大树一样爱我们。这棵大树快乐而又宽容，从没吼过我们一声，他打造了一个其乐融融的家。小时候，每到假期，堂哥堂姐、表弟表妹，都抢着来我家度假，即便是纷纷长大了，仍创造机会聚过来。前年中秋，聚来了很多人，大家聊天喝酒到很晚，撤了桌收拾停当，我爸对我女儿说："把酒桌给姥爷支上，支在院子当中。"我女儿不解地问："姥爷，不是刚喝完吗？"我爸说："今日中秋，我要跟月亮喝两盅。"我女儿听了，说："明白，举杯邀明月，对影成三人，是吧？"我爸喜酒，每餐必饮，但从不醉，那日他醉了，我们把他宠醉了。我们宠着他吸烟，宠着他喝酒，像宠孩子一样宠着。随他所愿。

次日，离家时，我从后视镜里看到我爸，他变瘦了变小了，瘦小了的父亲，携着更加瘦小的母亲，站在寂寥的家门前，望着我们离去。我心酸了：我的父母需要我们了，像孩子需要大人一样。然而他们不能离开家门，我们不能回到家门。生活中的快乐幸福和无奈两难共存。

从前，我爸去上班了，我们送出很远，要他下班给我们买好吃的回来，我爸说："哪有那么多好吃的！"下班时，我们接出很远，准准地接到我爸和好吃的。现在，我们和我爸换位了，买好吃的的人变成了我们，送和迎的人变成了他。无论工作多繁忙，生活多奔波，我都记得我爸带着我妈时刻等着我们回家。每每打电话计划回去时，他都说"挺忙的，不要没事总往回跑"，可是放下电话，他就开始打扫庭院，敞开大门，迎候我们。我们回家的日子，他像孩子过节一样高兴。

结婚后每到过节，有两个家的我，为不能身分两处而遗憾，这时我爸总是说:"什么节不节的,今天不见明天见。"然后,他打电话盛情邀请我的另一位父亲一起过节。

两位父亲同在一个屋檐下,我喊了一声"爸",他们同时应声,看向我。我是多么富有和幸福!还欲何求?

《说文》中说:"父,矩也,家长率教者。"

父亲的状态

邵永胜

清明节前，去给父亲上坟。

我家的坟地在山坡上，周围是苹果园，前面是庄稼地，庄稼地一直延展到远处的山根底下，坟地在高处，往前面看就有开阔之感。

坟地里长满了野草和蒿子，一冬天的风吹雪压，野草没折，蒿子没倒，密密实实地盖住了坟地。父亲生前是喜欢清爽的，这些野草和蒿子都清除掉，才会对了父亲的心思。放一把火，风助火旺，不大工夫就烧干净了，可是，火会烤着父亲，烟会呛着父亲——我相信父亲的灵魂常在。还是弯下腰薅草吧，草很多，草很硬，可总有薅干净的时候。腰疼，手被草勒出了口子，渗着血丝，出了那么多的汗，都不算什么，此刻，父亲希望他的儿子就是这样的状态。

坟地干净了，父亲的坟在前面，后面依次是爷爷奶奶的坟、祖爷祖奶的坟。上香、倒酒、点烟、摆供品、磕头，几千年上坟的规矩没有变，是因为几千年人们对逝去的亲人们的思念没有变。

坟地很静，静得连远处农民挖树根翻地的声音都听得到。老子说："夫物芸芸，各复归其根，归根曰静，是谓复命。"那么好吧，把心里腾空，在寂静里和父亲做一次长谈吧。父亲生前从未和我有过一次长谈，我也想不起来父亲和我做过什么游戏或者给我做过什么玩具。父亲一辈子很威严，我和父亲说话的时候总是很小心。人们常说多年的父子成兄弟，在我们家，父亲永远是父亲，儿子永远是儿子，儿子很难走进父亲的心里。这就是为什么父亲去世这么多年，我一直想为父亲写一篇文章而没写的原因。可是今年，我五十九周岁了，父亲就是在五十九周岁这一年去世的，我觉得我能够理解父亲了，或者说我有资格和父亲做一次长谈了。父亲，您同意吗？

我的没见过面的爷爷三十八岁就病故了，那时候父亲多大我不知道，应该是十四五岁吧，三十四岁的奶奶没有改嫁，领着父亲和父亲的妹妹我的姑姑熬着日子，那该是多么苦的生活！孤儿寡母，房无一间，地无一垄，米袋子里没有米，衣兜里没有钱，发送爷爷的钱是好心的聂姓人家出的，爷爷的丧事是邻居们帮的忙。虽然那是中华人民共和国成立前，那时向善的人也很多。人心向善是一回事，奶奶的好人缘是一回事，这两方面融合到一块，爷爷的丧事就没有掉地上。

在熊岳城过不下去了，奶奶就领着父亲和姑姑回老家盖州葡萄沟投亲，爷爷的叔伯兄弟们像躲瘟疫一样躲着，为了撵走奶奶，大年三十那天，恶人把奶奶住的那间破屋的炕给刨了——这就是亲戚干的！几十年以后，奶奶提起这件事还浑身打哆嗦，难怪父亲当基干民兵支前路过葡萄沟的时候，冲天放了几枪。那时的父亲是什么心理状态我不知道，我只是庆幸恶人当时没在父亲的枪口前。

北风紧，亲戚恶。冰凉的世道人心给父亲的心里涂上了阴冷的颜色，证据就是父亲从此不再相信别人，不再指望别人的帮忙，他要靠自己稚嫩的肩膀把日子撑起来，给小脚的奶奶、给年幼的姑姑挣口饭吃。老天怎么能饿死瞎家雀呢？没有粮食吃，就吃树皮，连树皮也没有的时候，就吃地上的土，这就是倔强的穷人！父亲脖子上挂着一条粗布绳，绳的两端拴在木板上，木板上面摆着香烟，父亲走街串巷卖烟卷。奶奶说父亲卖了那么多烟卷，没丢过一盒，没差过一分钱，春夏秋冬风霜雨雪，父亲不说话，就是走，就是惦记着卖烟卷，他不能让奶奶和姑姑的饭碗空着。父亲卖了多少烟卷没有统计，只是听奶奶说父亲的脖子后面留下了一道手指头粗的腒子。"你爸心思重啊！"奶奶说过几次这样的话。父亲，你懂奶奶的话的意思吗？我相信你早就懂了，现在我也懂了。

　　卖烟卷攒下了一点小钱，父亲租下了巴掌大的一个摊位，摆摊卖烟卷，也卖糖葫芦。可以想见那些夜晚，父亲和奶奶甚至还有姑姑，谁也不说话，闷着头干活。用砂纸磨扦子，穿糖葫芦的树枝要磨得特别光滑，这样穿山楂的时候才顺溜，吃的人才不拉嘴，把山楂里的核抠出来，不能落下，免得吃的人硌牙。父亲糖熬得好啊，泛着大花，冒着泡，散发着香味，就凭着这样的细心、体贴，父亲的糖葫芦就卖得好，用现在的话说就是产品的质量和服务都好，父亲的小生意就一天天往上走，奶奶的脸上开始有了光泽。

　　中华人民共和国成立后，父亲撤了小摊，进了熊岳印染厂。那时的熊岳印染厂可是了不得，国营，几千人，染色漂练整装机修四大车间，火车道通到厂里，统一的工作服，月月开现钱，甚至歇人不歇马地三班倒，上海人山东人大连人庄河人……南腔北调，甚至工厂大烟囱冒出的黑烟和工厂排放到南大河里的黑水，都对土生土长的熊岳人构成了无限的吸引和赞赏。听说有的小铺允许熊岳印染厂的人赊账，听说熊岳印染厂的皱皱巴巴的小老头儿娶走了城里如花似玉的大姑娘，听说熊岳印染厂的人往外寄信，信封上落款只写俩字——熊印——太牛了，还听说，还听说……天堂在哪里？天堂就在熊岳印染厂。有福的人在哪里？有福的人就在熊岳印染厂。

　　父亲一定是骄傲的。他不但是有福的人，而且是管理有福的人的人，他在工厂保卫科当干事，用今天的话说，父亲是白领。后来父亲当上了保卫科长，用今天的话说当上了基层小干部。父亲当年为什么没有去学技术而是做了管理，谁也不知道。

　　那时父亲的心情一定很舒畅，他受到了邻居们的尊敬，他很享受这种尊敬。每天，父亲上下班路过院里的大门洞，在那里扎堆歇凉的人会立刻把坐着的石头台让出来，父亲并不坐下，他扶着自行车的车把子，把在厂里听来的天南海北的事情叨咕叨咕，大家都做出爱听状，父亲心里一定很得劲。他骑上车走了，庆幸邻居们没有往深了问，父亲知道的都说了，再往下问他也不知道。

父亲总是忙，一年三百六十五天中，只有奶奶过生日那天，父亲会在家半天，张罗做菜，张罗请客；只有在腊月二十九那天下午，才会早点下班，把平时吃饭的桌子稳稳地放好，在桌子上收拾年夜饭的鸡鸭鱼肉，我们趴在炕沿上，看着父亲剔骨头、切肉，内心的幸福感满满的；只有在大年三十的下午，父亲才会在家煎炒烹炸，那是一年当中我们最快乐的时光，父亲会拉上一个菜谱，什么红烧肉、木梳背肉、糖酥白肉……一年的好嚼裹都在这个菜谱上，我们的眼睛都是亮的，跟在父亲身后闻着香味，要知道在物资匮乏的年代，能闻着香味就已经很奢侈了。

吃过了年夜饭，父亲照例回厂子了，他没有留下来陪早年丧夫的奶奶，没有陪常年在生产队的地里干活、手冻裂了、脸晒得黑红、一年没有一个休息日的母亲，没有陪我们五个以父亲为骄傲的孩子。奇怪的是，奶奶和母亲还有我们五个欢蹦乱跳的孩子，对父亲除夕夜不在家谁也没有怨言。父亲在我们心里的形象反而更加高大了，大概是距离越远威严越甚吧。那时我们的脑袋里灌得满满的是反革命特务要在节假日搞破坏，厂子里不能着火，有人在暗中觊觎着厂子里的东西——父亲去干大事情，父亲不回去，厂子就不安全。

现在，当我以一个五十九岁的男人的经验来看待这件事情的时候，我不能掩饰我的疑惑：按照我的理解，工厂保卫科的职责无非是管理门卫，管理消防队，管理偷盗、打架之类的治安案件。可那是个火红的年代，人们的价值取向是国家的、集体的，在公与私的立场上都站得很稳，哪有那么多的事情要处理呢？多年以后听厂子里的人说："你爸三十晚上还搞防火演习，一身泥一身水的，冰凉。"说的人出于调侃，我听了心里却很不舒服。父亲当时是怎么想的呢？一种解读是，父亲实践着当家做主的感觉，认为自己就是厂子的主人，对待厂子就像当年对待自己的烟摊一样，不允许有一丝疏漏，要把自己担负的工作做得十分出色。父亲确实也做得出色，年年都是厂里的先进工作者，奖状都被奶奶贴在墙上，那年月没有奖金，没有什么物质奖励，印象里父亲只得过一次奖励———一面二尺长一尺宽的镜子，上面写着：加强团结巩固成果。那面镜子在我家挂了几十年。尽管没得钱，没得东西，得到了几张彩纸，父亲奶奶仍然视这些奖状为宝贝，家里来了人，奶奶总是有意无意地把话题往奖状上拉，也从没听过父亲要把这些奖状撤下来的话。这样的解读影响了我们兄妹的人生观、价值观，我们几十年以来都是把单位的事情看得很重，就是鸡毛也会当成令箭，就是针鼻大的缝隙也要立刻糊上。父亲在世的时候，我们在单位获了一个什么奖，会第一时间告诉父亲，父亲比我们更在乎，真是悠悠万事唯此为大。

这件事情的另一种解读，让我看到了父亲的寂寞和无奈。奶奶能和他交流的，无非是家长里短那些事，这些事情可能说过一万遍了；母亲一年春夏秋冬雨里雪里都在地里干活，能说的除了茄子辣椒就是苞米高粱，和父亲对不上话，再说了，每天母亲回家的时候，已经累得东倒西歪了，她还得抖擞精神洗洗涮涮，照顾奶奶和我们，这一套下来，母亲哪还有什么心思跟父亲说话？记得有一天晚上，父亲的同事来家里唠嗑，母亲在一边陪着，困倦的母亲直打哈欠，父亲一脸的落寞。父亲和我们这些孩子不苟言笑，他说的话我们不明白，我们感兴趣的事情，他觉得没价值，或者在他的心里是想和我们亲近的，可他由于文化观念的左右，找不到那样一条通道。给父亲剩下的只有回厂里忙乎，在忙乎中找到自己的位置。

让我现在也不大理解的是，父亲不爱和我们这些孩子聊天，却非常愿意给我们写信。我姑姑家的大哥当兵以后，咱家我哥当兵以后，我上大学以后，父亲经常给我们写信。父亲没念过几天书，字却写得有模有样，拿今天我的眼光来看，父亲的字仍然拿得出手。父亲给两个哥哥写信的时候，我还小，到邮局寄信的活都是我做，我就先把那些信读一遍，那些信几乎千篇一律的三大段：来信收到了，高兴；尊重领导，团结战友，听党的话，按毛主席的指示去做，争取更大进步；家里一切都好。我上大学以后，每个月都能接到父亲的来信，除了那三大段，父亲还会和我谈谈天下大事，大概父亲觉得他的儿子现在有文化了，要说点大事情才对。尽管是套话，但父亲的真诚在里面，我们都特别爱读，父亲说的什么不重要，父亲的关注让我们温暖。父亲，你是真的不会和自己的孩子们说话吗？你为什么不问问孩子们在工作和学习上遇到了什么难处？为什么不问问孩子们处没处女朋友？为什么不问问孩子们的身体怎么样？尽管该问的都没有问，却丝毫不影响我们对父亲的敬重和爱戴，可惜的是那些信没有留下来，那是那个时代的父亲的心声啊！

父亲不爱和我们说话，为我们做事却一点都不含糊。哥哥当兵以后，部队每年秋天都要买些苹果过冬，哥哥把这件事揽过来，熊岳是苹果之乡嘛，再说了，哥哥可以借这个机会回家看看。父亲非常重视，他去省农科所的苹果园，去金星大队的苹果园，去果树三农场的苹果园现场考察，看苹果的个头大不大，颜色红不红，果皮厚不厚，口感甜不甜，价钱贵不贵。那个细致，像奶奶做针线活。部队每次要买一千斤，那要装满二十个柳条笼子，这些苹果先拉到我们家院子里，院子就满了，父亲怕笼子里上面装的苹果好，下面的差，就指挥我们把苹果倒出来重新装上，把他认为不合格的挑出来自己吃，再买好的补上。我当时就觉得父亲有点磨叽，拉拉着脸不爱干。父亲才不管我怎么想，照样把每个笼子都折腾一遍，他的脸上才开始回暖。那时候，汽车很少，哥哥所在部队也没有汽车，二十笼苹果要由哥哥坐火车带回去，火车在熊岳火车站只停五分钟，在这么短的时间里，在旅客拥挤的情况下，把二十笼苹果搬上火车的难度，今天都无法想象。父亲居然带我们做到了，一次闪失都没有。父亲先找火车站，火车站出工作人员帮我们维持秩序，父亲又把我和姑姑家的五个兄弟和他厂里的同事分成了五六拨，按照火车车厢的长度排开，火车停稳后，卡住五六个上车口，往上扛苹果笼子，那个紧张啊，今天想起来我的手心里还有汗。这样的事情做完以后，没听见父亲和哥哥说起这件事，就是和我们也绝口不提。我在想，父亲是不是觉得不说是做父亲的一种状态，说出来了，味道就淡了。

我上中学的时候，营口市样板戏学习班来熊岳演出革命现代京剧

《智取威虎山》，熊岳城就一个剧场——印染厂俱乐部。我的老师知道父亲在熊岳印染厂当保卫科长，认为搞几张票不是大问题，就让我找父亲要票。我壮着胆子磕磕巴巴跟父亲说了这个意思，父亲没吭声，就是没拒绝也没反对，我心里惴惴不安，第二天上学的时候都躲着老师，晚上回家的时候，父亲给了我两张戏票，后来我才听说，那戏票是父亲自己掏钱买的。

1977年冬天，我参加了恢复高考后的首届高考，考上了辽宁大学中文系，在熊岳城里这是凤毛麟角的事情，父亲一定很高兴，我一直期待着他当面夸我，哪怕是"儿子，考得好，咱老邵家祖上积德了"这样的几句话，我的期待还是落空了，父亲什么都不说。他张罗着给我买新被，还特别强调要买一条枕巾，说城里人睡觉的时候，枕头上都要铺上枕巾。他找来木匠，把家里一个旧木箱子重新刨了、漆了，要给我带到学校去。有一天，父亲对我说："你在公社干两年了，你要不要把帮过你的人请到家里来吃顿饭，我给做。"这话让我大为意外，我忙不迭地说不用。到沈阳上学的前一天晚上，见我摆在地上的行李已经捆好，他用手拽一拽行李绳，说绑得松，就自己拆开，重新勒紧、抻平。父亲从兜里掏出一百块钱给我，说："出门在外，该花的钱别省。"在那个时候，一百块钱是父亲接近两个月的工资，在我们家里是大钱，我拿出一半留下，另一半递给父亲，父亲一点犹豫没有，又把钱装到我的兜里。第二天早上，我坐上了厂子里去沈阳拉货的大卡车去辽宁大学报到。在我的记忆里，父亲用他的公家权力为他的儿子找点便利，这是唯一的一次。

每年过春节，父亲都要到姐姐家和大妹妹家去看望她们的公公和婆婆，送点年货，在炕上盘腿坐一会儿。她们两家当年都困难，姐姐家是农业户，一年也见不到几个钱；妹妹家婆婆有病，公公在园艺场当工人，挣得少。每次从她们两家回来，父亲都半天不说话，偶尔冒出一句："小荔家冷啊！"能不冷吗？妹妹家是自己用碎砖头垒的屋子，四处漏风，又没有钱买煤。偶尔又会冒出一句："你姐过年连件新衣裳都没做。"说完就身子一歪躺在炕上。父亲心疼他的孩子啊！我现在理解了，每年我们在外地工作的兄妹回熊岳过年，父亲为什么总要我们早点去看我姐，去看我妹妹，他是不是觉得他自己和我们几个在外地工作的兄妹过去，会给姐姐、妹妹一些安慰，会给她们在家里争点地位呢？

父亲第一次见我的岳父、岳母的时候，我去火车站接他，让我大为意外的是，父亲穿的是新衣裳、新裤子，看得出来连衬衣都是刚刚浆洗过的，在我的记忆里，父亲从来也没穿得这么讲究。父亲一手拎着一个纸壳箱子，腋下夹着一个人造革的包，东西很沉，很吃力的样子。父亲满脸笑意地问："你老丈人没来？"我说："他在家里等你。"父亲没接着往下说，显然他很在意。父亲是不是觉得按照我们老家的习俗，岳父应该来接他，按照两国外交讲究对等的礼仪，岳父也应该来接他。可是父亲把不舒服藏在心里，什么都没说，脸上依然是笑意，这笑意一直延续到他离开沈阳。他替他的儿子骄傲：一个熊岳城的土小子，娶上了城市姑娘。在岳父家，父亲的两个纸壳箱子打开了，一个箱子里是通红的大蟹子，膏满肉厚；另一个箱子里装了十几个品种的苹果，我们家就住在苹果园边上，什么样的苹果是好苹果，什么样品种的苹果里拔尖的果什么样，我都再熟悉不过了，我知道这一箱子苹果都是拔尖的。父亲费了多大劲才拢齐了才装满了箱子我不知道，包括他夹着的那个人造革的包，里面什么要紧的东西也没有，他为什么要累赘地夹着呢？我当时觉得这是对岳父家的尊重，现在想，父亲肯定还会有另一层意思，那就是怕城里人小看了咱家，他要替他的儿子争个面子。

父亲在世的时候，哥哥在部队当营长。哥哥做事缜密，性格倔强，那是遗传基因和部队文化塑造的结果。熊岳城乘同一列火车去当兵的都复员回家了，只有哥哥提了干部。父亲总愿意把哥哥部队上的情况和他的同事们说，显然哥哥的表现让他满意，在他的心里是不是认为哥哥更像他？有一次，哥哥跟他说，部队可能要变武警了，部队可能要授军衔了，自己可能是少校，就是两个杠一颗星的那种。父亲连着说好好，可惜他没有看到，更没有看到哥哥后来当了师长，是大校，两个杠四颗星那种。嫂子和家里的矛盾，让父亲上了半辈子的火，逢年过节的时候，就一个人闷着头抽旱烟，烟雾浓浓的辣辣的，把他罩在里面。以父亲的精明和经验，他都想不出如何化解这件事，可见这件事的难度，可见"家务事没有是非"这句话具有真理的属性。

父亲一辈子也没和我单独喝过酒，父子对酌暖意融融，那境界我曾经心向往之，现在看来这也只能是一个永远无法实现的向往了。可是，我的老妹妹和妹夫回老家，父亲总要到海边买海鲜，总要和老妹夫喝酒。多年以后老妹夫和我说起这件事情，我还心有醋意，觉得父亲有些偏向。父亲一辈子是不爱喝酒的呀！和自己的晚辈喝酒也不符合父亲的性格呀！可这酒是真的喝了，父亲是不是觉得对姑爷好，姑爷才会对自己的姑娘好？父亲是以这样的方式来呵护自己的老姑娘啊！

父亲没有等到退休就去世了，如果他退休了没有班上，没有厂子的支撑，他的日子会何等难熬！如果他看到了在新的社会经济形态下，厂子连年亏损，最后倒闭，他的精神会不会被彻底摧毁呢？我很庆幸父亲没有看到这一幕。

我第一次感觉到父亲没有主意，是在父亲去世的前一年。

1988年秋天，奶奶有病了，父亲带奶奶到厂医院看了几次也没看出个什么结果，奶奶就说这也疼那也疼。父亲整天围着奶奶转，给买水果，不吃；给做红烧肉，肉烧得烂烂的，不吃；把野菜用开水焯一下，让奶奶吃了败火，奶奶也不吃。奶奶就这样任着性子磨父亲，磨了一辈子，父亲一点都不烦，甚至我怀疑他在享受这样的磨。奶奶说得对的，他不反驳；奶奶说得不对的，他还是不反驳。有时我们在旁边听见了奶奶说得不靠谱，就想插嘴，父亲会用严厉的一瞥示意我们别吱声，奶奶被父亲惯得更加口无遮拦，训斥母亲、训斥我们没有一点心理障碍。父亲对奶奶的感情是在艰难的生活里成长起来的大树，旁人没法理解。奶奶年轻的时候，一股火牙掉得没剩几颗，咱家一年四季吃的就都是烂糊饭，就是米粒煮得没有形的那种入口不用嚼的饭，多难吃啊！可是谁也不敢说，事实上是谁也没说过这件事，人的味觉是可以培养的，我现在还就习惯了吃烂糊饭，这都是奶奶的塑造啊！奶奶是我们家的天，奶奶在世的时候，只要奶奶在饭桌上，奶奶不动筷子，谁也不会动。春天开海的鱼虾、杀猪的血肠、应季的香瓜、逢年过节才见得到的槽子糕，那都是奶奶的专利，全家只有我才能够跟着吃点，奶奶向着我。这次奶奶这么磨人，就是想让父亲带她来沈阳看病。其实，奶奶是以看病这样一个理由，要父亲带她来看看在沈阳工作的哥哥、妹妹和我。父亲是不爱给子女添乱的人，就假装糊涂不应声，奶奶就不依不饶地磨，父亲是拗不过奶奶的，最后还是带着奶奶来到了沈阳。

我们兄妹三个陪着父亲带奶奶就医，我背着奶奶在医大一院楼上楼下地检查，结果病情并无大碍，奶奶笑着说："从坐上火车，身子就舒坦多了。"大家都松了一口气。吃饭的时候，父亲说他的胳膊腋下长了一个包，不疼，不影响动，见长。我妹妹是学医的，她按了一下，看了一下，要父亲顺便也检查一下。这一查，祸事就来了。医大的教授认为这个包不是什么好东西，必须做活体检查。结果很快就出来了："偶见双核细胞，软骨肉瘤。"我是医盲，去问大夫，双核细胞是什么意思，软骨肉瘤是什么意思。大夫面无表情却清晰准确地告诉我两个字——癌症！

父亲必须手术。住院以后，我每天去给他送饭，一进医大那个院子就能看到母亲陪着父亲坐在大树底下的石头上，父亲脸上是满不在乎的神情，那是故意做给我们看的，他当了这么多年的保卫科长，要他马上住院、手术，他能不察觉到问题的严重性吗？我们不和父亲说病情，说轻了父亲会感觉我们不重视，说重了又怕他心里沉，我们就东拉西扯地跟他唠嗑。父亲也回避着他的病，大家都小心翼翼地绕开那颗炸弹，可是炸弹是绕不开的，炸弹一定会爆炸的，谁都明白，谁都不说。父亲下意识地轻叹："以后你奶你妈的日子不好过啊！"又说，"我要是有钱，现在就给你们分一分。"又说，"本来快退休了，想开个小饭馆，开个小书店，干点什么挣点钱，现在不想了。"又说，"你们几个以后要帮帮你大姐，她是农业户，日子难啊！"父亲一定是意识到了死亡的阴影，他不惧死亡，他揪心的是他的亲人。

手术后回到老家，父亲张罗着粉刷屋子，换上了日光灯，凑钱买了彩电，他为这个家尽着最后的力量。那一年的春节，我们在外地工作的兄妹都回去过年，父亲高兴极了，他亲自下厨给我们做菜——父亲做得一手好菜，和我们玩麻将，我们为父亲的精神好转高兴，同时在心里为他祈祷，愿他在开春的复查中双核细胞没有转移。农历戊辰年正月初四，我们回到沈阳，父亲当晚病故了。他死于心肌梗死。

春天的阳光洒在山坡上，洒在墓地里。父亲，和您说了这么多的话，您一定累了，可我还要说，您生前担心的那些事情都没有发生。奶奶是在九十三岁去世的，我们为她送的终，您不在的日子里，大家都照顾着她，奶奶没受一丁点的屈；母亲这些年一直有病，我们竭尽所能为她看病，细心照顾她，前几天我们还为她过了生日，我们五个孩子都生活得很好。您就安稳地睡吧，在您睡着之前，我还得告诉您，我明年就退休了。从退休那天起，我将放下我所有的学识、经验、社会身份，去做一个不惹人生厌的老头儿，或去公园锻炼，或回老家赶海，或者干点什么自己有兴趣的事，说不准。能说准的是，只要我还走得动，我的气脉还足，我都会每年来和您说说话，记住了，每年。

人生没有放弃

申 亮

"人生没有放弃。"

我始终牢记着这句话。

在很早之前，小时候，我是一个遇到挫折就习惯放弃的人，在我那个时候看来，挫折那么多，换个方向就可以了，没必要一直对着挫折横冲直撞。但是生活上学习上，很多事情不是想放弃就能够放弃的，我因此时常不开心。

母亲没有指责我，而是从小就开导我，告诉我人生需要做的，就是遇到任何事情都不要放弃，要敢于面对挫折，不要逃避，她给我读了很多的书，在书里面，我汲取了很多知识，那些知识让幼小的我逐渐有了更多的判断力，让我明白，很多时候，就是要撸起袖子加油干，拼搏一番，才能无悔，不要管挫折怎么阻拦，也要想方设法苦中作乐，直面它打败它。

不断的成长里，试过了，我越发清晰地知道，挫折是暂时的，凤凰涅槃需真火，凌云识木等树高。迎头上，别怕挫折，挫折就是纸老虎。

母亲的命运其实有过一段灰暗的时刻，在她的那个年代，一个学习很好的农村娃，因为卷子丢了，所以没有考上大学，其痛心的程度可窥一斑。

不过母亲没有被这样的挫折击倒，虽然失去了更进一步学习的机会，但是生活处处要做到精彩。母亲把她所学到的那些，一点一滴地渗透到了生活当中，让我觉得不管什么样的生活都要精致。

春风十里吹度，各种花朵盛开的时候，她会在我的屋子里面，摆上一盆鲜花，让香气缭绕。日子苦的时候，母亲会想方设法，用最平常的青菜，做出来引动我馋虫的美味佳肴。我心情不好的时候，母亲会微笑着对我说，儿子，多笑笑，人心情不好啊，需要多微笑，生活就是学着如何高兴地活着。我减肥懈怠的时候，母亲会说，儿子你看，天边的彩虹多美丽啊！可是，只有风雨过后，才会有彩虹，多努力，减掉肥肉，你会感觉身体好了，一切都更美好。

是啊，美丽的彩虹，只有风雨之后才会出现；幸福的甘甜，也只有拼搏一番品尝才更有味道。

长大了，和母亲的交流少了，在外面工作，每次和母亲通电话的时候，母亲也总是笑呵呵地和我说一切都好。有一天，我对母亲说，我要继续写作，完成小时候的梦想，当一个作家。

母亲在电话那头，笑呵呵地说："好，你没有放弃，挺好。"

那笑呵呵的声音，一如数年前，放学回家的那个晚上，我第一次用稚嫩的声音对母亲说我要当个作家的时候，母亲笑得像一个孩子一样，摸着我的头，眯着眼，眼睛里面闪动着的光芒，仿如璀璨的星星闪烁，说："行，别放弃，好好努力，儿子啊，我等着你实现理想的时候。"

时光荏苒，不负初心。人生，没有放弃。

母亲教我行"女德"

舒　袖

母亲若是还活着，今年就九十八岁了，离世十一年的老母亲，其实还一直活在我的生命中。她的音容笑貌、举手投足始终活生生地出现在我面前。我在人生旅程中，每行一步，总是情不自禁地想起母亲的谆谆教诲，揣摩她老人家对我走的这一步该是怎样的评价。尤其是在我童年的懵懂阶段，她身体力行、潜移默化传给我的"女德"，一直是我这半生中的做人准则。

我们家住在村西，被人们称为"西门口"的一个大院里，住着三十来口人。那是太爷在世时盖的砖石草房，虽然一家大户的几户小家住在一个院子里，却是各扫门前雪，各吃各家饭。难免有舌头碰上牙的时候。今天你家的鸡跑到咱家抢食了，明天咱家的鸭拐到他家菜园吃菜叶了。每当遇上这种事，母亲总是让它们吃几口后才轻轻地把小畜生分开便罢。我问母亲为什么不像大娘打咱家鸡那样打她家的鸭呢，母亲笑着说，它们也通人性，孔子说与人为善，这鸡鸭猫狗的既然通人性，咱也得与它们为善吧！

妈妈烧火做饭，缝缝补补，随时随地教我。她说，女孩子，要勤快，干活要细致，在娘家，只要妈能动弹，就不用你们干，将来长大了，嫁到婆家，就得干在前头，吃在后头，挨累的日子在后头呢，在娘家时能享一天福是一天福吧。她一边做家务，一边跟我讲她小时候的事，她轻描淡写地讲，我津津有味地听。她说她读三年私塾，一年大学堂，天天一进门就给孔子像行礼，学《百家姓》读《三字经》《道德经》《女儿经》，什么"三从四德"了，什么"三纲五常"了，什么"老吾老以及人之老，幼吾幼以及人之幼"……我听不明白之乎者也，她就耐心地讲解，再刨根问底，她就说长大读书了，自然就明白了。

我姑家住在城里，姑姑守寡带着六儿二女八个孩子，生活很拮据。每到秋天，姑家几个表兄要来乡下捡地，生产队拉秋过后，人们都去地里拾遗落的粮食，他们来了吃住我家，捡到粮食全部拿回城里。舅舅、舅妈也轮流地每年都带着孙女从锦州回来串门，其实就是家里揭不开锅了，来住上个把月的，走时，再带走两小袋子粮食。他们来我家，母亲把最干净的被褥给他们用，把家里最好的饭菜做给他们吃。可是，每年初夏青黄不接时，我家就断了粮，时常土豆当主食。妈妈说都是亲戚，能眼看着他们挨饿吗！

那年月，经常有讨饭的，那讨饭的一进咱西门口，端着碗，径直朝咱西屋走，帮点吧，帮点吧，妈妈不仅拿着熟食给他们吃，走时还给舀一碗米倒进他们的要饭口袋里。有一年冬天异常冷，高粱秸和苞米秆都冻得没干透，我们家几乎要断了干柴烧火了。正月初二，是我们全家每年能吃上一顿肉馅饼的日子，妈妈一定要给我们做成的。我们几个孩子在院里撕下高粱秸上的干叶子，抱进屋烧火，母亲在大灶前忙着烙馅饼，我和姐姐帮着烧火，父亲领哥哥们先坐在炕桌上吃。刚烙好一锅正要往桌上端，进来一个提着棍子、背着要饭口袋、操着四川口音的老头，"大妹子，给我吃块饼吧，我都大半年没吃到馅饼了。"我说，我们也一年才吃这一回。母亲让我把小板凳搬到锅台前给要饭的坐，递给他碗筷，拣了两块饼放到碗里，那要饭的坐下就吃。我站在旁边直咽口水，这情景被西厢房的老奶看到了，她也是每年初二都能吃到咱家馅饼的人，她还没吃到呢，怎么能先给要饭的吃了呢？老奶数落我母亲，四媳妇你真是大善人，这孩子们还没吃上一口呢，你是大户啊？倒先给要饭的吃，吃就吃呗，得拿走吃啊，这大过年的，还坐在锅台前吃，惦着把锅里的都吃了呀！那要饭的嘴里嚼着流油的馅饼，只管闷头吃，吃完了碗里的两块还端着碗吧嗒嘴，母亲又给了两块，可算吃完了，用手背抹抹嘴巴，红着脸给母亲行了个礼："谢谢大妹子，好人有好报嘞！"然后三步一回头地走出了西门口大院。母亲说，过年了，你让要饭的外地人吃风冷气的上哪儿吃呀，好东西也得吃出滋味呀！

左邻右舍的今天你来借这个，明天他来借那个，大到农具，小到餐具、柴米油盐、针头线脑，母亲没有拒绝的时候，只要家里有，就一口应承，只要家里不急用，绝不催着人家往回要。母亲说，远亲不如近邻，紧急时还是邻里上前。与人方便自己方便，吃得亏让得人，宁让身受苦，不让脸发热……

她乐善好施，却不让我们随便要人家东西，也尽量少去朝别人借东西。她说，自己能解决的，就别麻烦别人。尤其是女孩子，嘴别馋，手别懒，吃人家的嘴短，拿人家的手软，贪小便宜吃大亏，这是古训啊！你们得记着，一辈子清清白白，不欠人家钱不欠人家情，睡觉也踏实。

我们一胡同的孩子二十多个，经常一起疯跑疯玩的，我在这群孩子中不算大也不算小，不知什么原因他们都听我的指挥，我说玩什么就玩什么，我就不自觉地扮演起首领了，有违规的，我疾言厉色地训人家。妈妈知道后，批评我，你一个女孩子，别总出风头，得罪人，对人要和蔼，人多势众时，要少说话，说话别粗声大气的，稳稳当当的，有个淑女相。

东西厢房的大奶和老奶几乎每天都到咱家串门，也总有事求我母亲做，母亲总是把她们的事当成自家的事一样。一到冬天，我家的炕头上，不是老奶就是大奶盖着小被子坐着，身边躺着我家那只毛管通亮的大花猫。

我们西门口大院的哥哥们娶了媳妇有了孩子，大侄女们只比我这个小老姑小七八岁，叔伯嫂子们干活时也把孩子送到我家炕上，我母亲边做家务边帮着看孩子，我也得帮着带小孩。时常屎尿拉到炕上，我和母亲的身上也常被孩子们弄脏，但凡我有嫌弃的表现时，母亲都耐心地教导我，女孩子要磨出耐性，幼吾幼以及人之幼嘛，尊老爱幼嘛，谁都是从小过来的，谁都有老的时候。老猫炕头睡，一辈传一辈……如此，全院子的男女老少晚上闲了时都愿意坐在我家炕沿上，吸着我家烟管箩里的老青烟，跟我妈聊天，谁有了闹心事，都愿意跟我妈叨咕。

母亲一辈子都是这样，以她儿时学过的道德伦理约束自己、教育子女。她的"女德"如涓涓细流，润物无声般滋养着周遭的世界，她以她博爱的情怀，给身边的人擎起了一片母爱的天空。

母亲的教诲是随时随地的，她的言传身教时时影响我们。半生阅历，每每想起母亲曾经的教诲，更觉母亲真的很有学问，只是当时没有认识到。因为她太平常了，她就是一位在家主持家务的农妇。

现在时兴学国学了，我们才意识到母亲其实就是我们兄弟姐妹的国学老师。

除夕祭祖

苏兰朵

三十多年前，在东北的小镇里，除夕的意义更多在于祭祖。

一个十岁左右孩子的眼里，那场面甚为浩大。一早起来，全家上上下下就为此忙活开了。那时候，我有四个姑姑和叔叔尚未嫁娶，分别是三姑和小姑、六叔和七叔。嗯，你大概能算出来了，我的祖母，那个身高不足一米五五、皮肤白皙、身材瘦小、长得非常好看的老太太，一生生养了十一个孩子。在那年月，这个数字不算什么，亲兄弟亲姐妹也不是什么稀有的亲情关系。我的记忆里面，儿时的祖父家总是像一锅沸水一样，热热闹闹，尤其是到了过年的时候。

最重要的事是准备祭祖的供品，而供品里最紧要的是一种有花纹的面饽饽。三姑和小姑的任务就是要辅助祖母蒸饽饽。六叔则陪着祖父去集市上买其他供品——冻秋梨、冻柿子、五花三层的上好猪肉、瓶装白酒以及蜡烛和香。读高中的小叔在家里也没闲着，备好了笔墨，在一些废纸上不停练习将写在祭祖对联上的字句，这是他一年中最重视的一件事。

在我的印象中，东北人在面食上向来是不怎么下功夫的，唯祭祖的面饽饽除外。馅是蒸烂的红小豆加白糖捣成的豆糊，外皮面是头天晚上揣在炕头发好的。将它们包成婴儿拳头大小的豆包之后，让我迷恋的程序才到来。这一程序由祖母来完成。她的化平淡为神奇的"魔术棒"是一副老旧得呈深褐色的木质雕花模具，不知用多少年了，每年只在这一天能见着一回，故而对我而言有一股近似神圣的气息。两块长条形厚木板，分别挖出四个大小相同的凹陷的半圆，半圆里布满了精心雕制的花纹，把豆包放在里面，两块木板合上，按在面板上挤压，再打开，美丽的四个面饽饽就诞生了。如是做大概几十个，然后上锅蒸。这时候，灶房里水汽弥漫，宛如仙境一般。人在水雾里说话，也仿佛一下子隔得很远。我就待在里面，自得其乐，任谁叫也不出去，假装没听见。出锅之后的饽饽还要再打扮一番，用筷子蘸上红曲，点在每个饽饽的正中央。这个程序我和姑姑们都可以参与，仿佛为小白胖仙女画红唇，我会点一下饽饽，舔舔筷子头，不知不觉间，我的嘴唇和牙齿也红了。姑姑们就会取笑我，说待会儿要把我也放到供案上给祖宗吃，吓得我慌忙去漱口。

待供品准备齐全后，祖父带着两个叔叔来到放杂物的厢房，指挥他俩打开大木箱，取出用塑料布仔细包裹的先人族谱卷轴。族谱是纸质的，厚厚地糊了很多层，不知传自哪一代，纸色泛黄。卷轴打开，悬挂在供案上，然后净手，摆放供品，这些程序，女人就再也不得插手了。祖母率领着我和姑姑们立在周围看男人们忙活，不时开口发表点建议。我盯着家谱上用漂亮的毛笔字写就的密密麻麻的名字，那些苏字开头的男人、氏字结尾的女人，总是从心底产生一股莫名的敬畏，似乎他们的灵魂已经开始在房间里走动，祖母叮嘱过的那些犯忌讳的话再不敢说一句。可是祖父告诉我，我的名字永远不会写在那上面，弟弟的就可以，对此我很难理解。

这时候，天已擦黑，我的父亲、母亲，已结婚的几个叔叔婶婶、弟妹们陆陆续续赶了回来。家里热闹起来，唯供案前保持着肃静。

祭祖开始。家里的男人按照辈分依次给祖先灵位上香、磕头。穿戴整齐的祖父隆重地打了样子，接着是父亲和叔叔们，轮到弟弟们，竟也像模像样，平日里多调皮的男孩，此刻也规规矩矩地在大人注视下一丝不苟地完成仪式，小婴儿则由父亲抱着，也要脑门叩地，一点不能马虎。

祭祖完毕，一家人才坐下来，开始笑逐颜开地吃年夜饭，享受我们过年的欢乐。

祖父母过世后，身为长子的父亲接过了族谱。他请人重新绘制了一幅布质的，每到过年，就挂在老屋。因为叔叔、弟弟们大都离开家乡，开枝散叶在各个城市，祭祖便无法在除夕一次完成。但是他们无论在哪一天赶回老家，必定先到老屋的祖先灵位前燃香祭拜。祭祖常常能持续一个正月。渐渐地，大家都知晓了一件事情——如果你想见谁，只要过年期间守在供奉族谱的老屋，是肯定不会落空的。平日里大家忙碌在各个地方，想见一面很难，在这里，兄弟们总会碰面，然后把酒叙旧，亲情重新变浓。弟弟的下一代，很多都是在这里第一次相见，不一会儿就熟络起来，然后院子里就鞭炮齐鸣。

七叔的隶书对联现在也不用每年都写了，爸爸让他直接写在了族谱上——"荫祖德，享福运合家祥顺；承宗训，尽孝道长幼吉祥。"望着那上面新添上去的祖父祖母的名字，有一年，我还是没忍住，偷偷上了三炷香。

父亲的手

隋志超

第一次细细端详父亲的手，是十几年前的事。

那一次父亲病重住院，我在夜间陪护。那个冬夜很冷，风在病房的窗外拼命想往里挤，发出尖厉的哨音。氧气瓶放在父亲病床的一边，氧气加湿罐里的水咕噜咕噜响着……这一切都使得那个寒夜更加寂静。

父亲昏睡着，可我不敢睡，不时看看插在父亲右手手背上输液的针头，看看那一滴滴透明的液体在缓慢地注入父亲的生命里。

父亲的右手微微弯曲着，上面散布着几块老年斑。食指指甲是我从小就已经熟悉的两瓣形状——那是在朝鲜战场上一颗美国卡宾枪子弹轻轻划过留下的痕迹。

看着父亲的手，一种悲凉像窗外的寒意一样慢慢浸入我的心——健壮的父亲已经不知从什么时候竟然开始变老了。

仔细想来，我从没有这么用心地看过父亲的手。父亲的手，留给我的印象一直就是自己屁股上可怕的钻心的剧痛。

第一次是什么时候什么地点？对了，是1961年，我三岁的时候，在吉林省海龙县的第三十八军——四师驻地。邻家有一个小女孩，和我一样的年纪。一天午后，我们过家家，我当爸爸，她当妈妈。小女孩掏出一样非常奇异的东西，是一个鲜艳的塑料香皂盒。那时候没有谁见过那么光彩夺目的塑料制品，人们都惊讶于那东西的华丽和宝贵。我也一样。玩着玩着，我不由得起了贪念，悄悄把那个塑料香皂盒埋藏起来。

该吃晚饭了，邻居找上门来。他是团里的防化股主任，人们都叫他化学主任。他说，我们家新买的一个化学胰子盒没了，孩子拿着和你们家小孩过家家玩了。父亲瞪起了眼睛，我只得乖乖去沙土堆找出那个可爱的塑料香皂盒，交了出去。父亲连声道着歉，送走了那个化学主任。

于是，那个可怕的黄昏就成了我生命中最初的疼痛记忆。父亲先是让我在忐忑中吃完了晚饭，然后一声不吭脱下了我的裤子，很快，就在我声嘶力竭的哭喊中，在父亲飞舞的右手下，我的屁股迅速变得青紫起来……由此，三岁的我似乎没有什么别的记忆，却记住了那次疼痛，终生难忘。

第二次呢？第二次是1972年，我十四岁，在吉林省海龙县山城镇。那是个小镇，美丽而温馨。镇子南边有一条河，清澈安详，叫大柳河。那时的少年真是快乐极了，大柳河就是我们的乐园。夏天去大柳河的大坝上游游泳，冬天去滑冰车、打陀螺……

1971年的冬天过得很快，是因为我一个冬天都在课余时间实施一项超级工程——就是瞒着家长做一架冰车！我先是东寻西找凑齐几块木板，然后用小锯条一点一点锯整齐，然后钉好，再装上铁条冰刃。说时容易做时难，这项超级工程几乎花费了我整个冬天的时间。

1972年的春天在不知不觉中来了，我的超级工程也在某一个黄昏完工了。我迫不及待地拿起冰车跑向大柳河，又迫不及待地在冰面上埋头滑起来，那个感觉真是好极了！当我飞速地滑着冰车，体验着超级工程带给我的惬意和快乐的时候，春天已经在我面前给我挖下了一个又一个冰洞！

于是，我带着快意和惊恐一起掉进了冰洞，冰冷的河水一下子就没过了我的头顶。幸亏我的棉衣和棉裤没能被河水一下子浸透，棉衣的浮力把我又举了出来。我庆幸自己能费力地爬出了冰洞，更庆幸自己在危难中仍然没有放弃千辛万苦做成的冰车。

那个夜晚我再一次感受到了父亲手掌接触屁股带来的剧痛。我被父亲用绳子五花大绑捆了起来，然后是裤子被扒掉带来的凉意，随后就是一阵生不如死的剧痛。那以后的许多天，不管是上学还是游戏，我都能真真切切体会到父亲手掌带来的难忘感受。

上中学时有一篇课文是吴伯箫的《歌声》，里面说"感人的歌声留给人的记忆是长久的"，其实，除了歌声，父亲的手掌留给我的记忆更是长久的，甚至是终生的。在那个冬夜，在病房里，我守护病中的父亲时，我已经是为人父为人夫了。我仔细看着父亲的手，从我记事时起，父亲似乎从来没有用这只手爱抚过我，留下的都是痛彻心髓的剧痛。

难道父亲真的没有爱抚过我吗？不，爱抚过，当然爱抚过，记忆中的那两次就是真正的爱抚！第一次爱抚，是教育幼年的我以后应该怎样做人；第二次爱抚，是告诉少年的我要珍爱生命……父亲的爱抚，让我铭记终生也受益终身。父亲是一个在战火中几次倒下又几次站起来的老兵，他的温情的爱抚，只能用他的方式。只不过，爱抚得的确重了一些。想着想着，一时间，我当年屁股上的剧痛突然变得温馨起来。

后来，父亲是在我的怀中去世的，那时我紧紧握着父亲的手，那只曾经爱抚过我屁股的手，久久不愿撒开。

写到这里，想起了《项脊轩志》里的一段话，不禁泪流满面："墓前有榆树数株，父亲去世之年所手植也，今已亭亭如盖矣。"

破　解

孙成文

　　"你听我给你破解破解哈，你们婆媳之间不能这样啊，毕竟都是一家人啊！"老妈点着了一支烟，然后对坐在她对面的邻居家的一位儿媳妇滔滔不绝说起来……

　　傍晚下班刚到家，就看见老妈端坐在炕上，正给人"破解"呢。看着她给人家"破解"得正欢，丝毫没有收尾的意思，我只好自己收拾吃饭。

　　人家走后，我端出饭来给老妈吃："你都八十多岁的人了，怎么还给人家破解啊？"

　　"她们婆媳有矛盾了，不和了，讲给我听，我就得破解破解给她听。这也是积德的事。有什么不对吗？"老妈很严肃地瞅了我一眼，进而又是一脸的不屑。

　　我有些尴尬地笑了笑："没什么不对啊，就是觉得你这么大岁数，说了那么多的话，操人家的心，怕你累着。"

　　"话啊，就是开心的钥匙，帮她们说开了，就好了。"细嚼慢咽的老妈，显然有些胸有成竹。

　　"破解破解"似乎成了老妈的口头禅。记忆中这句话，我已经听了四十多年了。

　　很小的时候，老妈是村里的妇女主任，邻里、亲戚、知青……一旦出现了矛盾，她要么去人家里，要么把人请到家里，几番"破解"，直到矛盾彻底解决。

久而久之，我们家似乎就成了村里的"调解委员会"办公室了。这两家邻居不和了找老妈，那一家闹不团结了也找老妈……老妈的那句破解邻里、家庭矛盾的顺口溜"会圆的两头劝，不会圆的两头传"，至今还为老家的乡邻们所津津乐道……

记得，当时在老家关屯，我们家住了四个女知青。一位姓程的男知青相中了住在我们家的一位姓董的女知青，就托老妈做中间人撮合，热心的老妈自然愿意，就这样，他们两个就相恋了。

可是，好景不长，两个人不知道因为什么关系闹僵了。老妈的语言"破解"似乎没起到作用，"两头劝"也不见了效果。

后来，姓程的男知青先回了城，而姓董的女知青却是每天以泪洗面。但是，当女知青回城一年后，他们俩竟然结婚了。老妈还领着我和弟弟去参加了婚礼，只记得当时这两位终成眷属的恋人一个劲地对老妈说"谢谢大嫂的一片苦心，没有大嫂，就没有我们的今天"之类的感谢话。

问起缘由，老妈道出了实情：为了这桩婚姻，老妈拿出了家里卖鸡蛋攒下的钱，给女知青买了一件短袖的花衬衫，然后谎称男知青不好意思自己送来，让老妈转送，女知青手上有冻疮，老妈给买了冻疮膏送去，自然也说是男知青让转送的。回城的男知青那面，老妈不是偷偷地攒下十几个鸭蛋，腌好了煮熟了托人捎到城里，就是掰一些自留地里的青棒子苞米给捎过去，自然也是说女知青给的……这样一来二去，再加上老妈不断地"两头劝"，两个人的关系终于又步入正轨了。

我们家搬离老家之后，这两位知青还带着他们的儿子多次来看望老妈，说是他们能有一个孩子而且日子过得挺美满，完全是老妈"破解"的功劳。每每提及此事，老妈颇有些得意："不管怎么样，好不容易才成全了他们，我也算做了一件好事。"

这些年来，年事已高的老妈，尽管几乎足不出户，但来往于我们家拉家常的乡邻却并不少，这也许就是老妈"破解"的能力所致，或者说，也是老妈的人格魅力吧。

耳濡目染，近朱者赤，不知道这两个成语是不是可以概括为老妈在为人处世的态度上对我产生的影响。

就在我毕业工作后第四个年头里，跟我一起工作的一个同班同学，也是我的铁哥们儿，跟我们单位的主管主任因为处理一个差生的问题产生了很大的分歧，进而上升到无法调和的地步。说心里话，这个主任跟我的关系也相当不错，人也正直，只是脾气急躁了些。而我的同学则是年轻气盛，又属于那种一百头牛也拉不回来的犟种，针尖对麦芒！我当时就是这种感觉。

"不就是一个破主任吗？拿自己太当回事了，有啥可牛的！"我的同学在我面前颇不服气，一副愤愤不平的样子。

"就觉得自己是科班毕业的，瞧不起我这个民办转正的！还不服管了！"主任在我面前也是牢骚满腹。

说心里话，这个时候夹在他们中间听到这些话，我的心里真的有一种无以言表的滋味。尤其是看见他俩在校园里连碰面走路都要躲着走，更觉得心里堵得慌。

回到家，跟老妈说了一句"我同学跟我们主任闹别扭了"，老妈很关切地问我他俩是不是因为个人私事，我说出了实情，老妈说因为工作上的事，这矛盾好解决啊。

"两头劝？哈哈，我也会啊！"别说，我当时觉得有老妈"垫底"，特自信，也得意。

几天后，感觉他们的气都消了不少，下班时，我跟同路的同学骑着自行车边走边聊，说无论是主任还是他，都是为了做好工作，出发点都是对的，也都不是为了个人的利益，只是说话办事的态度上有些欠缺，等等。主任那边，我也是一番什么年轻人犯错误连上帝都会原谅之类的说辞……

不知道是不是真应了那句俗话"车怕垫，人怕劝"，反正我"两头劝"时，他们俩都没持什么反对意见。

趁热打铁，才能成功。一个周末的傍晚，我同时约了主任和同学去了镇里的一家小饭店。当然，当他们两个人面对面时，尴尬是免不了的。我则是装作若无其事的样子，分别给他俩点了一支烟，说了一句："明天是礼拜天，今晚咱们好好喝两杯！"不承想，他俩竟然异口同声地跟了一句："好啊！"进而是相视一笑，那笑，尽管有惭色，却让我看到了曙光。

推杯换盏间，酒精作用加上两个都是爽快人，很快，他们开始彼此道歉、敬酒，最终还以哥们儿相称……看到醉意蒙眬的他俩搂着脖子，说着掏心窝子的话，我很是开心，自然，很快我也醉了……

2012年秋天，我们的主任退休时，我的那个同学不但给主任买了一个阿迪锅，还专门请主任吃了一顿饭，当然席间少不了一番感慨以及难舍难分的情状……

有人说我人缘真好。同事也好，朋友也罢，每每遇到不痛快的事都愿意跟我说说。我呢，自然跟老妈一样，也是"破解破解"给他们听。谈情也说理，有时也难免还要破费点，请双方喝点小酒，以期达到"相逢一笑泯恩仇"的效果。

你看，我像老妈不？

自立顶千金

孙春平

前些天，我去北京看女儿。星期天，一家人外出赏花，我和女儿先走出家门，看到门口放着垃圾袋，便要随手提出去，女儿拦阻说，那是东东的任务，您别动。一家人出了楼门，女儿站到垃圾桶前，不动。随后跟出来的东东突然转身往后跑，说等等我，我忘了拿垃圾。过后，我私下对女儿说，东东才四岁，当父母的也别对孩子太苛刻了。女儿笑说，东东已有了小弟弟，他有责任树立榜样。我记得我小时候，老爸可不是这样要求我的，您是不是年纪大了，对隔辈人的心肠就格外软了呢？

不错，对独生女儿的管教，年轻时的我也曾颇为严厉。女儿四五岁时，妻子有时在厨间忙，喊缺了盐或酱油，我便将钱交到女儿手上，让她下楼去食品小卖部。孩子小，其实我也不放心，便悄悄尾随，那一程东躲西藏的，其实比我自己跑一趟还累。女儿八九岁时，作业里开始有作文了。一次，她将写好的作文拿给我看，我不满意，二话不说便撕了。女儿哭起来，妻子也下山虎一般来声讨。女儿问我哪儿不好，我说自己琢磨。妻子说别人家的孩子来找你，你倒有耐心，讲得唾沫星子满天飞，还亲自动笔帮着改，对自己的闺女为什么这样？我说，就因为她是我的女儿，才不能让她心里有拐棍！从那以后，女儿再不主动将她笔下的东西拿给我看，包括她在中学时就在刊物上发表的作品，包括她的博士论文，也包括她的一本又一本厚厚的学术专著，非我询问，从不示璞。有一次，她跟我讨论起对孩子的教育，还主动提起我撕她作文的事，说老爸的教育理念是对的，心里有拐棍的孩子长不大。女儿还问我，老爸的这样理念是怎么生成的？这一问，自然就让我想起了我的父亲。

我父亲生长在一个极普通的农民家庭。我的爷爷认为男孩子能认识几个字，会算算庄稼院里的小账就够了，所以只供他读了三年书。父亲后来的求学生涯完全是自己拼出来的。他先是放牛，将村里所有人家的牛集中起来，用替人放牛挣来的佣金交学费。在县城里读中学时，他白天上课，夜晚便去木匠铺当账房先生，他的如此求学之路直至读完当时的奉天铁道学院，也因此成为后来的铁路企业的管理专家和领导者。

1970年深秋的一天，父亲突然去了我插队的青年点。那时，我下乡已两年，父亲则因所谓的历史问题一直在"五七干校"劳动。吃过晚饭，父亲问我夜里干什么，我说场院上有夜战。父亲说，那我跟你一块干点农活好不好？那晚，父亲和众多的社员坐在小山一般的玉米堆上，剥苞米直至夜深，说说笑笑好不快活。第二天一早，父亲告辞，说我看得出来，社员们和你关系不错，都挺喜欢你，这我就放心了，好好干吧，脚下的路都是一步步走出来的。老爸在场院劳动的那一晚，生产队长和大队书记都去了公社开会，过后问我，说怎么也不让我们见一面？我只好用爸爸工作忙做搪塞。那个年月，社会上的不正之风已在形成，不少知青的家长来到生产队，多要去拜访一下村干部，有人还专选夜间来，悄悄地见了村干部就连夜离去。似父亲这样来到生产队，只是跟社员一起剥了半宿苞米的，也算独树一帜了。

时下，人们不时讨论家风。每个家庭都有自己的家风，那家风对年青一代的影响，以至对整个社会风气的影响，无疑是至关重要的。一个优良的家风树立、形成起来不容易，一代一代传承下去则更难。正因其难，我们这一代已进暮年之人才更应感到责任重大。

理解生慈悲

——关于家训

孙惠芬

　　顺着"家"这棵藤往根处摸，女人都会摸到两个家。这似乎有些悲凉，你在一个家里长得好好的，却要生生地被拔苗移走。我二十七岁嫁人，经历了漫长的缓苗过程，带着乡村门风讲究的大家庭的优越感，来到没有门风也无所谓家族的小家小院，陷落感无时不在。我那所谓的门风，其实并不来自安详的生活，那时正值凄风苦雨的"文革"时期，父亲叔叔大爷全被批斗，姥爷舅舅也被批斗。然而正是奶奶在这并不安详的生活中的安详，让我自童年起就领略了奶奶带给家族的威严。那威严不是训诫，不是誓言，它甚至无声，但此处无声胜有声。比如无论外面的批斗口号喊得多响，奶奶每天早上洗脸时，必照例脱了上衣洗身子。冬天天冷，怕披在奶奶身上的衣服脱落，我便是那个帮她不断往肩上拽衣服的人。比如一日三餐，无论外面有什么样的消息传来，每餐后奶奶必照例要漱口。她的儿媳、孙媳——我的妈妈和嫂子忙家里的活计时，我就是那个端漱口盂的人。比如无论街上的人如何对孙家人躲之不及，奶奶三天两头，总要挺直了腰板穿过大街，去大爷和叔叔家串门。她穿着浆洗得板板正正的衣服，里边白色衬褂一尘不染，领口处一定要露在外面，街坊邻居敬佩的眼神从远处朝奶奶望过来时，我就是那个分享了荣誉感的人。

奶奶出身辽南大孤山镇大户人家，读过书，有文化，嫁给乡村的爷爷，心底经历了怎样的挣扎，她从未说过；赶上"文革"，她的儿女们受她国民党战犯的弟弟牵连，生活再一次陷落，她忍受了怎样的苦难，仍然不曾说过。可那从陷落的情绪里长出来的东西，胜过所有语言。当那东西潜移默化成一种无所畏惧的威严和安详，并吐露出荣耀的须芽，你也就希望自己有洁白的领口、清洁的牙齿、笔挺板正的衣衫，"讲排场"，也就成了人们评论孙氏家族的常用词。

如果说我娘家的家还有什么家训，那么就是童年里奶奶通过细节所展示出的"讲排场"的姿态，虽然那排场所吐露的荣耀，是畸形的荣耀，有虚张声势的意思，属于硬撑起来的面子，可正是这硬撑出来的畸形荣耀，使爷爷不在、叔叔大爷父亲纷纷被打倒的男人缺席的孙氏家族，得到一种精神的护持——安详的笼罩。二娘和四婶是镇上人，对奶奶的"讲排场"心领神会，发现奶奶从街上走来，也穿着新崭崭的衣服迎出家门。母亲出生于乡村，大字不识一个，可她对奶奶更是配合默契，每天都心甘情愿为奶奶端水、洗衣、浆衣服，她侍候了奶奶一辈子，一辈子都一丝不苟。母亲生性贤惠隐忍、柔情似水，与奶奶刚烈不阿的性格完全相反，她的配合不排除有性格因素，可当年父亲卖过膝袜子，奶奶把拿到家里的过膝袜子分给城里出身的二娘和四婶，没给母亲，母亲在油灯下讲这个故事时，眼里满含泪水。很显然，当母亲陷落于奶奶"讲排场"这种既虚妄又实在的荣耀中，荣誉感也润物无声地潜入了母亲的生命。母亲被移苗孙家，或许不是陷落，而是提升，是揠苗助长，虽然要克服漫长的缓苗痛苦，可母亲是幸运的，毕竟，她在精神上找到了"组织"……

"排场"里的荣耀，无疑含有虚荣的成分，后来的年月，我越来越多地看到奶奶在特殊年代留给子孙特殊礼物所衍生出的问题，可不管你如何自我反省和批判，它都在你的身体里驱之不去，当携带这精神基因来到精神空气稀薄的另一片土地，我经历了长期的水土不服……

婆婆曾是娘家的老大，十三岁就下地干活，她喜欢旷野，喜欢跟大自然在一起，移植到张家。因为公公住供销社，常年在外，这个男人缺席的家需要她一个人承担家里家外的劳动，那个家的物质外壳——房屋，便只是她和孩子们做饭睡觉栖身的场所。一声鸟叫，一声买卖人在旷野的呼喊，都会让她不顾锅底正燃着的火，冲出院子，至于此时，身上的衣衫是不是整洁体面，身后锅底的火是不是烧出来，锅里的菜是不是烧煳，全然不顾，更不用说家里的卫生、过日子的规矩。恰恰公公在外，受文明熏染，希望有规矩，希望家里干净体面，当他偶尔回来，发现这个家并不是他理想的家时，吃饭的饭桌就成了他训斥发火的唯一场合。刚结婚时，每餐吃饭，大家低头急慌慌吃几口赶紧撤退，我有些诧异，自动留下来陪公公，可我不知道，我是在引火烧身，因为当公公发现终于可以有一个人听他讲话，讲他过日子的理想时，我便成了他的教育对象。虽然后来我也开始撤退，但就是从那时起，我开始思考，思考这个家为什么会是这个样子。

顺着"家"这根藤蔓，我摸到了两个家，却不曾摸到一个跟"家训"有关的瓜。这真的让我有些悲凉。然而最悲凉的是，在历代名人家训榜上，出现的全都是男人的名字，不管是皇上还是圣贤，是商人还是科学家，似乎从来就没有女人的事。而在我的两个家里，在我的生命中，女人是如此重要，女人不但需要撑起家这片天，女人还要经历拔苗移植、水土不服的痛苦，还有被"家"来"训"……

如果说我从两个家里真正找到了什么，那么只有一点，对生命的理解：如果没有奶奶对当时家境的理解，就不会有那威严的做派；如果没有母亲对奶奶做派的理解，就不会有谦卑的服从；如果没有婆婆对公公发火的理解，就不会有默默的忍受。同样，如果我不是在痛苦中慢慢理解了公公婆婆的人生，从心底生起同情，我的缓苗过程将永无休止……

女人的家训，或许永远只有一个：理解。因为理解生慈悲，而女人的慈悲，是家得以源远流长的真正血脉……

吾父之风

孙担担

吾父，我老爸，是个好玩的人。

就说说我的名字吧——我叫"担担"。

无数人曾问我，你的名字真好玩，是笔名吗？你是四川人吗？你和面条有什么关系？你爸爸给你起的名字吗……

我也就无数次对别人说：这是我最原始的名字，唯一的名字，当然是我爸给起的。

小时候，我对这个名字非常不满，因为在任何环境里被点名，总能引起哄笑。我最羡慕我的小伙伴被叫小薇、小静、小娜……哪一个都是那么动听。

我老爸能给我起这样的名字，因为他是诗人。这个名字跟四川或面条或卖萌都无关，我爸的意思非常明确，是让我挑重担。我是第一个孩子，他期望我管家、管弟弟。那时还没有弟弟，他期望我会有个弟弟来。等我弟弟出生后，给弟弟的名字是"钉钉"。虽然是重字，但是老爸说了：两个字音不同，意不同，前面的是动词，后面的是名词。担担将来要管家，要担重担，去当农民也行；钉钉要学技术，当工人也好！

这两种职业安排，还能看得出根红苗正思维的余脉啊！

在我六岁左右的一天，发生了这样的事情，我永生不会忘记。我老爸那时正值壮年，诗兴大发，创意冲破脑门。他高举相机，命令我挑起大扁担，还挂了两个土筐；给我弟弟准备了一个小板凳、一把大锤子、一盒铁钉子，各自要符合自己名字的寓意，摆好姿势照相。孙钉钉开心极了，抡起锤子疯狂砸，照相机咔咔咔……而我，面对扁担和土筐，恼羞至极，坚决不从。我老爸作为一个年轻诗人，当然除了激情，还有脾气，看我实在不从，他的创意无法落实，便飞起一脚，踢我至少移动位置一米半远。几天里，我每每看着自己胯骨上的瘀青，除了暗自流泪，就深深痛恨那副扁担和那两个土筐，折不断扁担，我就时不时在土筐上踩几脚泄恨。而在以后的岁月里，每每看到孙钉钉抡锤子的照片，我则艳羡不已……

老爸少年时就是乒乓球高手，再大一些，象棋技艺横扫一方。二十出头，就是沈阳军区最优秀的战士诗人之一。当他亲赴战场，看到那么多鲜活的生命瞬间毁于炮火，他就不会写诗了。回国后，他选择退役，不再留恋任何功名，每天沉于生活，只要有趣，只要好玩，包括让我挑扁担，都是吾父独有之风。

他好玩，我更希望我能遗传他的好玩与洒脱，人生不只有趣但最好有趣。

槐树之泽

素 素

中国人最常见的一种不安，就是亡羊补牢。能不能补上，且不要管它，总而言之得去这么做。其实，亡羊补牢还算好的，至少说明牢里还有羊。比如，现今时代，全国上下谈论正热的是家风。以我的经验，家风这个事肯定是出问题了，而且是出大问题了，所以需要拿出洪荒之力来挽救其于既衰。衰与亡只差一步，不算可怕，可怕的是釜底抽薪，万劫不复，当什么抓手都没了，那就真成了无计可施的灾难。

也是出于救亡的心理，我回头看了看自己，竟出了一身冷汗。我如今也算一家之长，这个家虽然人口不多，关系简单，我这个家长却压根就没有营造什么家风的概念，更不要说给家人立过什么家规家训。可以说，在祖辈那里一直视之如命的传统，到我这一代已是踪影皆无了。究其原因，始知与我的成长背景和生活年代大有干系。

我是典型的50后，那个年代出生的人，最基本的教养都是父母的点化。也就是说，50后幼儿阶段说话做事的开蒙课，完成在自己家里，背上的传统文化包袱，还是很有点重量的。可是，50后从上小学开始，就被一个运动接一个运动裹挟席卷，所有的运动都把批判的矛头指向传统道德，小时候敬过的祖宗家谱被烧成了灰，小时候听过的评书戏文被说成了大毒草，而青春期最丰沛的年华，也都消耗在一个是非黑白完全被颠覆的时代。之后，我们这一群在多子女家庭长大的50后，却做了中国第一代独生子女的父母。因为自己受了太多的苦，因为自己心里有太多的不甘，就特别想让下一代补偿自己的缺失，特别想让下一代过上最幸福的生活，那早已被打成碎片的家风家规家训之类，怎么可能通过我们的手传给下一代呢？

拿破仑有句名言：推动摇篮的手，就是推动世界的手。狭义地理解，此话极言母亲之重要，扩而思之，则父母的素质决定了整个家族的素质，家族的兴旺决定了国家的兴旺。然而，历史的空白，文化的断裂，令大多数中国父母严重渎职，有的甚至就是置子女于不肖的教唆犯。

一个家庭对子女的管教，大家都认为是女人的事情，微信里常常就可以看见一个好女人管三代、管六代的说法。我对此表示认同。相比之下，50后这一代所崇尚的孝道、所具有的教养，其功多归于母亲。50后的父亲大都忙着工作，母亲大都是家庭妇女，虽然没有什么家规家训之类的条文，可是如何说话做事，怎么尊长爱幼，却都是由母亲耳提面命。记得小时候，我的母亲就总拿一句话来吓我：头上三尺有神灵。让我千万别干坏事，干了就要遭雷打。可是小孩子总会不小心做错了什么，所以天阴下雨的时候我最怕打雷。此外，母亲还有一句最不爱听的话：有娘养没娘教。她说，别人要是对你说这样的话，就等于打了我的脸。然而现在，有多少父母岂止是被打脸？

最近，友人送我一幅用小楷写的《三槐堂铭》。三槐堂，是太原王氏的堂号。相传，周代宫廷外种槐树三棵，荆棘九株，百官每次朝见天子，三公面对槐树而立，九卿面对荆棘而立，后世便以三槐代指三公，九棘代指九卿。北宋人王祐，字景叔，自幼聪慧，年轻时曾任县令。入宋以后，晚年拜为兵部侍郎，于上任后月余去世，终年六十四岁。王祐生前亲手在庭中栽种了三棵槐树，希望借植三槐的寓意，显赫族人。后来，次子王旦果然当了真宗朝的宰相，孙子王素则做了仁宗朝的工部尚书。这支王氏宗族遂被称为"三槐王氏"，并将宗族祠堂名为"三槐堂"。王祐曾孙王巩文采出众，且与苏轼友善，于是苏轼为之作《三槐堂铭》。铭短序长，却是东坡倾心尽力所写，读后心神甚喜甚安。我想，友人以此书赠我，大概因为我也姓王吧。当然，天下王氏，源流太多，我只是看重王氏一门所崇仰的槐德，喜欢这个三槐的堂号。

也是最近，我去了一次曲阜，在孔府院内竟看到了刻在竹简上的三槐堂《王氏家训》，立刻买了一册在手，回家后就把它郑重地挂在书房里，不仅给自己看，也给家人看。因为《王氏家训》不只是写给王氏一族的，其实也是写给天下所有的人。如果人人都做到了，何愁家风不正呢？我告诉女儿，妈妈的祖上没有留下家训，从今以后，你就把它当作咱们的家训吧。女儿立刻用手机拍下来，点头说，收藏啦！

家文化，是中国人自己的文化。在中国的家文化里，就包括家训。我注意到，在王氏家训后面，还缀有王氏通用联，联曰：兰亭一集家声远，槐树三株世泽长。看了家训，再看此联，更觉得王氏家族的显赫功名和兴旺发达，都是顺理成章的。

西方人的信仰在教堂，中国人的信仰在祠堂。我虽然不是三槐堂王氏，可我认为天下王氏是一家。我仿佛漂泊了大半生，突然找到了祖先，溯到了族根，一下子知道了我是谁，我从哪里来，一下子有了安全感和归属感。

喜 事

万 胜

　　小时候家住工厂的职工宿舍，左右邻居仅隔一道院墙，出来进去打招呼极方便。门钥匙不用随身携带，就放在两户中间院墙的砖头下面，不仅自己方便，全家人出门几天不回，邻居也可以帮着照顾家里。夏天，满院子晾晒的衣物，赶上下雨，家里没人，也不必担心衣物被淋到，邻居会自觉收起。邻家改善伙食当然也藏掖不住，香味漫过院墙，随后就会听到隔着院墙的叫声，推门出去，一大碗饺子或酸菜炖大肉已经隔着院墙被捧过来。夫妻吵架，隔墙有耳，赶紧穿门过院，把男的拉到东家，或把女的拽到西家，就再也吵不起来了。

　　赶上谁家办喜事就更加能体现出邻里的和睦来。主家在院子里搭起炉灶支起苫布棚子，左邻右舍在主家的亲朋好友到来之前都把自家的屋子打扫干净，绷上浆洗得干硬洁白的被面。白天摆席，晚上歇客。从开始到事情圆满，邻居家不用起火做饭，桌椅板凳锅碗瓢盆都被主家征用了。人呢？当然也成了义务帮手。男的陪客，女的帮厨。流水的席面，通宵达旦，邻居都乐呵呵地应承，没有烦的，如办自己的家事。事情办完了，主家开始返还家什，照理不能空借空还，必定会装着满满一盆的折箩，这味道丰富的回锅菜，邻居又可以吃上几顿。

　　我结婚前装修老房时出了点问题。父亲从邻村雇了个泥瓦匠。我爸请他到家来，先吃了顿饭。喝酒时他说得一妥百妥，可活一上手就不一样了，三天打鱼两天晒网，工期一拖再拖。最令我气愤的是他居然把屋里的一道隔断墙给砌斜了。我为了让他难堪，特意当着我爸的面找了根长线，从棚顶顺着墙面垂挂下来，差出去一寸多。那人脸一黑，一把将线扯断。

即便如此，工钱还是照给了。我爸说那些天他家养的一棚子几千只鸡都得了鸡瘟。但我理解不了，我觉得既然接了活就应该把活干好，否则不但要返工还得赔钱，这就是道理。

照理，结婚正日子前一天就开始落桌，那人又来了，还带了一个人。进院也不多说话，系上围裙就开始上灶。我满肚子怨气问我爸，怎么又找他来了，被骗没够啊！我爸没说话。一连三天的流水席，百十来桌的饭菜都出自那人之手，所幸这次他还算努力，手艺也赢人。

送走亲朋好友，就是最后的团圆饭，按常理主家除了给厨师工钱外，还要按满意程度或多或少打个赏钱。我爸很高兴，准备好了工钱和赏钱，等着厨师来上最后一道最有分量的压桌菜。端菜上来的是那人带来的伙计。除了一道"百年合欢"的压桌菜，还另附上一个红包。我爸打开红包，与之前付给他修房子的工钱数目相同。人就这么一声不吭地走了。

仰望天边那颗星

王本道

"岂有豪情似旧时，花开花落两由之。"谨以此文，奉献于父亲的灵前。

——题记

父亲离开我已经十几年了，与父亲共同生活时的场景无论何时想起，都清晰如初，心歌如泣，欲罢不能。

据说人死之后，那驾鹤西行的魂灵要在天上走一段很远很远的路，历经千难万险之后，才会到达目的地落座成星的。

因此，世间的凡人才不断地为死去的亲人烧纸、祭祀，为的是让他们带足盘缠，兼程赶路，早日成星。

果真是这样，那么父亲，您早该成为一颗星了。在您离开我的十几年时光里，以往不谙世事的儿子每年的清明和您的忌日，都到公墓去为您烧纸、祭祀，那升入云端的缕缕青烟，想必您都见到了吧！

父亲患的是食道与肺双重癌症，发现病情时已届七十九岁高龄。住进省城的肿瘤医院后，医生们与我商讨治疗方案时，首先遇到的问题是如何向父亲交代病情，请他配合治疗，对此我曾一度很为难。心想，作为高级工程师的父亲对自己的病情不会一无所知，但如果照实说了，会不会给他老人家增加压力以至于影响母亲的情绪呢？思忖再三，我还是委婉地对父亲说："您患的是贲门肿瘤，需要立即切除，免得日后引起病变。"本来担心父亲会追问我什么，不料他老人家却爽朗地说："人老了，难免会有病。我不懂医道，既然生病了，就一切交给医生处理吧。"

手术进行得十分顺利，打开左胸，切除了一段食道和四分之一的胃。在ICU病房的那几天，看得出父亲的伤口疼痛难忍，尽管是加了止疼泵的，但他头上的汗水还是直往下流。隔着ICU病房的窗口，我伫立凝望着他，不知不觉就是几个小时。一当父亲清醒，他便一再向我摆手，示意要我离开，并强忍着做出微笑的样子。见我不肯走，他叫来了护士，艰难地用笔写下几个字，由护士给我送了出来。那纸上写的是："快回去休息，还有工作要做。"

切肤之痛之际，父亲想到的还是要我休息好，更好地去工作。那依旧十分端庄但已经显得乏力的字迹，让我不禁头涔涔而泪淋淋了。

食道的问题解决了，但是右肺上的病灶还需处理。于是，医生又安排父亲到鞍山四院做了一个疗程的放疗，将右肺上的病灶消除。此后，父亲的身体奇迹般恢复得很快，一年之后，竟然可以骑着自行车锻炼身体了。父亲八十岁生日时，一向生活俭朴的他竟默许我在饭店订了一桌酒席。预先，我又请书界的朋友为他老人家书写了一幅"百寿图"，挂在家中的厅堂里。席间，父亲还提出要我请朋友为他刻制一方印章。我问父亲印章上的印文时，父亲微笑着用笔写下了"望九"二字。

大病初愈的父亲是多么眷恋着我们、眷恋着生活啊！他是希望自己能在世上活到九十岁以至更长的时间，他希望能亲眼看着我们成长、进步，看到社会变得更加富裕、美好、繁荣。

"乐中光阴不知年。"奄忽间，父亲病愈快六年了。此间，尽管我终日劳形案牍、公私两忙，但也每每享受到与父亲团聚时那种蕴含于心、彼此心照不宣的欢乐。尽管他老人家已年过八旬，但精神矍铄、思维清晰，我们时常在一起谈论唐诗宋词，研讨《古文观止》中的一些篇章或某个历史人物的成功与失败……我清楚地记得他老人家在言谈中，时常用封建社会开明官员那种"民之役"的思想告诫我，一定堂堂正正做人，踏踏实实做事，不要做让群众失望的事情。

在几十年的人生经历中，父亲珍藏了诸多文史典籍，其中很多是线装古书。以往，我们父子间的书从来是分而治之，相互间串着看也是讲借讲还的。自病愈之后，他却时常将古书一批批地送我，并讲明：不要还了。当时我还以为，或许是父亲在督促我系统地精读国学典籍吧。如今想来，他一定谙知自己将不久于人世，在不动声色地向我转交他的那笔精神财富。

六年间，我每年要为他安排四次全面体检，并按期为他提供抑制癌细胞生长的药物。这些药物都要由我亲自重新包装，标签和说明书一律改换成养生的药物。对此，父亲只是视而不见，无论是服药还是体检，都悉数听从我的安排，并且从不与我谈起他的病情。我深深知道，父亲对自己的病情只是佯装不知。他的这些做法都是为了安慰母亲，他所担心的是母亲的心理承受能力。

那年国庆期间，我注意到父亲的脸色显得苍白，走路也很迟缓得近于蹒跚，连忙问他哪里不舒服。他轻声说："不碍事，只是走路腿发软，看来自行车是骑不成了。"我的心立刻沉了下来：莫不是往日的病灶又有了发展？节假未过，我就赶忙邀请了几位专家为父亲会诊。很快，检验报告单一份份摆在了我的面前：癌细胞已转入脑部，引起脑水肿压迫下肢神经，导致行走不便。无情的事实告诉我：父亲的生命已经到了最后阶段。

又经历了一个月的放疗，病情仍不见转机。当年曾参与过父亲治疗的省肿瘤医院李国良教授告诉我："病情只会越来越重，你要做好各方面的充分准备。""还有缓解的办法吗？"我恳切地问。"只能是相对延长时间，减轻痛苦，自然法则，无法抗拒啊！"李国良教授握了握我的手，轻轻地走出房门。

父亲的病越来越重了，到了11月，双腿已不能站立，而且时常发高烧。由于脑神经紊乱，整夜不能成眠。但他还是坚持让人搀扶着到餐厅吃饭，来往于卫生间。一天晚上，他躺在床上，我静静地坐在一旁的沙发上发愣。忽然父亲对我说："听过慎思这个词吧。"我心里一惊：父亲怎么蓦然说起这样的话呢？难道他已经有了不祥的预感吗？我连忙回答说："您放心，凡事我都会操之有度的。"接着他又说："凡事都应该慎思，要往远处想。就说人这一生吧，重要的是把几十年的事情做好。而生与死，如同一篇文章的开头和结尾，只要平实、自然就好。刻意地追求形式上的热闹反而会成为通篇的败笔。禅语中说的'质本洁来还洁去'是很有道理的。"父亲的话似乎是在与我聊天，但是我知道，他老人家是在认真地向我交代后事呢！

父亲是一个很随和的人，我很少见他发脾气，对待子女从无疾言厉色，但他要求子女也是极严格的。早在我学龄前，他就要求我背诵古典诗词和《古文观止》的一些篇章。20世纪50年代，家境并不富裕，他却在有限的工资中拿出钱来，为我订阅了几乎当时社会上发行的所有儿童读物：《小朋友》《儿童时代》《红孩子》《少年文艺》……他还鼓励我把这些书刊拿到学校去，成立了图书角，让同学们都来读。

工作中的父亲也是极公正严格的。他早年毕业于黑龙江航运工程学院，中华人民共和国成立前夕，他的诸多同学或被裹挟或被利诱，随国民党逃往台湾，而父亲当时虽生活窘迫，却毅然留在了祖国大陆。50年代，他调往营口港务局工作，多年负责船舶维修与检验，在当时国家尚未确立验船规范的情况下，凭着高度的责任心和娴熟的专业技术，很好地完成了到港船舶的检验工作。每年冬季，船舶检修时，他都精打细算，在保证质量的前提下，尽量为国家节约开支。由他负责指导的十几个年轻大学生都成了全局的"红旗手"，被提前转正为技术员。

"文革"中，他遭到不公正待遇，被下放到装卸队与工人一起劳动，直至下乡插队当"五七"大军，这对一个自幼读书的知识分子来说，应该是很难承受的，但他总是用豁达来应付环境中的种种变故。那段时间，在他写给我的信中总是说："这里一切都好，坐了几十年板凳，参加些体力劳动，到农村开阔一下眼界，对个人也是大有裨益的。"现在我才领悟，父亲当时尽管心情抑郁，但是他在任何情况下，也不愿把悲凉灰颓的一面示之儿女。他那一切达观的见解，都是为了给我们善良、乐观、积极有力的影响而下的一番苦心，为的是让我们用热烈真挚的欢乐去追求理想、开拓未来。

有人说，多年父子成兄弟。其实父子与兄弟，孰轻孰重是无法去衡量的。在我的眼里，父亲是世界上集宽厚、睿智、严谨各种美德于一身的人。

父亲最后一次清醒是在除夕上午十点左右。当时我守在病床前，看到父亲的眼睛忽然睁开了，连忙大声说："爸爸，今天过年了，您感觉好吗？"父亲嘴唇微颤，但已经没有力气讲话了。我用力地拉着他的手，喊道："爸爸，您能跟我讲话吗？"父亲只是微微朝我点了点头，然后便静静地看着我。那是我多么熟悉的，充满着慈祥、期望、眷恋的目光啊！正是在这和煦如春的目光之中，我在人世间走过了古稀之年。如今，这目光虽然熄灭了，但是它对我的抚育将会陪伴我的终生。

父亲停止呼吸的瞬间，我曾万念俱灰，脑中一片空白，待到身边的同事、亲友们唏嘘悼挽的话语重新唤醒我的思绪时，我才瞪大酸涩的双眼久久地看着他老人家。我感到，他跟平日熟睡时并无不同，闭着双眼，嘴唇紧合，神态平静而祥和，无忧无惧，如同一位参禅入定、乘时而化的老僧。原来，幽明之间的差别，只是由有限的时空步入另一种永恒的境地罢了。

痛定思痛是最难忍受的痛苦。父亲辞世后很长一段时间里，我时常彻夜难眠。每至午夜，听着窗外阵阵夜风吹雨的声音，心上似有一个深深的空洞；我从此再也没有父亲了，多么想在梦中与他老人家再见上一面啊！然而奇怪的是，父亲极少与我在梦境中相见。有朋友劝我说："那是因为父亲走得无牵无挂，而且一路顺遂。"

夜又深了，我独自在庭院里徘徊。青沉沉的夜空似湖水一样明净，繁星眨着微笑的眼睛。仰望着那遥远的星河，我想象着其中必有一颗闪亮的星是父亲的英灵，那温暖明亮的晖光将一如他老人家慈祥的目光，注视着我，呵护着我，直到永远……

惯从母教认家风

王充闾

记得六七岁的时候，我随母亲到外祖父家去拜年，见老人家的门上贴着一副洒金朱红墨迹对联："人望皆同照乘宝，家风不重满籝金。"感到很有文采、很有学问，便默默地记诵下来。当时由于贺客盈门，里里外外忙得不可开交，也没来得及细问便回家了。

经过请教私塾先生，我才知道，对联引用了唐代诗人权德舆的两句诗，意在表明重德不重财的志趣，强调声名，注重家风。"人望"，指声望、名声；"照乘宝"——古代一种光亮能够照亮二十四辆车子的宝珠。上句是说，把声名、德望看得像"照乘宝""连城璧"一样贵重。反过来，对于金银财宝倒并不看重。《汉书·韦贤传》引述邹鲁民谚："遗子黄金满籝（竹筐），不如一经。"据此，权德舆才有"家风不重满籝金"之句；宋人编的《三字经》，更是做了直接转换："人遗子，金满籝；我教子，惟一经。"

说到注重家风，我首先想到了我的母亲。她出身于满族世家，金姓，祖上爱新觉罗氏有几代都是清朝的文武官员，她也算是一个大家闺秀吧。但她并没有上过学，外祖父恪守着"女子无才便是德"的古训，尽管家境富裕，却不许女儿读书识字。母亲后来能够看些通俗的话本、鼓词、子弟书，都是在我父亲的熏陶浸染之下逐步习练的。旧时婚姻讲究门当户对，可是，当时父亲却十分贫困。本来，我们祖上的家业也较为厚实，只是因为祖父英年弃世，父亲年岁又小，门衰祚薄，支撑不起这个家当，遂使家道中落。母亲过门后，不仅没有丝毫怨言，而且很快就适应了艰难的家境。她真像古代圣贤说的，"素富贵行乎富贵，素贫贱行乎贫贱"，就眼前所处的地位，做应该做的事，不希求去做本分以外的事。相夫教子，安贫乐道，全家上下、街坊邻里无不交口称赞，许之以典型的贤妻良母型东方女性。

母亲个性刚烈，自尊心强。"宁可身子受苦，绝不让脸上受热。"这是她经常挂在嘴上的一句话。她赋性严谨，口不轻言，平素很少和人开玩笑。对子女要求非常严格。在我四五岁的时候，有一次，她发现放在大柜里的几个特大的铜钱不知去向，便怀疑是我偷偷拿出去换了糖球吃了。于是，从早到晚审问我，逼着我承认。她铁青着脸，目光炯炯似剑，神态峻厉得有些吓人。我大声地哭叫着，极力为自己辩解，并且用拒绝吃饭、睡觉来表示抗议。母亲没办法，只好再一次翻箱倒柜，最后终于找到了，原来是记错了存放的地方。她长时间地紧紧地搂抱着我，深表悔怼之情，在之后的几十年间，还曾多次提到这件事，感到过意不去。

我知道，母亲是在望子成龙的心理驱使下，情急而出此。她看重的并不是几个铜钱，而是儿子的品格素质、道德修养。爱之愈深，责之愈切，律之则愈严。这一点，对我后来的为人处世产生了深远影响。在我成长的关键时刻，母亲对我进行一番生命的教育，把志气和品性传给了我，用的不是语言文字，而是行为。

小时候，还有一件事留给我十分深刻的印象。我家西厢房住进了一位从山东搬迁过来的房客，我们称他"靳叔叔"。他人缘很好，可是同他说话必须大声叫喊，原来他有听力障碍。左邻右舍的婶子大娘们看他"光杆子"一个，就给他提媒，把邻村一个智力有些缺陷的女人介绍给他。新娘比新郎年轻，手大，脚大，脸盘大，整天笑嘻嘻的，我们都叫她"笑婶"。"笑婶"特别喜欢戴花，只要上街，她就会拿出手中所有的钱把花买下。无论是真花假花、山花野花，见着就往头上插，十朵二十朵，叠叠层层，满头花枝摇曳，然后，就对着镜子前后左右地照；却不懂得坐下来唠唠家常嗑，和丈夫说句体己话。办喜事那天，深更半夜里，新郎一遍又一遍地催促着新娘脱衣服，可是，新娘却只是"呵呵呵"笑着，硬是不动弹。她越是在那里傻笑，新郎便越是恼火，最后竟至蛮声蛮气地大吼起来："你要脱裤啊！你怎么就不脱裤呢？"自此，"脱裤啊，脱裤啊"，成了村里的一个笑料。

这个"笑婶"确实有些"缺心眼"。我母亲看她不会做针线活，便将一件年轻时穿过的带大襟的旧棉袄送给她。不料，她却将前后两面颠倒过来穿，结果，费了很大劲也系不上纽扣，逗得人们在一旁窃笑。有时，在大门外，还会围上一群孩子、大人，抓住"笑婶"的一些话柄来耍笑她。每逢见到这种情景，妈妈都要喊我回家，不但不让我跟着掺和，连看热闹都不许。

她很看重这类问题，总是疾言厉色地告诫说，这样取笑别人，是很不道德的——痴茶呆傻没有罪过。她虽然说不出来"尊重别人也就是尊重自己"和"己所不欲，勿施于人""恻隐之心，人皆有之"那番书本上的大道理，却极富同情心，总是设身处地，将人心比己心；而且能从实际出发，讲出一些据说是从她的爷爷奶奶那里流传下来的颇有些理性色彩的话：太阳爷不会总在一家头顶上红，三十年风水轮流转；三穷三富过到老；上辈子聪明伶俐的，下辈人难免痴茶呆傻，现在你们笑人家，将来人家笑你们。

看来，家风是一种潜在无形的力量，特别是小时候起的作用更大，它在日常生活中潜移默化地影响着孩子的心灵，塑造孩子的人格。而父母的榜样，对塑造家风举足轻重。可以说，有什么样的父母，就有什么样的家风；有什么样的家风，就有什么样的孩子。为此，习近平总书记突出强调："家庭是社会的基本细胞，是人生的第一所学校。不论时代发生多大变化，不论生活格局发生多大变化，我们都要重视家庭建设，注重家庭、注重家教、注重家风。"

一封家书

王重旭

应该是1978年年底吧，正在辽大读书的我，接到父亲写来的一封信。这是我这一生中，父亲写给我的唯一的一封信，也是我保留下来的唯一的一封家书。

那天，已经中午了，我从辽大图书馆出来，准备去食堂吃饭。因为胃不舒服，便先回了宿舍。一进屋，就看到一封信放在我的床头。我上铺的那位同学很勤快，我们的信都是他到教学楼的信箱取来，然后发给大家。

我认识父亲的字体，急忙打开。

父亲在信中写道："重旭：告诉你，爸爸现在已经全部给予改正了。我的心情很不平静，在那个年月里，你们母子跟我遭了罪，我痛苦极了。已经是往事了，不愿再想这些，这不过是我的历史之中一个惨痛的教训罢了。我这辈子没有多少时间了，在余生中，我只希望你健康成长，以慰我的晚年。现在，我觉得在你的前进之中再也没有什么绊脚的地方了，再也不要有什么顾虑了。关于改正的问题，学校领导准备在全体教师大会上公开宣布，改正手续校方负责给办理，我觉得都不必了，闹得满城风雨，何苦呢？"

父亲的字一直都写得工工整整，但这封信，一定是因为激动，字有些潦草。

我把这封信看了一遍又一遍，眼泪不知不觉地流了下来。二十年了，我们父子第一次正式面对他的右派问题。

我知道，这改正对父亲来说有多重要，压在他头上的那顶沉重的帽子终于摘下去了，他对妻子儿女的歉意也终于有了些微的缓解。

父亲是1957年被打成右派的，那年我三岁。因为太小，父亲的痛苦没有给我留下什么记忆。至于什么原因被打成右派，父亲从来也没说，我便无从知道。即便是后来，由于不想让父亲回忆起那段痛苦的经历，所以我也从来没有问过。

不过，我还是有些零星记忆的。

那年，成了右派的父亲从镇里的一所学校下放到农村，当了农民，家里的房子也被充公。到1962年，有一天，正在地里干活的父亲接到通知，要他到凤城去学习，原来父亲的右派帽子被摘了下来，身份从右派变成了摘帽右派。学习结束后，家虽然搬回镇上，但父亲却被安排到一所偏远的农村小学教书。家里的房子因为那个单位迟迟不肯交出来，所以我们只能在外面租了一间破旧的房子。后来因为突然涨水，租的那处房子被淹，我们全家没有住处，那个单位才倒出一个屋，我们搬了回去。

摘帽前的那几年，家里的生活真的是乱了套了，母亲因为受了刺激，精神失常，经常和我们说些我们听不懂的话，让我们感到非常害怕。后来病情严重，父亲不得不带她到开原精神病院治疗，家里只剩下十岁的姐姐带着我们姐弟几个。

母亲病好之后，家里的日子稍微缓和了一点。父亲每天上下班要走几十里的路，他的最大的愿望就是能买一辆自行车。

在我的记忆中，父亲是一个很严肃的人，很少说话，脸上也很少有笑容，所以从小我就很怕他。有时在街上和小朋友玩得正高兴，只要看到父亲走过来，我便赶紧掉头回家，把书本拿出来。

我是1971年知青下乡的，同学中有入党的、参军的、上大学的，这些事情对我来说，想都不敢想。所以，看到信中父亲说的"再也不要有什么顾虑了"的话，我的泪水立刻流了下来，因为这么多年来，凡是填表，对历史问题一栏，我都难以下笔。还有父亲，面对儿女的那种愧疚，一直在折磨着他。现在，他终于可以松口气了。

我参加工作后，母亲最担心的就是我的性格，她常对我说："你可别像你那个爹。"后来父亲看到我写的文章，也一再说："别再写那些东西了。"为了不让父亲担心，我出版的几本书，从来没送过父亲。不过，我一直还在写，因为我相信，现在和他那个时候不一样了。

不过，当我儿子参加工作的时候，我第一句话还是告诫他说："在单位，一定要少说话，多干活。"他母亲也赶紧加上一句："别像你爸似的。"

我儿子的性格和我一样，少言寡语，但说出话来却很不中听。没办法，他的爷爷，他的父亲，再到他，真是一脉相承。

我常常想，其实所谓的家风，不是写在纸上的，不是贴在墙上的，它就在人的骨子里，流淌在血液中，几代人都改变不了。

祖父的春天

王 开

在我的记忆中，村里人谁也没有祖父那般荣耀——开春大忙季节，方圆十几里内的乡亲停了犁杖，埋首急奔于猪肠子似的土道上，赶来为他送行。

祖父的葬礼带着乡村气质的隆重，如今，我已不太记得姑姑们的哭泣、父亲的哀伤，我只记得，辞灵整整进行了小半夜，老亲少友们一拨儿接一拨儿给祖父祭奠跪拜，到后来，我那个主持丧礼仪式的叔伯姨夫嗓子都喊哑了。到第三天发丧的日子，全村人随着丧葬队伍从我们家逶迤到村外，甚至很多人一直跟到几十里外的茔地，送完祖父最后一程。

我们家祖籍山东，太祖父一辈挑着担子闯东北，落脚辽东林区的一条山褶皱里，搭房子开荒地，始称为家。祖父辈兄弟四人，以勤劳、心慈闻名乡里。四兄弟中，祖父尤其出众，脑筋灵活，擅于结交，助人诚恳不计回报。祖父年轻时就拴了大马车，隔段时间装满采购的八方四邻的线麻等土货，从村里出发，贩到百里外的南甸镇，回来再捎些村里急需的针头线脑铁镐铁铲之类，赚取利润养活全家老小。祖父做生意，不挣黑心钱，谁求着捎点什么东西，捎的就是捎的，分文不加，更不以任何借口拒绝。久了，祖父的盛名沿着他贩运的路程撒播开，一提"二哥"无人不知，连张氏的姓都省略了，就图个一家人一样的亲近。

后来大伯长大，和祖父一起贩土货，受祖父的言传身教，年轻轻的大伯博得好名声，只可惜大伯早亡，没能陪祖父在那条乡道上走到底。

大伯的离去，使祖父仅剩我父亲一个儿子，但祖父未曾娇惯父亲，而以他宽厚温和的性格潜移默化地影响着父亲，供他念书上学。

20世纪50年代末60年代初，国家在东北地区成立了好多国营林场，仅我们县就批建十五家，其中的东沟林场场部恰巧设在我们村里。林场始创，缺人缺物什么都缺，祖父在村里威望高，林场有什么棘手事爱找他协调，祖父从不回绝，跑前跑后帮着张罗。再后来，林场要养马车，养马是件大事，交给别人不放心，问祖父愿不愿意干。那时候家里的马车已经挑了，祖父对马的感情难舍，欣然同意，父亲也随之进林场当工人。

林场的马舍盖在村外西岗，一座土包铲平一部分，几间草房，不宽不窄的院子，卸了的马车撅在院子一角，搭个草棚罩着，免挨风吹雨淋。马舍的下方，是狭长的河谷，平坦处种植庄稼，两条小道丫字形岔开，分别通往另外的村子。马舍后面生长着乌黑乌黑的树林，白桦格外高挑，紫红的树梢扫着天，也有山百合、野蔷薇在那里开，引来土蜂一天到晚围着嗡嗡转。

祖父喂马没有人前人后，草料总是铡得手指长，拌上豆饼渣，均匀地撒在槽子里。俗话说，马无夜草不肥，马儿的午夜加餐，祖父从不怠慢，不管睡得多香、天多冷，到加料的点儿了，祖父一准儿起身，披上外衣，敞着怀，撮一簸箕草料走进马棚。马儿的生物钟早形成了，精神头十足地立在槽子前，齐刷刷等着祖父来。等马儿吃饱，祖父再给它们饮些清水，才又回屋睡觉。眯瞪到天蒙蒙亮，又穿衣起来，铡草、扫院子，到马舍下面的小河套挑几担水，忙完一堆活，才锁了门回家吃饭。

我记得，那时候的豆饼一大块一二十斤重，需削碎泡发再拌料。豆饼硬，祖父每次削之前，先放在灶膛门口，借着火炭的余热烤，等烤得豆饼散发出香气，搬过豆饼夹在两腿膝盖间，双手握紧刀柄，用力切下去，薄薄的一片豆饼便削下来，用清水泡软，捏碎。马儿吃了这样的饼，一个个溜光水滑，眼神闪着亮光，走起路来雄赳赳的，蹄子叩着地面，嗒嗒脆响。

　　我还知道的是，那年岁豆饼金贵，寻常百姓人家用不起，祖父守在豆饼堆里，不曾拿回家一块半块，顶多就是我和哥哥姐姐们去玩，祖父把烤香的豆饼分一些给我们当零食吃。马舍的豆饼有大豆饼和花生饼两种，大豆的散发着豆香，但有点腥；花生饼细腻，香味比大豆饼浓，口感好多了。于是，经常出现这样的场景：我嘴里啃着香脆的花生饼，马厩里的马儿叽里咕噜嚼拌有花生饼的草料，时不时地抬头看我一眼，我觉得它们眼神里的含义是：你为啥吃我们的食物？

　　祖父的马舍除了我们去玩耍，村里人有事没事也常去溜达，要是谁路过那里，一定绕个弯上去闲坐，和祖父聊一袋烟的工夫。碰上有什么想不开的，祖父开导开导，罩在头顶的那块云彩散了，拍拍屁股上的灰尘，欢天喜地回家去。祖父的马舍，也是女人家诉苦的地儿，村里哪个婶子大娘在家受了男人的气，心里堵得慌，跑去跟祖父哭天抹泪，一声"二叔，那死鬼虐待我"没讲完，委屈得整个人都碎了。每逢此，祖父必先骂一句"长洋了，你等我削他两撇子"，再数一堆那男人的好处，数得女人扑哧乐出来，万事大吉。

　　其实马舍弥漫着马尿骚味，不怎么招人待见，但因祖父的缘故，村里人和林场的人都不嫌弃，把那里当成容纳精神之地。而祖父的宽仁，绝不限于为乡邻们排忧解难，过路讨饭的、讨水的，祖父一律善待，允他们进屋歇脚，吃饱喝足缓口气儿。祖父还在马舍里藏人，救了他的命。

　　"文革"时代，城里乡下忙着开批斗会，村里有一个在县上工作的干部，被人揪出来左批右批，受不了凌辱，偷跑出来，又没地儿去，跋山涉水地回村。可他不敢回家，猫山上又怕追来的人抓住，不被抓住山上没食物，三天五日的挺不住，饿也饿死了。那人陷入绝境，半夜潜入祖父的马舍。祖父听见敲门声，问是谁。那人说了名字。祖父早听说他挨批斗的事情，打开门闩，放他进去，烧了水，热了剩饭给他吃。第二天，县里果然派人进村搜捕，满山遍岭地梳，影儿也没见。有人就去祖父马舍，问那逃跑的"反动分子"有没有来。祖父坐在门口的木墩子上，抽着烟，跟搜捕的人唠家常，唠得搜捕的人心服口服，忘了搜捕的事，走了。

祖父年轻时，祖母病逝，从此祖父再没续娶。他亲身体验那种落单的苦，上了岁数以后，特乐意给四村八邻的小青年保媒。祖父看人准，觉着谁家爹妈合拍，儿女有缘，必替人两头撮合，一门亲就结了。慢慢的，谁家儿子娶不上媳妇，谁家闺女没出嫁，或者儿女搞上对象家里不同意，抑或一方欢喜另一方不同意的，都去央祖父，祖父总是三说两说，成就一段姻缘。祖父保的媒多了，辈分也长起来，无论走到哪里，都不缺喊他"二爷"的招呼声。过节的时候，拎着罐头果子匣来看望他的人不间断，过年更热闹，来拜年的人从初三络绎到十五，接的礼品装满大号的红泥缸。

祖父凭着一心善念对待每一个人，并深深影响着整个家族。我的姑姑们重情义，早些年乡下困顿，姑姑们逮着机会就给老家的亲友送东西，吃穿用没少往回倒腾。若是老家亲友偶尔进城来办事，或登门拜访什么的，也少不了收拾大包小包的带走。几个姑姑中，三姑像极了祖父，三姑在单位的时候，没少给年轻同事解决个人问题，她还特善于做思想工作，因此被领导相中，当了党委书记。退休后，有一年三姑腿坏住院，一副热心肠征服了主治医生，没等出院就认她做干妈。

到我们这一辈，长兄完全秉承了祖父遗风，他虽非诸侯土豪，但在我们这座城里，只要一提他，没有不伸大拇指的。老家的人也凡事就想到长兄，以与长兄走动近为荣。长兄若回老家去，从乡里到村屯，总不乏热情的问候，东家留吃饭，西家拽喝酒。长兄若在谁家吃一顿，谁家便觉得十分有面子，成了日后和乡亲闲聊的谈资。倘谁犯了难，想找长兄又联络不上，请饭的人家便主动应承说，我帮你找，哪天哪日他还在俺家吃晌饭了呢。

窃以为，人心向背，不论官爵高低财富多寡，而在其言行是否深入人心。长兄对有求于己者，素来鼎力协助，哪怕落魄到山穷水尽之人，也绝不斜眼鄙视，能帮则帮，能扶则扶。当然，难免帮扶了白眼狼，甚至恩将仇报之徒，即便如此，长兄亦未稍改初衷。长兄多享美誉，但也非好好主义，事实上，他是大脾气的人，最看不惯谁端架子摆谱，有点能耐鼻孔朝天，油嘴滑舌虚头巴脑的不干实事。他最不买账的，就是官大一级压死人之类的陋习，他在我们城里，流传最广的两个故事，就是他和上级的斗争。也正因太耿直，长兄没"干上去"。

我常想，人这一辈子，究竟活什么呢，死后还剩什么呢？想来想去，还是在祖父那里找到最佳答案：勤俭，知命，正直，不耍奸计，有操守。祖父虽然大字不识，在村里连村主任小组长也不是，但他的的确确是全村人的主心骨，象征着公平和真理，身后多少年仍令人怀念。他的为人处世风格，也是我们人生的教科书，教导了我们，再由我们传给我们的后辈。

盛夏荷香

王立光

父亲在我们老家同一代人中是第一个走出山沟沟的，在那个小山沟里，他是最有文化的，乡亲们尊敬他、信赖他，有什么闹心事都乐意找他。而父亲对他们的规劝最终都归结于两句话："好好劳动，供孩子念书。"

父亲的思想中，只有勤劳和读书才能使家庭兴旺。"耕读传家长"也是父亲对我们教诲最多的一句话。在父亲看来，"耕"就是爱劳动，工作勤奋，养家糊口，以立性命；"读"就是读书学习，除愚昧，尊礼义，修身养性，以立品德。"耕读传家"既学谋生，又学做人。耕读之家，才是根厚人家，才能维持长久。父亲的耕读文化思想不仅是中国传统文化观念影响的结果，更是他一生实践的总结。

用现在的话说，我们家是一个纯粹的草根家庭。父亲往上，世代农民。父亲说，他小时候，见桃花娇娇燕子戏水即知春至，觉露滋裤脚蛐鸣嘤嘤便知秋来。见絮飞满天则喜，以霜打果红为乐。而父亲却戏称他是出生在"半耕半读"家庭。起初我不解其意，父亲解释说，他的姥姥家是读书人家，曾经出过秀才，小时候，奶奶曾把他送到他姥姥家住，他的舅舅和表兄弟们对他影响很大。伯父也说过，表兄弟们个个都识文断字，儒雅气象，十分羡慕，见面时心里自觉矮了三分，他自知自己不是读书材料，想挺直腰杆做人，寄希望于兄弟身上，于是披星戴月，勤奋劳作，供父亲上学。伯父种地，父亲读书，两兄弟"半耕半读"。

父亲的一生，最大的爱好就是读书，对我们的关注，最重要的也是读书。母亲和父亲是国高同学，在这一点上，父母是一致的。

父亲每天都是天不亮起床，洗漱后，出去散步，回来后，叫我们起床，这时也不到六点钟，在冬季天还没亮。当我们还在被窝里抻懒腰，还企图再睡一会儿时，猛地睁眼一看，父亲已端坐在凳子上看书。父亲给我们做出榜样，让我从心底里由衷地产生一种敬畏，于是一骨碌爬起来。

父亲对我们读书，有一套明确要求：要爱读书，要读经典，重要篇章要背下来。读书时一定要拿着笔，把感想和关键的语句记下来。他说："好脑瓜抵不过烂笔头子。"他帮助我们选择书目，告诉我们读书贵在悟，要内化于心。他说读书贵在坚持，不能"一日暴之，十日寒之"。要坚持晨读，晨读要朗读，大声读。夜读不要躺着读，防止犯困。困意上来了就放下书去睡觉。读书要聚精会神，保持精力充沛，不要强打精神读书。父亲说，古人读书，头悬梁，锥刺股，他常讲这样的故事给我们听，说如今虽然没必要，但这种刻苦精神值得发扬。读书得正襟危坐，如果背诵就要走着背。父亲也是这么做的，我小时候，父亲读唐诗，就是吟诵。他的一言一行潜移默化地影响着我。

父亲从苦日子里过来，性格异常坚毅，他说他能读到"国高"，纯粹是伯父和祖父用汗水浇灌出来的，他永远也忘不了每年秋天伯父赶着大车，拉着带尖的一车苞米到庄河街里卖了给他交学费的情景。他说如果不读书，他就不能走出山沟，如果读书不刻苦，就对不起家里的期望和付出。勤劳传家久，读书济世长。一辈子也不能扔了书本，在人生的道路上才不能跑偏。

我小的时候，父亲和母亲靠着微薄的收入，养活着全家八口人，五个学生，由姥姥操持家务。一件洗得发白的制服，父亲穿了十几年。母亲也是十年八年不能添上一件新衣裳，她总是将她和父亲的包括姥姥的好衣服改给哥哥穿，而我，则是捡哥哥穿过的衣服穿，弟弟则捡我穿过的衣服穿，小妹妹也是捡大妹穿过的衣服穿。脱下来的衣服实在不能穿了，姥姥就把这些破衣烂衫撕了打袼褙，纳鞋底，给我们做鞋穿。父亲说，勤俭是咱们的传家宝，别说日子不宽裕，就是富日子也要当穷日子过。姥姥的青大褂不仅洗得发白，而且补丁摞补丁。父亲母亲的袜子也是拆了旧补丁补上新补丁。父亲说，衣服上有补丁不算丑，只要整洁干净就不失风度。虽然家里生活这么困难，可买书买本父母却从来都舍得花钱，还常年给我们订阅《中国少年报》。

我大约五岁的时候，家里搬到盖州城，住在县社机关干部家属大院。虽然离农村很近，但是毕竟是在城里。父亲却在家里备了个粪筐和粪铲，每天早晨出去散步，他经常一手提着粪筐，一手拿着粪铲，沿途捡粪，粪筐满了，就近倒在农田里。有时父亲领着我们一起出去散步捡粪，冬天，马粪冻在马路上邦邦硬，天蒙蒙亮，看不清，有一次我竟然将马路上的土块当马粪捡了满满一筐。父亲说，捡粪能培养和劳动的感情，明白馒头好吃来之不易。

我上小学五年级以后，每年寒暑假，父亲总是给我和哥哥找临时工做，我第一次做临时工是在废品公司废品堆里选废铁，将大堆里的角铁、圆管、钢筋、钢轨，以及螺丝杆、螺丝帽等分类选出来。我记得父亲送我上班时，经理看着我和父亲，说我长得挺大年龄太小，在外头干活，天冷，怕吃不了苦。父亲跟经理说：我就是想让他学着干点活，学着吃点苦。经理是父亲的老同志，明白父亲的心思，把我安排在女工班里，并叮嘱工长关照我，别让我冻着累着。那年寒假我大约在废品公司干了二十来天，父亲差不多天天都去现场偷偷看我。以后的寒暑假，我还在生产资料公司货场选过土豆种，在蔬菜公司菜窖择过白菜，在水果公司果窖选过水果，在茧站挑过大茧。读初中时，1966年下半年到1968年上半年赶上学校停课，父亲曾一度将送我到县里的房屋修建队做小工，搬砖、和泥、挑灰，伺候瓦匠。这些经历为我不久后下乡打下了一个很好的基础。

家有老规矩，吃饭时，父母不上桌，姥姥就不让我们动筷子，饭粒掉到桌子上，姥姥和父母就捡起来吃了，因此我们谁都不能掉饭粒，掉了饭粒立即自己捡起来吃了。也不能剩饭，觉着吃不了先拨出去。

家里来了客人，要站起来，要有迎声；客人问话，要放下手里的活，要有答声；客人走了，要送出门，要有送声。这些规矩，在我幼小的心灵中，得到姥姥和父母的深耕细种。

参加工作后，父母要求我一心朴实地干好每一项工作，父亲常说："凡事靠自己努力，不要走歪门邪道。坚信只要努力就有收获。"在工作很累的时候，我会常常想起小时候父亲说的一句话："受人之托，终人之事。既然接受了，就要认认真真做好。"也会想起小时候，在冬季的长夜，我一觉醒来，父亲却依然端坐在小饭桌前，围着被子，把灯线拉得很低，书写他的工作报告的情景。想起夏天的清晨，父亲回头朝里枕着胳膊，突然醒来收拾好纸和笔，洗把脸就走出去的背影。父亲大度的胸怀、勤恳扎实的品质在我心里扎下了根。在我的工作和生活中起到了很大的作用。

改革开放初期，父亲在县外贸局主管农副产品出口，和相关企业来往密切，并且掌握着出口转内销商品的处理权，当年哥嫂还在农村，承包了一座水库养鱼，求父亲买点土粮做鱼饲料，父亲一两也没给买。父亲说："要买上市场买，求人家就是想贪点小便宜，'拿人家手软，吃人家嘴软'，咱不能干。"

1986年，父亲在离休之前，给党组织写了一份思想汇报，有这样一段话："有人说，现在给农村私人养汽车的找点活干好处很大。我的实际体会并不是这样，1985年4月至6月中旬，我们出口了4300多吨玉米，完全是用汽车发运到大连，共400多车次，没有一个车户给我好处，所以，我对这种说法是非常不相信的。"

父亲离休以后，和我一起搬到熊岳去住，我的办公室前有一个荷花池，盛夏时淡淡开放，高雅娴静，傲然挺拔。缕缕清香随风飘逸，散发着清新的芳香。父亲的言行，就像荷香一样注入我的心扉，像一盏不灭的灯，给后人照亮前进的方向。

吃苦就是享福

王 宁

记得若干年前，一家人围坐观看电视剧《弘一法师》，父亲最欣赏李叔同一句充满禅意的台词"吃苦就是享福"，并深得其中的辩证奥义。细想来，这正与我家的家风异曲同工。

父亲是来自黄河之滨、孔孟之乡的山东人，于京城求学，后工作在辽宁，母亲是辽宁人。这个家庭经历了半个世纪的风雨洗礼，培养了姐姐和我。虽然我们长大成人，他们渐渐老去，但是家的精神、家的魂魄却是珍贵的土壤，成为我们一生取之不竭的补给。

父亲是一个真正意义上的读书人，身上充溢着中国传统文人的性格，恐怕也数得上我们这个时代为数不多的"最后一个"，真乃悲喜交相，一言难尽。他爱书爱得痴迷，舍不得扔掉任何一片纸星儿，以至家里几乎成了"文物"收藏馆，他儿时的习字帖，20世纪50年代上大学时用的讲义，60年代在朝阳给学生批改过的作文，70年代和朋友的通信，困难时期的马粪纸书、手抄书、日记以及自己多年集存和朋友赠阅的不计其数的书，每一本他都宝贝似的珍爱。我和姐姐要看的话务必做到一洗干净手，二看完放回原处，否则他会不高兴，久之，我俩也养成了珍爱书籍的习惯。

父亲身上那种中国文人式的单纯、质朴、耿直和善良，对工作的高度责任感，毫无保留地付出而从不求回报的性格表现得尤为突出，这大概是他那批新中国培养出来的第一代大学生身上所具的共性吧。父亲二十三岁从北京大学毕业就漂泊在东北，从朝阳到沈阳，从为人师表到为人作嫁，直到四十九岁才到了一家文学期刊，与心爱的文学事业打上交道。多年来的艰难困苦练就了父亲虽悲观低调，但又坚忍不拔、永不放弃的性格。作为编辑，他满腔热情地投入到工作中，编发审阅了不计其数的稿件，为多种重要期刊和图书校对编审，并多次获得辽宁省的编校知识竞赛第一名，荣获沈阳市优秀共产党员称号，他用辛勤的工作和较高的文字水准在文学圈里树立了自己的威信，成为大家公认的有学问的人、好人。而父亲依然是父亲，他从不自满，时刻弯下腰来像小学生般去学习，认为不学习就是不长进，就是落后，言传身教，这对我们都是潜移默化的影响。

父亲和母亲，是从苦难的生活里走出来的人，他们甘愿为别人付出，自己却从不奢求物质享受，把生活降到最简单的程度。他们对孩子也一直严格要求，艰苦朴素，以学业为重，但如果是读书求学，则多少金钱都不吝惜。他们认同年轻时让孩子多吃苦就等于让他们今后享更大的福。父亲和母亲从小就教育我和姐姐，女孩子一定要自立自强，能自己完成的事绝不依靠男人，一定要有自己的事业，经济要独立，为了实现自己的理想要敢于奋斗、能够舍得、不怕牺牲。他们最担心我们两个女孩子结婚生子后忙碌于家事而荒废了学业和事业，与丈夫的距离越拉越大。我和姐姐在父母的鼓励下都经历了工作后重新回到校园，继续深造，追寻自己喜欢的文学事业的过程。这与父母亲的教诲有直接关系。

自强不息，厚德载物，"吃苦就是享福"，中华传统美德在我家更是父母留给我们最珍贵的财富，令人受用终身。

家风的传承

王秀杰

我刚撂下作协海岩约写家风征文的电话，寒假在我家的孙女便问我什么叫家风。我告诉她，就是全家几代人共同坚持的一种行为习惯。我问她："你知道我们家的家风是什么吗?"孙女不假思索地答道："是读书。"

孙女的第一反应是准确的。正是家中上两辈人的爱书、买书、藏书、勤奋读书习惯的潜移默化影响，使她生成了这样的印象。人的成才需要遗传、环境、教育三个基本条件，通过孙女的成长，我感到先天基因固然重要，但后天家庭环境中家风的传承在人生的启蒙阶段也起着极为重要的作用。

读书的氛围，琅琅的书声会刺激婴幼儿大脑的发育，很早便能增强其认知能力。孙女一岁多只会说一个字词的时候，我们跟她做古诗接字游戏，轮到她接"谁知盘中餐"时，她却接了一个"谁知盘中'肉'"，也许"餐"字不好发音，也许是她刚刚吃过一顿美味的牛肉，但"餐"字是抽象的概念，而肉是具体的实物，重要的是她有了这种字词的替换能力。

我们家的书房可谓汗牛充栋，但每年我还在不停地买书，而在孙女出生后，买的更多的是婴幼儿启蒙读物。家中大人们喜爱阅读，会直接影响到婴幼儿爱书意识的养成。三岁孙女去兰州姥姥家串门，返回前姥姥问她给奶奶带什么礼物，她说："买点报纸回来。"

从书中、音像制品中听到、看到的信息，会启发人的思维，加大词语积累和表达能力。孙女五岁时，看到外面下雪，我逗孙女说，你作一首诗吧！她竟然说出了一连串所谓的诗句，但其中"外面一片白茫茫的毯子，遮盖了我家的小路"和"雪花就像一片白色的蝴蝶飘在空中"的句子还不错，已能运用比喻手法。去年秋，六岁的孙女上学了。小小孩儿读书学习得来的知识有了施展的空间，先是被树为班级朗读标兵，不久又当上了语文课代表。看着上学后孙女的一言一行，家人都觉得她一下子长大了。果然在日记（不会的字问大人，然后抄上去）中，她证实了自己的心理："呵，呵，呵，妈妈说我长大了；呵，呵，呵，爸爸说我长大了；呵，呵，呵，我自己说我长大了；呵，呵，呵，大家说我长大了；呵，呵，呵，长大，长大，长大。"这不是一首结构完整的小诗吗？我给予她大大的夸赞，并抄在自己的笔记本中留存。

入学学了汉语拼音后，孙女的阅读量日益加大，一个寒假她阅读的注音读物字数已达到数十万字。为配合她的阅读，我们总要搞一些讲故事、演小品的游戏，使她学中有乐，又巩固了记忆。今年春节从电视上看过《中国诗词大会》决赛后，孙女向爷爷奶奶提议，我们也搞"飞花令"比赛呗！于是，三人轮流当裁判老师，两人当考生，搞起了看字组词"飞花令"比赛。孙女设计的比赛规则模仿《诗词大会》，程序严谨，把寒假我辅导她刚学过的字分为五组，每组若干，用餐巾盒当抽签箱，裁判抽到哪组便在其中选一个字，考生轮番组词，直到理屈词穷者落败。当用"心"字组词时，孙女说出了"提心吊胆"的成语，当用"拍"字组词时，她竟然说出了"拍马屁"一词。之后，每天孙女做完寒假作业后，我们都会搞一场这样的家庭"飞花令"，真是其乐无穷。

我们还常做猜谜语游戏。今天，谜语猜到最后，孙女出了一个谜面："一个东西，很难得到，却很容易失去。"她说是从一个动画片中看到的，这竟把爷爷奶奶都难住了。这时，我感到欣慰，作为家庭对子孙后代启蒙读书的传承任务已基本完成。

传承家风从我做起

王英辉

  儿时，小朋友们在一个阴雨绵绵的天气玩耍，只见山坳里的一棵树上飘动着一种黑色的东西，如鬼魅一样忽隐忽现，大家争论着是不是出现了山鬼。正好爷爷路过，他大声说："世上哪有什么鬼！"于是，爷爷领着我们走进山坳，他用拐棍一下子把那块悬在树枝上的黑布扯了下来。

  一场悬案就这样烟消云散了。这件小事对我的影响很深刻，每当有神秘想法出现的时候，我仿佛又真切地听到了爷爷那洪亮的声音："世上哪有什么鬼！"

  父亲第一次带我去火车站看绿皮火车，告诉我火车的原理和经由路线，让我明白世界还很大的道理。父亲还告诉我，骑自行车之前一定要检查车闸是不是好用，以免走坡路时发生危险；出门在外看见路边的东西，捡到后要交给失主；遇到有困难的人能帮一把就帮一把，每个人都会有困难的时候。我深知，这样一桩桩小事，在我人生成长的阶段埋下了向上、向善的种子。

  我儿子上小学的时候，我们一家三口参加市直机关组织的家庭廉政知识竞赛，他记住了一位优秀领导干部说过的"父母是人生向导，不是生活拐棍"这句话，常常用这句话勉励自己。

  上初中的时候，我告诉他"人生从梦想开始，一切都要在奋斗中争取"的道理，而且告诉他这正是他"梦争"名字的寓意。

高中阶段，他确定了人生的十一个目标，考上大学后，我给他提了九条建议，每一条建议都附有一封长信，用亲身经历鼓励他好学向上。

大学即将毕业时，他以优异成绩被推荐"直博"，导师分配给他一间小小的工作室，他戏称之为"斗室"，我则称他是"斗室青年"，并以家语相赠："心系天下不分文理，贡献社会期待争哥。斗室青年埋首攻关，辉煌大厦心中定格。怀壮志方可成大事，点滴起步涓流成河。读万卷书行万里路，经大风浪沐浴芳泽。"

家风是一代一代传下来的，在人生的不同阶段，家风的影响无时不在。有时候，家风是一些高大上的道理，而更多的时候，家风是生活中的一些琐碎小事。

传承家风，从我做起，人生处处都会是正能量，而幸福美好的生活就会随着节节高。

饺子那点事

微雨含烟

我母亲爱吃饺子，又能包饺子。她包的饺子五花八门，什么麦穗饺、元宝饺，还有各种浸了菜汁包出来的五颜六色的饺子。有时我们问母亲，为何她能把饺子包出这么多花样来，她便说是年轻时奶奶教她的。远在山东的奶奶竟然教了母亲这一技术，使从未见过奶奶面的我对她的形象有了一点轮廓。

我钟爱吃饺子完全是母亲给惯出来的。好吃不如饺子，在我这里绝对成立。饺子里最喜欢吃的是三鲜馅，其次是白菜猪肉、芹菜猪肉等。都有肉，配菜不同。我是不爱吃素馅饺子的，没有肉仿佛就吃不饱。这大概也是母亲给惯的。

这事儿得从小时候说起。十来岁了，我的小胳膊比同班同学都要细。究其原因是我太挑食，每日三餐，我基本吃的都是土豆餐。所谓土豆餐是一碗米饭加红烧土豆块、醋熘土豆丝、青椒土豆片等各种不同的有土豆的菜。哪顿没有土豆，我几乎就要哭号着发顿脾气，本来想让我吃点青菜的母亲拗不过我，只能到厨房削了土豆皮，再给我做上一盘。一天两天行，一月两月行，一年两年可怎么办？那时，我们家住的是平房，房前是一个小院子，养了几只鸡和鹅。后院则是一个小菜园。挨着窗口，种着一些胭脂花，余下的全部是青菜。品种大概有豆角、黄瓜、韭菜、小白菜、水萝卜这些常见的。两个大姐姐都在外地工作，家里只有我和三姐及父母四人。园子里的菜就有点吃不完。比如韭菜吧，割了一茬下一茬很快便长出来了。怎么办？家里并不富裕，这些青菜着实帮家里解决了一些问题。但是遇到我这样油盐不进、固执任性的人来说，那些菜长得再旺盛对我也没有丝毫吸引力。这可难坏了母亲。缺少营养的后果是可想而知的。母亲搜肠刮肚，还真有办法。那个时候，吃饺子可算是奢侈的事。因为吃饺子要去割肉，肉又那么贵，实在是吃不起。只有过年时能吃顿带肉的饺子，平时很少包饺子不说，即使是包了饺子，里面的肉也少得可怜，基本都被菜给淹没了。我不知母亲是怎么省出来割肉的钱的。忽然有一天放学，我的饭桌上没有土豆，而是一盘饺子。我在母亲注视下飞快地吃光它们。隔了没几天，母亲又给我包了一碗。我同样吃得精光。等我吃完，才想起全家只有我一个人吃了饺子，觉得不好意思。我不知母亲是怎么做好三姐的思想工作的。总之，三姐姐没有和我抢饺子吃，而是像母亲一样面带笑容看着我狼吞虎咽。从那以后，我吃饺子的次数变勤了，饺子馅也由韭菜变换成更多的别的青菜。每当有饺子端上桌，我再也不提土豆。后来母亲在回忆我童年趣事时，总是边笑边用手掩着嘴讲我怎样替她消灭掉菜园里的青菜的。连我自己也奇怪，我那吃土豆的毛病怎么就这么戒掉了呢？

父亲当兵的时候，很少回家探亲。偶尔回一次家，奶奶便把混了棒子面的白面做了面皮，给父亲包上一顿饺子。因此，每当父亲提起山东老家，提起家乡的吃食，第一个都会说到奶奶包的饺子。因为父亲爱吃饺子，原本并不太会包饺子的母亲便和奶奶学了各种花样的饺子。而母亲也是最爱吃饺子的。母亲包了一辈子饺子，直到最后卧床不起。母亲生病卧床期间，食欲大减，到后期，基本吃什么都没胃口了。我知道母亲的偏爱，于是，每到周末，都去街上买来肉和菜，细细地切好，皮也擀压得薄薄的，给母亲包一碗饺子送去。本来吃不下饭的母亲见了饺子，总是先牵动着僵硬的嘴角笑笑，再一口一口将我喂给她的饺子吃下去。我不敢在母亲面前流泪，只想让她能在生命的最后时间吃到她喜欢的东西。

我喜欢女孩，婚后果真如愿生了个女儿。等她慢慢大了，才发现她大概继承了我挑食的毛病。不同的是，她不像我只吃土豆宴。也不知她爱吃什么，每天吃饭我和婆婆两人轮流端着饭碗追着她满屋子跑。一会儿喊大宝吃点这个，一会儿又叫宝贝吃点那个。连哄带劝，她也吃不了几口，自然也瘦得和我小时候有一拼。在当今这个社会，你一出屋，帅哥靓妹一堆，这不吃饭的孩子能长成什么样？缺营养长成个小矮个，往外一站，不起眼不说，好像是后妈养大的似的。这可愁坏了我。后来母亲提醒我常常包点饺子让孩子吃，我才如梦方醒。对啊，当年母亲就是用这招治好了我的毛病。说是家传秘籍也不为过。因为爱吃饺子，自然我也会包饺子，而且包得相当不错。比如给包好的饺子捏个花边啥的，这也是从母亲那儿学来的，并一度因为会给饺子捏花边而自豪和炫耀。等我把饺子端上桌时，女儿坐在那儿瞪着大眼睛，我便瞅准机会给她讲我小时候的事。因为有姥姥和我的故事在里面，她爱听。我讲得眉飞色舞，她听得有滋有味，于是，一顿饺子让她吃得也很高兴。我的心愿也达成了。

今儿中午，因为是周末，懒得做饭，便把冰箱里冻的三鲜馅饺子拿出来煮了。一边煮一边想着写家风的约稿。这事我拖了很多天，着实不知从哪里下笔。这时，女儿发来微信，说下周末回来。闲聊中，锅里的饺子已经浮了起来。女儿问我回来给她准备什么好吃的。我立刻把捞到盘中的饺子拍了张照片发过去并附言：没有山珍海味，只有饺子。她发过来一个笑脸说好，最爱吃妈妈包的饺子了。被她这样一说，立刻觉得满屋子都是饺子的香气了。

开明与解放

吴刚思汗

　　寻到写作这个爱好，直至成为信仰，是我毕生感到最庆幸的一件事。每每思其源头，该是父母从小便对我关于爱好放养式的支持。

　　记得小时候，在别人家的孩子只能写完作业，才可以看电视的年代，我好像一直可以先在外面野够了，再回到家去写作业。而野的时候呢，很喜欢抓蜻蜓、逮泥鳅、摘各种花花草草，以及用日常各人家扔出来不要的东西当摆弄的玩具。再稍大一点以后，甚至还敢跟发小儿、同学，骑一个小时的自行车，去浑河里野泳。后来知道野泳是不对的，便没有继续坚持。

　　那会儿还时兴玩四驱车，家人也从不阻拦。四驱车是动手很强的玩具，在我家经济条件不富裕的情况下，仍然会买给我拼拼装装，甚至去参加市里的比赛。在报学校兴趣班的选择上，我挑了架子鼓这种冷门些的乐器来学，父母依然是统统支持的。而且这支持还是建立在我之前曾选学过电子琴又早早地放弃了，这件事以后，仿佛父母对我的开明支持是无尽的，从不计较得失的。

　　直到我把所有这些爱好，都玩腻歪，甚至有些直接丢弃不干，才渐渐地在本不大的家中书架上，找到了我的新爱好——阅读。

　　说到此，还是要先说起父亲对书籍的喜爱。他一辈子与书结缘，无论走到哪里，跟在身上最重的行李，必是它们。而我小时候能看到的书，也多数是他看过后留在家里，舍不得扔又层垒叠放堆满书架上的。

我进入书中世界的小脑瓜，便像打开了新世界的大门。我过去的所有天马行空与三分钟热度，就像有了一个领路人，拉着我的手，纵横在书山中旅行。历史书、人物传记、文学名著、童话故事乃至各类励志书，读起来，自己从未刻意选择。每一本都像一个新朋友，我反正是向来迫切地去跟它认识。

而写作这个爱好，也在阅读的基础上自然而然形成了。写得好与坏，也从来都不是父母对我作品衡量的标准，他们还是岿然不动地支持。

现在回过头想想看，仿佛有点盲目的意味在里头。但再往大的角度来看，也是这种仿佛盲目的开明与支持，铸就我对自己以及作品的极度自信。而自信，对于孩子来说，又是最最重要的。爱好如果不能给一个孩子带来快乐与自信，那这爱好必定不会走得多长远。

直到我在十七岁写出第一部三十万字的长篇小说《梦中有朵泪做的云》。在某种程度上说，我的文学生命，开始真正地出发。也是这崭新的到来，我仿佛得到了某些冥冥之中的肯定。获得了关于自我生命追求意义的解放。

打从那以后，我便从未怀疑过自己的坚持，从开明走到解放，从爱好成为信仰。

我经常劝一些想写又忧心忡忡的朋友，拿起笔吧，写作这爱好，只要你喜欢它还能坚持下去，那可是能干一辈子的乐事。

我家的"锅"

夏 雨

母亲在世时，有一次问我姐："我老闺女怎么三十岁了还想起来当作家了？"

那时应该是2005年，我刚写作两年多，出版了第一本诗集《夏之书》，我送了一本给我母亲。我所在的铁岭市清河区，距我母亲家四百公里，那时回娘家不是很方便，所以，每次匆忙回去待几天，就顾不上跟家人谈写作的事。其实，也不是顾不上，就是觉得写作不是一件值得在家人面前大说特说的事，也就没好意思说。而我母亲和家人们也没问，大概也是没好意思。等我离开家后，我母亲会戴上老花镜，用她满是青筋暴露的手，从一个塑料袋里小心拿出我的书，开始一页一页地读……

当然，这些场景，是我后来从我姐口中得知的。我不只在亲人面前羞于谈论写作，更多的时候，在更多的场合，几乎不谈这方面话题。今天，我慢慢回忆起这些，我想说的是，每个人都是一定意义上的诗人、作家，只是每个人各自挖掘自身潜力的方向有所差异而已。至于我为什么需要文学、需要诗歌，起初我只是想把内心想说但在俗世中不能说的话，用文字表达出来。后来，慢慢地，我发现，文学最主要的是可以改变人的精神世界。比如，文学给了我更多沉下心来思考生活和人生的机会。

我家在农村，父亲非官非富，母亲也一样。但我父母都是读了初小的高才生，也就是说，他们算是有文化的人。那样一个年代，他们守着自己的文化知识和几个儿女清贫度日时，"砸锅卖铁也要供孩子们读书"成了他们的口头禅。

当我背起母亲亲手缝制的书包，跟在我姐后头走进课堂的时候，我是多么高兴！但一到学校和老师要求交这个费、那个费的时候，我就无比担心。我怕我母亲拿不出儿女一份又一份的费用，会被学校和老师驱除出课堂。我又怕万一有幸留在了课堂，是我父母把我家的锅给砸了卖铁了，换了钱上交的，这样，我虽然可以上学了，但我家就没有锅做饭了，那全家人吃饭怎么办？

所以，有一段时间，我放学回家的第一件事，肯定是悄悄看一眼灶台上的锅还在没在。

所幸每次看，锅都在。

但每次过不了多久，又要担心一次。

那时候我总在想，我们家太穷了，只有锅还算值几个钱。怎样帮父母保住锅，成了我小小年纪里最大的人生课题。

后来，我姐成了村子里第二个飞出去的金凤凰，没过几年，我就步了我姐美好的后尘，去了省城求学。当然，到了这时候，我早已明白父母口中"砸锅卖铁也要供孩子们读书"的真正含义，暗地里嘲笑自己幼稚无知的同时，感叹父母历尽辛苦培养儿女的艰辛与不易。他们将一分钱掰成两半花的良苦用心，绝不是表面上的儿女读了书有了工作，跳出了农门，而是他们以纯朴、勤苦和善良，送给儿女的扎实、勤劳和奋斗！

后来，我参加工作以后，业余时间迷上了写作，这个爱好应该是父母"砸锅卖铁也要供孩子们读书"原意之外的偶得。那时候，我还不敢确认这个爱好会不会得到父母的认可，或写了会有什么意义。当然更无法上升到从读别人的书到写自己的书的境界上。

我由基层一线一名普通员工，突然被调入公司党群部门工作，据说就是因为我是作家。我性格比较内向，在公司从来不谈文学，办公室也几乎没有一本文学书或杂志。我极力想把我自己打造成跟其他同事一样的人，跟大家做一样的工作，这样会好一些。我也极力把自己打造成跟别的儿女一样，做父母眼里心中普通、正常的儿女——孝顺，朴实，上进，光宗耀祖！

其实，人生中很多时刻的幸福，是无法用语言表达的。我多么感恩于这些幸福，我是一名普通的写作者，于辽西偏远的农村长大，来自企业最基层的工作岗位，却有机会代表自己的民族和家乡来到中国文学的最高殿堂学习深造，并在首都北京见到景仰的国家领导人，这是何等的幸福和荣耀！

后来，我又多次参加中宣部、中国作协、中国电力作协组织的会议和文学活动，给我带来的感动和震动都非常大，收益也特别多，让我明白，为文者的荣耀是只可意会无法言传的。但有一点可以说，就是为文之前，必须先为人，否则，再动人的作品，也不会真正打动人心。

以上说这些，我想表达的是，父母"砸锅卖铁也要供孩子们读书"的初衷里，肯定又没有这样的一幕交织交现。他们朴素的想法和做法所延伸出来的深层次意义，肯定是他们做梦都无法预料到的。

因此，我想我有足够的理由感谢我家的"锅"，感谢父母，从幼小时灵魂深处维护全家赖以生存的尊严，到长大后洞悉世事并情愿身陷俗世旋涡，却极力保持纯朴与良善，这都是父母言传身教、潜移默化、润物细无声的结果。

人生一定不全是坦途，所幸还有文学，每当空闲时，我会拿起电话打给远在家乡的父亲。我只要听听父亲的声音，心中的任何块垒会悉数消散。现在，工作之余我回老家的次数增多了，我看到年逾八旬的老父亲，依然日出而作，日落而息，我依然不提及我的文学创作，父亲同样不过问我的写作。而那一直对我的写作心存疑惑甚至干脆说满是欢喜的母亲，已于数年前离开我去了天堂。我到最后也没能听到母亲对我作品的只字评价，当然，她也没能听到半句为何写作的解释和回答。

人生就是这样，有些事情，就在那里，不离不散，即便离了散了，也无须言说、不用表达。所幸，能与他人一起分享生命中的点滴之事，我觉得意义重大。

铁太阳

肖世庆

两年前，沈阳市劳模物业公司的副经理熊女士打来电话，邀我为他们公司的总经理、全国劳动模范张成哲写一本书。当时我手头有任务，没有及时前往采访。大约半年后，熊副经理又来电话邀我，因为那个任务还没最后完成，我答应她，待手头上的事情彻底办利索了，一定去采访张成哲。

以前我采访过张成哲，写过一篇报告文学《劳模文化的守望者》，对他的事迹比较了解，这可能是他们继续找我为张成哲写书的原因。那次采访，我记忆犹新。

改革开放后，随着国门打开，人们的价值观渐趋多元，特别在一部分青年人的眼里，劳动不再光荣，劳模等同于"傻帽儿"。社会上争当劳模的人，远不如挣钱、考研、当明星、选美……那样多。有两件事对张成哲的刺激特别大：20世纪90年代初的一个早晨，张成哲推着一车旧零件从厂门口路过，几个青年工人见到他，竟过来挖苦说："你就是张成哲呀！如今都什么时代了，讲究的是物质利益原则，你这老黄牛过时了，不吃香啦……"

更有甚者，一次他在厂子推车捡废钢铁，走得好好的，一个时髦女郎拦住他："我猜你准是大劳模张成哲吧！你都这么大年纪了，流这么多汗弄景儿，太不值得了吧！"

你说你的，我干我的。张成哲认准了一条理：到任何时候，诚实劳动，为社会做贡献总不会错吧。面对"权力至上，金钱第一"的畸形价值观的冲击，这个曾为国家奉献了785项技术革新成果的老工匠，退休后又为社会奉献出第786项创新成果：他和王凤恩、田桂英、金福长等全国劳模发起成立了沈阳市劳模物业公司，承担起沈阳市新开河沿岸的物业服务管理，为沿河居民营造了绵延十数公里的休闲绿地……

采访中，七十七岁的张成哲的一双手给我留下了深刻的印象。以生理学的标准定义，这双手已经不是手了。十个指头如钢爪一样弯曲着，每根手指都一般粗细，都呈弧形，看上去像铲车上的铁抓斗。"没办法伸直了！"张师傅朗笑道。他从十七岁进城入厂学徒，六十年的辛勤劳作，至今仍不止息。什么样的手能不变形呢？采访结束时，我们握手作别，我刻意摸了他的掌心。直觉告诉我，我触摸到的不是皮肤，而是锉刀，或者磨石。疙瘩溜秋，麻麻裂裂，大茧子套小茧子，一层一层的。"现在细发多了。"张师傅搓着巴掌，颇为遗憾，"现在动嘴的时候多，动手的时候少了。""细发"的时候尚且如此，不"细发"时该是什么样子？

2005年春节期间，到任不久的时任辽宁省委书记李克强同志到张成哲家拜年，握手时，张师傅铁抓斗似的手也使李克强同志大为感慨，对这位老劳模的奉献精神给予了充分的肯定。过年了，张师傅的子女那天都在家。李克强也询问了他们的工作情况。令李克强书记惊喜的是：张师傅的大女儿张丽华是辽宁省劳动模范，小女儿张玉芳也是省劳模，大姑爷张万清是沈阳市劳模，一家出了四个劳模！李克强高兴地说："了不起！你这是个劳模之家！"

有过一定职场经历的人都知道，劳模不是那么好当的。能评上市劳模就已经相当了不起，省劳模则要更上一层楼。一个城市充其量能评上几个，而张成哲一家竟出了四个市级以上的劳动模范！这是一个什么样的家庭？毫无疑问，这个"劳模之家"来自张成哲的言传身教，来自平日里劳模父亲对孩子们的耳濡目染。

在沈阳铸造厂，张成哲有个外号，叫"大半夜"。他搞技术革新大部分利用业余时间，白天当翻砂匠，晚间当钳工，一干就是大半夜，家里的孩子总看不见父亲，他平时和孩子们的交流也不多。孩子们只知道那时家里经常没有肥皂用——每月按票供应的几块肥皂都被爹拿到厂里熔化后做了模具……按说，张成哲对子女的直接管教几乎等于零，可老张家的劳动模范却层出不穷，是何道理？

虽然还没进行新的采访，我在心里已经为这本书定名为"铁太阳"。作为机械工业战线上的全国劳动模范，张成哲跟钢铁打了一辈子交道，他焕发出来的精神光辉像阳光一样沐浴了他的子女和家庭，在价值观日趋多元的当下不褪色、不暗淡，照样熠熠生辉、光彩夺目。

到了年底，手头上的任务终于告一段落，我立即给熊副经理打了电话，表示可以去采访张成哲了。她的回答出乎意料："张师傅病了，采访不了啦……"话音中透露着深深的惋惜和遗憾。

那一年，张成哲应该八十岁了。

至今，我没再接到他们公司的电话，《铁太阳》的写作计划一直搁浅着。不过我想，有没有《铁太阳》这本书似乎并不重要了，现实中，张成哲工匠精神的光芒正在照耀着他的家族，温润着我们的社会，昭示着劳动者的未来。

母亲的戒尺

晓 寒

自打我记事开始，印象最深的就是挂在我家书架旁的一个长条木板，像纸扇折起来的模样，大小也差不多，小头上有一圆孔，穿着一条黄丝绳。母亲告诉我那叫戒尺，小孩要是不听话，就用它打手心。

那只戒尺是枣木的，红褐色，上面可见点点焦黑，光滑细腻，透着柔润的沁亮。我问母亲，那黑点是什么？母亲说，那是块雷击枣木，黑色的焦点是雷击烧灼的痕迹。所以，我总感觉那只戒尺很神秘、很威严。

后来知道，那只戒尺是母亲家传的。母亲九岁丧父，十四岁丧母，由她的姑母抚养成人。原本是一殷实之家，虽父母早亡，但瘦死的骆驼比马大，姑姥一直供母亲读完"国高"，后来做主将母亲嫁给了在奉天南洋制版所当制版工的父亲，姑姥最看中的是父亲的忠厚和帅气。

姑姥家住沈阳小西门，青砖四合院的房脊上长着草。第一次去，母亲教了我许多规矩：见了长辈要行礼问好，未经大人允许不准要别人的东西，吃饭大人没上桌小孩子不准上桌，不能用筷子指人，不能吧唧嘴。从那以后，我就永远都记住了。后来，又逐渐地懂得了一些新规矩，养成了一些习惯，比如对邻居要有礼貌，见了老者要主动让道，不说脏话谎话，不打架，不和坏孩子一起玩，手绢、袜子要自己洗，母亲给洗好的衣服要自己叠好，不写完作业不吃饭。

母亲治家井井有条，房租水费电费粮款煤款全都预先留好，分别夹在对应的房证粮证煤证里，生活花销都记在流水账本上。在那个年代，全家不仅生活无忧，而且略有积蓄。母亲对待四个孩子不偏不倚，也不护小，每个人都要做些力所能及的家务，家规里面人人平等。对外交往，母亲也有明确的信条：对父母不好的人不交，因为这种人没有真情。

家里有一块二尺高三尺宽的小黑板，上学前，母亲就用它教我们写字算术。后来我跟邻居李爷爷学会了下象棋，就用黄泥做了一副，在小黑板背面画个棋盘，在楼下支摊。一天，二楼的小赵下了夜班也来参战，不想却被我赢了，众人起哄嬉笑，恼得小赵一时性起掀翻了小黑板，黄泥棋子哗啦啦砸在石台阶上，好几个棋子上用黄泥条粘的字摔坏了，我嚷着叫他赔，自然没有结果。母亲知道了，却没有责怪，倒给我买了一副象棋。我如获至宝，支摊更有瘾了。下夜班的小赵仍时常往前凑，可我不饶他，他一来我收摊就走。母亲就说我，你不要得理不饶人，再说你们老老少少一群人起哄羞恼了人家，你们也有过错。街坊邻里要和睦相处，记住，人，一辈子要与人为善。我接受了母亲的话。小赵后来也变得文明了。

从上学前到上学后，在正经事上，那只戒尺还从来没在我身上用过。不过，挨过的几次板子，还是蛮长记性的，一次是谎报军情告诉丢了猫的李爷爷说是看见了猫，而后藏到地沟里学猫叫；一次是不买票随着不认识的大人混进电影院看《地道战》；还有一次是正月十五同一楼的"蛆小子"打架。前两次我都认罚，可最后一次却不服，我说，是"蛆小子"先用鞭炮故意炸了我的灯笼。母亲说，一个巴掌拍不响。我说，那日本鬼子打中国，咱们反抗也不对呗？母亲就愣住了，手里的戒尺也没再落下。后来的事证明，母亲接受了我的说法——"蛆小子"不知从哪儿学的"二指禅"，迎面过来冷不防冲我心口一戳，疼得我缩身弯腰喘不上气来。没几天，我去打乒乓球，远远地看见他从楼前过来，我便把球拍藏在衣服里的心口前，对面过来的"蛆小子"故技重演，只听"哎呀"一声，缩身弯腰的却是他。傍晚，"蛆小子"右手缠着厚厚的白纱布吊在脖子上，一副伤兵模样，他到母亲跟前告我的状，说他折了手指，要索赔医药费。母亲了解了实情，对他说，"蛆小子"你活该！一贯蛮横的"蛆小子"居然哑口无言，狼狈逃窜。母亲说，戒尺不打有理的人。听母亲说，戒尺原本是佛教的一种法器，后来，这戒尺落到私塾先生的手里，就变成了"板子"。鲁迅的"三味书屋"里便有戒尺。

我喜欢写日记，小学五年级的时候就已经写满了两个日记本。我的日记写的多是心里的隐秘，甚至隐私。并非每日都记，心想就写，不想则无，我把它当成我最贴心的朋友。日记本锁在属于我的抽屉里，可是有一天却不经意地暴露了，是因为抽屉太满，日记本从抽屉后边被挤了出去，当我发现它静静地躺在桌子下面时，心忽然悬起来，犹如瞬间被脱光了衣服晾在光天化日下。怪不得这些日子母亲好像对我洞察秋毫，有些教诲的言语句句切中我心里最隐秘的地方！一开始，我对母亲佩服得五体投地，而此时，我全明白了。无地自容过后，便是恼羞成怒，我把抽屉里的另一个日记本也拿出来，静等母亲回来。

下班的母亲照例开始捅炉子做饭，就在煤炉子的火苗升腾起来的时候，我来到厨房，当着母亲的面把两本日记撕开扔进火中，这无声的抗议令母亲大吃一惊，抢救已无济于事。母亲已无心做饭，她回到房间，小心翼翼地对我说，是我打扫屋子时在书桌下面发现的，妈不对，妈不该在你没有允许时就翻看。我扭着脖子看着别处，依然和她置气。

蓦地，身后传来"啪啪"的声音，出奇地大，我吃惊地回过头，见母亲正用戒尺狠狠地打自己的手心，我慌忙上前，费了很大的劲才把戒尺抢下来，母亲又来抓戒尺，我打开我的抽屉，把戒尺锁起来。

母亲的左手心已给戒尺打得通红，我吹着气给她揉，眼泪也扑簌簌落在她手心上。母亲说，老话讲"王子犯法与庶民同罪"，以前，都是我拿戒尺打你们，这回该打我自己了。我知法犯法，应罪加一等呀！我说，妈……

可从那以后，我就再没有写日记，那些真切的爱恨情仇，只能藏在心底，心灵的轨迹随着日月的穿梭，渐渐地模糊、淡化、消失。记得母亲七十八岁生日那天，她挽着我的手臂喃喃地说："妈有愧呀，要不是我，你从小就一直写，到现在，我儿子一定会更有出息！"

世易时移，转眼，我的外孙已经三岁了。外孙爱吃糖，吃成了虫牙，痛起来就哭，哭完了还要吃。哄劝无效，我便亮出了戒尺。外孙却说："姥爷，轻点打，打完给我糖。"我忍不住笑，女儿便接过戒尺，义正词严地对外孙说："吃一块糖，狠狠打你十个手板，你自己选！"外孙便放弃了选择。

戒尺被女儿拿走了，挂在了她家书柜旁。女儿说，要让她儿子像他姥爷小时候一样，对戒尺永远留有一种神秘和敬畏。

家风如日月　照亮百千年

薛　涛

　　家风是一个家族的精神基因，是家族延续的精神根脉。

　　父亲五岁那年爷爷去世。奶奶孤身一人养育九个子女，除了依赖供奉的黄仙，再无别的指望。可是，家里接连遭遇不顺。有一天，奶奶在园子里做零活，一根木杆突然倒下砸向奶奶，所幸奶奶并无大碍。隔几天，奶奶在粮囤旁边劳作，平时牢固的粮囤突然倒塌又将奶奶击倒，奶奶又无大碍。

　　奶奶终于发怒了，指着供奉黄仙的神龛，把黄仙数落一遍："黄仙啊黄仙，我们年年供奉你，你根本不保佑我们家！我还供你干啥？"

　　奶奶说罢，抄起一块石头砸向神龛，几个人都拦不住。稀里哗啦，神龛被砸个稀巴烂。说来也怪，从那以后我家的事情一天天顺利起来。二伯当兵，三伯四伯顺利升学，直至考上大学。奶奶抚养的九个孩子都长大成人，有了比较好的着落。

　　父亲成家以后，奶奶基本上跟我们一起生活，奶奶带大了我们兄弟三个。至少有二十年时间我们住在昌图一个叫太阳的地方。后来我们一家迁居营口，投奔两个伯伯。不久我们把奶奶也接到营口的家中。从小到大，我和奶奶不知说过多少话。奶奶唠唠叨叨，我更是废话连篇，可是有几段对话却一直难忘。

　　我问奶奶："你砸神龛的事情是真的吗？"

奶奶说："有这事。"

我敬佩地看着奶奶，觉得这事做得很霸道。不过，我需要跟她本人核实。

奶奶说："想过上好日子，别人靠不住，黄仙也靠不住，全得靠自己。"

我指着远处的一个屯子，问奶奶屯子的名字。奶奶告诉那里叫月亮，再远的地方叫日月，过了日月就是五星。奶奶有一次还悄悄跟我披露，在更远的地方有个水库，叫银河水库。我觉得非常神奇，天上的东西什么时候落在了人间，并且就在我身边？我显出心驰神往的表情。

奶奶居然怂恿我说："空想着没用，你带弟弟去看看。你们小孩得知道这世界有多大，在院前院后蹦跶没啥出息。"

奶奶这番话让我热血沸腾，当天我就为这个探险做了准备。第二天，我便带着两个弟弟出发了。这个探险队准备得非常充分，不但带了干粮和水，每人还配备一件防身武器。这几件武器略显简陋，无非是几根木棍，不过非常实用，用它打狗是最有效的。有必要说明一下，我们这支探险队不会遭遇别的危险，无非是一些坏脾气恶狗的围追堵截。探险队一路上与恶狗周旋，气喘吁吁拜访了月亮、日月、五星。傍晚时分，探险队的残兵败将终于抵达一个水库。是的，它就是银河水库。我们兄弟三个在岸边坐下来，一潭清水迅速洗去了心中的躁动。我们坐在那里一声不吭，直到头顶的银河流淌，把一条银带子投射进银河水库。我好像悟到了这个水库名字的由来，同时我的心里还萌生出莫名的感动。我记得我当时热泪盈眶。那大概就是一个少年的赤子初心。

我第一次发现了世界之大和个人的渺小，尽管我是一个很小的人，可是我能够探索它，发现它的秘密。于是，我又觉得人并不渺小，甚至很了不起。这大概正是奶奶对她的下一代的期望。她期望她的子孙都能走出家乡的小天地，朝着广阔的世界走去，并且有所发现，有所创建。

奶奶，我正在做着这样的事情，就算有过一晚的懈怠，第二天我也会早早上路。我也这样教育女儿：用广阔天地支撑胸襟，用广阔胸襟容纳一切——好的与坏的、赞誉与毁誉、理解与误解、善意与恶意。

奶奶的只言片语影响着我的成长进步，我也用它影响我的后代。这是不能中断的家风传承。

家风如日月，照亮百千年。

有尊严地生活

尹守国

在我的记忆中，"有尊严地生活"这种家风是母亲开创的。但这并不是说我的前辈们生活得没有尊严，只是没那么明显罢了。

母亲十几岁失去父母，作为那个家唯一的女孩子，所承担的家务应该比她的哥哥和弟弟更多。至少是女人应该做的活计，比如做饭、做衣服，她都主动地承担着。据说，她做得很优秀，让她的哥哥弟弟们吃得很及时，穿得也很得体，根本看不出这是一帮没爹没娘的孩子。所以，她也颇得亲戚和邻居的夸赞。

但每次提起这些事，母亲却不像外人说的那么轻松。她说刚开始时，真不知道从哪儿下手，便拿着一件旧衣服，反复地在布面上比画。在那个物质匮乏的时代，购买一块新布料，对于她的那个家来说，绝对不是一件小事。可想而知，每一剪子下去，她得承受多大的压力。而在缝制时，往往也是做了又拆，拆了再做，有时可能折腾好几遍。那时，她白天还要跟其他人一样去生产队干农活，针线活只能在晚上做，困得实在睁不开眼，就故意地用针扎一下手，让自己因疼痛变得精神。当时，也有好心的亲属提出帮助她，都被她拒绝了。她说，这是一辈子的事，她必须得学会。更重要的是，她不能让人看笑话。

这样，母亲在嫁到我们家时，里里外外已经是一把好手。而那时的我们家，境况并不比她的娘家强多少。我奶奶在我父亲才十几岁时，患病导致双目失明。我的四个能做家务活的姑姑也先后出嫁了。所以母亲从那个家转移到这个家，依然延续着她原来的生活。看起来她并没什么变化，而我们家瞬间有了变化，让那些曾经笑话过我们家的人，不得不刮目相看。

我记事时，家里的日子依然很穷。那时父亲还是小学民办教师，没有工资，与生产队的社员一样，挣的是工分。因为相对其他社员显得略微轻闲，工分也比其他社员低。与父亲一起同为民办教师的几个人，都相继辞职。据说父亲当时也动过这种念头，母亲却鼓励他继续干下去，认为这是一份让人脸上有光彩的职业。不仅如此，无论是穿的戴的，家里家外，都让父亲保持着一个教师应有的体面。对于那些又脏又累的活计，母亲不肯让父亲去做。那时我们还小，只好她去做了，而且做得无怨无悔。不管吃多少苦，受多少累与委屈，哪怕是正在偷着哭，看到有人来了，包括看到我们这些孩子，她也立即擦干眼泪；哪怕在家里刚刚哭过，只要是走出院门，她便笑着去面对困难。后来，父亲终于转成正式教师，母亲的那份坚持总算得到回报，这也成为她一生引以为自豪的事情。

母亲生育我们兄弟三人，我是老大，应该是她寄希望最早或最多的儿子。她对我们的管教很严格，或可称之为严厉。她骂过我们、罚过我们，也打过我们。小的时候我没太留心，以为是犯了错误就会受到惩罚。后来大点了，才发现惹母亲生气的事情是有区别的，被处罚的程度也是不同的。如果是弄坏什么东西，哪怕是很重要的，母亲也只是责骂几句，对此，她只是生气，而不是伤心；而我们一经做出什么让她感觉到丢脸的事，哪怕是偷着摘了别人家的几枚青杏，或者到亲戚家去，在吃饭时，吃相难看了点，她都会大发雷霆，而且过后好多天总是沉着脸，见不到笑容。

基于这份经验，我们都很注重脸面上的事，并用行动践行着，用母亲的话说，我们"宁可身上受苦，也不能让脸上受热"。渐渐地，我们都养成一种自强自立的性格，就算我们并不优秀，也不能自甘落后。那些年，我们兄弟离开家在外边闯荡生活，受过苦，受过累，也受过委屈，甚至背后哭过，但从精神上都没服过输；我们也曾跌倒过，甚至摔伤过，总能努力地爬起来，扑打一下身上的尘土，整整衣襟，还能笑着往前走。

母亲的这种精神品质，甚至也影响到我的后辈。女儿大学毕业时，我曾有过担心，一个小女孩在外地谋生，身边又没亲人照顾，工作能否胜任，能否忍受那种孤独，能否独立生活。因为惦记，我便与女儿约定，晚上六点左右通一次电话。每次女儿主动打给我时，我知道她下班了。而她不打电话，我便知道她在加班。给我的感觉，她每周得加两到三次班才能完成任务，而从她的语气中，并没听到什么怨言，总是笑嘻嘻的，精神饱满的。这声音听起来虽说挺让我心疼的，却也放心了。一个肯努力工作，并且能乐观地面对的人，便可以有尊严地生活。

当然，"有尊严地生活"是我的说法，但这与母亲所谓的"争面子"却是异曲同工。母亲一生好强，直到去世时，也没让人笑话过或看过笑话。她的这种品质已经形成一种家风，让我和我的兄弟们以及后辈们不敢有任何的懈怠，也都在努力学习着。我们活得好与不好，那是另一回事，但活出尊严，应该是我们共同的追求。

与书相伴的日子

闫耀明

我是在农村长大的。小时候生活困难，家里只有不多的几本历史书，因为老爸喜欢历史，《资治通鉴》《三国志》等，老爸经常随手翻阅。这个习惯，在不知不觉中影响着我。我也开始喜欢看书。当时买书是一件很奢侈的事情，老爸便总是借书拿回家看。我因此读到了一些好书，如《林海雪原》《苦菜花》《正红旗下》等。我常常拿着书，来到河边，坐在热乎乎的沙滩上看书。累了，便躺下来，望天空上飘动的白云，感觉自己好像飞了起来。我知道，自己飞不起来，但是那些书带给我的，就是飞翔的感觉。

后来我长大了，参加工作了，可以不用四处找书看，而是在书店买，在图书馆借，真是觉得十分过瘾。我读了大量的文学书籍，顿时觉得自己的眼界开阔了，学会领略和欣赏文学作品的意境了，懂得思考眼下的生活了。再后来，我开始不满足阅读和欣赏了，而是学着把自己的思考写出来，把自己生活中经历的趣事变成文字。于是，我开始写小说了。

转眼几十年过去了，读书与写作成了我生活中必不可少的事情。我的书柜里摆着很多书，内容广泛，大部分是文学书。有一天我翻阅这些书时，竟然发现一些古代文学书中，被人用铅笔圈圈点点地做了很多标记。问起来，是儿子看的。正读高中的儿子居然喜欢古典文学！这让我十分欣喜。儿子喜欢看书，是不是受到了我的影响呢？我没问过他，但是我想应该是的，就像我受到老爸的影响一样。

现在，我儿子也已经工作，成家，定居沈阳。装修房子时，他定制了很大的书柜，买了很多书。每天晚上睡觉前，读读书成了他生活的一部分。他还写了一些散文和格律诗词，发表在沈阳鼓风机集团公司的企业报上。不知道他将来能不能成为一名作家，但是一生与书相伴，应该是他明智的选择。

如今我老爸已经九十岁高龄了，依然每天看书。我家的书柜里，那些古典文学书籍被老爸一本本翻阅了。他以为我不懂，还时常给我讲讲。他讲的那些历史故事，有很多我还真的不知道，遂听得很认真。更让老爸自鸣得意的是，他能够从夏朝开始，一直讲到清末，一共有多少个朝代，每个朝代有多少个皇帝，每个皇帝在位的时间是哪年到哪年，这些他都了如指掌，张口就来。我夸他时，老爸高兴得很，笑得像个孩子。

老婆有时笑着说，看你们爷儿仨，真有意思。

我儿媳妇也说过，看你们爷儿仨，真有意思。

与书相伴的日子，确实是有意思的。读书，在我家已经形成了一种风气。

毋庸置疑，读书让我们有了巨大的收获。

就连我老婆，一个从不看书的人，似乎也从我们爷儿仨的习惯中悟出了什么，最近也开始看书了。闲暇时间，她就拿我订阅的杂志看，居然是《收获》。

家飘书香

杨卫东

听父亲说，我的太爷是清末最后一拨儿举人。因家道中落，举家从山东蓬莱闯关东来到兴城菊花岛，是岛上为数不多的"立高门脸儿"的大户人家。直到现在，岛上还大多是杨姓家族。爷爷的才华，我没有见过。他英年早逝。但听父亲讲，他手不释卷，特别爱写字、爱读书。这个家风传给了父亲。

父亲抗美援朝时入伍，一直在原沈阳军区空军从事政治和文化工作。父亲非常有才，他写得一手好字，会画画，当年的沈空机关大院，凡举行大型活动或逢年过节，都是由父亲写大幅横幅，高高地挂着，给我的印象很深。父亲很勤奋，有时间就练字。

开会的时候，眼睛盯着前面，手在膝盖上写字，裤子都写破了。他常跟我说，人如果懒，什么事也做不成。父亲工作很忙，但回到家里，不管多晚，都要在灯下看书学习。我时常是看着他读书的背影入睡的。

我当兵后，父亲一直给我写信，让我不要惦记家里，努力学习读书，务求上进。许多朋友说我的字写得好，其实我一直深感惭愧的是，我在部队的职务超过了父亲，字却没有父亲写得好，才华也不如他老人家，但是热爱学习与努力上进的家风却传了下来。

我当兵三十七年，一路走来，始终把家族遗传的基因和家风当成传家宝传承，发扬，无论在机关还是在野战军工作，不论多忙，我都要挤出时间读书学习。以至当年我在连队当指导员时，部队由连长带走训练后，我觉得没事了，就开始看书。恰好被团政委看到了，他训斥我说，你哪有时间看什么书，你得去带部队。我到野战军当副师长，因家不在师里，业余时间没事就看书写诗。有人就说，卫东负责部队管理也不下去转，整天不是看书就是写诗。是啊，当年在部队里当一个小领导，看书学习都不自由，甚至成了毛病。

我虽然心有委屈，但还是没有中断我的读书学习。我觉得，人不论干什么都不能离了学习。世界在前进，生活在继续，人哪能不学习？我不论在家，还是外出到哪个城市，首先要去和必去的就是书店，那里有我的精神食粮和归宿。几年来，边学习边写作，取得了一些成绩。从1999年至今，先后出版了九本诗集，并获得多次全国性大奖。我的诗集《浴血山河》出版后，中国作协铁凝主席专门打来电话表示祝贺和肯定，该书获得北京"第二届国风文学奖"、本溪市政府"第九届天女木兰奖"；诗集《丁香山谷》获全军文艺创作优秀奖；诗歌《二月里最后的棉絮》获《星星》诗刊全国征文大赛第一名和"第四届长征文艺奖"；诗集《北纬40度》在北京鲁迅文学院举办作品研讨会，引起巨大反响；诗歌作品连续五年入选《中国军事文学文选》；军旅诗歌创作成果显著，被称为"新英雄主义诗人"的代表人物。

我因读书、藏书、写书、赠书，被本溪市评为"十大藏书家"，被国家新闻出版广电总局评为"全国首届书香之家"，是原沈阳军区驻东北部队唯一一家。2016年，我又以"高龄产妇"的年龄、"范进中举"的惊喜，以全国第二名的成绩考取了解放军艺术学院在职艺术硕士研究生，继续传承我家爱学习、读书的家风。

我因传承学习、读书的家风，感到了生活的充实，提升了生活的品质，丰富了无悔的人生。在这个春意盎然的季节里，我的书房飘溢书香，我又开始了新的学习。

母亲眼里的"一个都不能少"

于洪涛

母亲没念过学，目不识丁，平时言语不多，很少在大庭广众面前抛头露面，给我们兄弟姊妹四个起名也讲究节俭，全是一个字，喊其中的一个，十有八九要捎带另外三个，现在想来，"一个都不能少"在她早已根植在脑子里，坚不可摧。

母亲深受"一个都不能少"之苦，三年经济困难时期，姥爷姥姥难逃一劫，双双谢世，撇下四个孩子相依为命，为求得生计，大姨携年幼的两个舅舅（小舅才八岁）浪迹北大荒，留下豆蔻年华的母亲独守老宅。母亲后来经人介绍，嫁给了出身不好快三十岁的父亲，一贫如洗的他，结婚时，连房子和柜子都是向好心人借的，母亲后来借题发挥，时常奚落父亲。父亲在队里借款四百八十元，买了三间破草房，一家人这才有了归宿。他干最重的活，挣最低的工分，欠款户的帽子多年才摘。

大姨他们后来有了栖息之地，来信催母亲北上，怎奈木已成舟，为时已晚。由于相隔千山万水，相互之间的牵挂便成为永恒，那时的通信设施落后，只能靠书信联络。写信是一年当中最庄严的时刻，只有小学四年文化的父亲挑灯夜战，将写完的信念给母亲，父亲气管不好，念信念得疙疙瘩瘩，母亲听得很耐心，不时点拨一下，我蜷在被子里偷觑，看到饱含泪水的母亲，抓起被角擦拭一把眼睛。信大都在傍年根的时候寄出，随信寄出的还有虾干、沙蚬干、胖头鱼干之类的海货。信一经寄出，母亲就天天盼望着回信，当看到姨父、舅母潦草的文字时，她仿佛看到亲人们一双双眼睛。最让她激动的是照片，小心翼翼地捧在手里，沉浸在无尽的遐想之中。不明就里的我们生怕惊动母亲，静候在她身旁，瞪大眼睛读母亲。

突然有一年，父亲退居二线不动笔了，让位给作为长子的我，我深知肩上担子的分量，甚至有点受宠若惊。没想到第一次写信就掉链子，一看到一脸严肃的父亲，大脑瞬间一片空白，有老虎吃天的感觉，父亲的批评总是那么严厉，语言又是那么苛刻，我被挖苦得脸红一阵白一阵，母亲总在关键时刻出马，受到呵斥的当然是父亲。后来写顺了，父亲在上句徘徊，下句我轻松就接上了，换来父亲粲然一笑。父亲把我写的信呈献给母亲，母亲用赞许的目光看着我，于是我飘飘然了。

日积月累，信堆起来很高了，母亲把它珍藏在精致的木盒里，时常翻出来看，她最挂念的是小舅，端详他的照片次数最多。信竟有这么大的魅力，受到触动的我，下决心把信写好，后来才明白，我写作方面的启蒙老师其实是母亲和父亲。

母亲还会发明创造，家里没有钟，为了准确掌握做饭和上工时间，母亲将太阳投射的光线，隔两天在锅台上刻上一道印痕，随着季节的变化，母亲总能在印痕里找到一些规律，从来不耽误时间。我甚至想，这一道道印痕，其实就是母亲四个孩子生命的印迹，是另一种意义上的数字。

和前辈们不同，我们这一代实属寒门，没有"昔孟母，择邻处"的客观条件，更没有"头悬梁，锥刺股"的专心致志，但"香九龄，能温席"的谦让美德，却被我们表现得淋漓尽致。少什么也不能少学问，母亲砸锅卖铁也要供孩子念书，让我们学到了足够的知识。

我的普通父亲母亲

于晓威

　　我出生在一个满族小知识分子家庭。祖辈世代务农，爷爷年轻时被日本人抓去做劳工，累病而死。爷爷只有父亲这一个孩子，奶奶辛苦拉扯，用心教育，加上父亲非常努力，于20世纪50年代考上了大学，毕业分配工作，并与我母亲成了家，生下我们兄弟姊妹四个，终于使我们变成了城里人。

　　小时候的家庭教育就是爱读书。因为父亲爱文学、爱读书，所以影响到我，"好读书，不求甚解，每有会意，便欣然忘食"。那时候，家庭虽然非常困难，我们全家七口人，除了赡养奶奶外，四个孩子都要上学，都要穿衣吃饭，但是只要见到我喜欢的书，父亲总会省出他微薄的工资为我买来。记忆中第一次出远门，是父亲出差开会领着我。开会结束后，他就陪着我去新华书店，买我喜欢看的书。那时候家里还订阅了几种文学杂志，每有杂志新来，因为母亲也抢着看，争执不下，父亲只好给母亲读，通过读，父亲也能第一时间享受看文章的乐趣，可谓两全其美。我当时还不识字，但就是通过父亲的"读"，我也尽早地开阔视野，知书明理，并早早地告别儿童读图时代，沉浸在日后阅读大书的广博天地里。

　　父亲为人善良，我从他身上学到的最大品质，就是做人善良，待人真诚，不遵循世俗的趋利避害原则，对高于其上和低于其下的人都平等相待，不会前恭后倨。他可以跟县长因为不公平摊派收费的事情拍桌子，也可以对普通乡民嘘寒问暖。记得我上小学时，有一年，一个父亲不认识的农民有事，经过百般打听，来家里找父亲帮忙，父亲也不认识他，但是听说这事情是极愁苦又亟须得到帮助的，父亲就请人吃饭，托人帮他解决了困难。后来父亲都忘了这事，可是快过年时，那个农民走了几十里山路，给父亲送来自家杀猪时留下的一条猪腿。父亲当时都不记得他了，还是那个农民帮父亲回忆，父亲才想起是怎么回事。猪腿被父亲百般推辞，不要不行，没办法，父亲让哥哥送他去车站，给他买了回程车票，又塞给他三十块钱。这些事情在我很小的时候就教育了我。

我的母亲，严格来说没有多少文化。她早年当工人，是一个极勤劳和手巧的女性。因为当时家庭确实太困难，仅凭两人的微薄工资根本养活不了大家庭（我记得我读初中二年级之前没穿过新衣服，都是捡哥哥姐姐剩的，十五岁之前没见过什么是西瓜），所以母亲学会了缝纫机活，在家里还没有钱买一台收音机时，就拼了血本借钱买了一台"蝴蝶"牌缝纫机，母亲每天下班之后，靠着无数个夜晚给人家缝衣服和制作鞋垫来换取微薄零用。有一年，父亲的一位王姓同事和好友来我家谈事，正赶上我们全家吃饭，他是吃完了饭来我家的，默默地坐在那里看我们吃饭，半天不吭声。父亲问："你怎么不说话？"对方犹豫着，看了一眼我们吃饭的饭桌，说："于局长，我来过你家多少年了，你家饭桌上竟然十多年，除了咸萝卜条，再没有别的菜。"我当时羞得不行，可是记得父亲当时哈哈大笑，自嘲了事。

因为知道母亲极节俭，连新鲜蔬菜都不舍得买，又因为她在所有业余时间，是非常喜欢缝纫等女红手艺，所以直接导致一件事情的发生。有一年，我外出读书，开学伊始，我竟然发现每个人的单独宿舍里，竟然给发了两条崭新的床单。这对我来说是多么奢侈的事啊！因为即便换洗，利用周末时间，一条床单，一个白天怎么也会晾干的，完全用不着给两条新床单。再说，既然发给了我们，那就是给我们的，即使我给两条床单都用坏了，不也没什么说的吗？我当时想，啊，这如果我拿回家，给母亲看，告诉母亲这多余的一条新床单，完全可以自己家用，母亲该有多意外和高兴啊！于是下一次放假回家，我就将这条床单放在背包里，拿回了家。我把它拿给母亲看，我说，多漂亮啊！母亲问我这是哪来的！我骄傲地说明了原委。母亲当时就黑了脸，很严肃地说，你出去学习，是学习正道，另外要感恩接纳你的学校，即使你认为这床单是多余的，也不能做这样的事。你返校时赶紧拿回去。

我当时非常意外，因为按母亲节俭的心理，我以为她会非常高兴才是啊！接着我又非常惭愧，觉得母亲终究是我的母亲，她不以短暂和一时小利而怂恿我人格有损，这才是她作为母亲愿意为子女付出辛劳的意义之所在啊！于是返校时，我赶紧将那条床单带回了学校，把它恭敬地存放在原有的宿舍柜子里。

我是在高中时期矢志走上文学道路的。那时候开始发表了一些习作，父母亲为了鼓励我，设立了一个家庭文学奖，规定在市级、省级和国家级报刊发表作品，分别给予二十元到一百元不等的奖励，这些奖励我都用来购书和学习了。要知道，那时候外界还很少设立标准化和正规化文学奖，可是我的父母亲为了鼓励我多读书、多写作、多提高文化修养，在自己家里就能做此决定，而且陪伴我许多年，是多么不易。

现在，我的父母亲都先后离开这个世界了，有时候我想想，他们一生勤俭，忙于持家和工作，似乎没有给我们子女留下什么遗产，但是就是这种潜移默化的普通心性和品格——善良，正直，勤劳，鼓励和优待读书与文化，教会我们四个子女怎样成才和做人，这一家风就是最大的遗产吧！

读书得福　诚实远祸

原　野

　　我父亲那顺德力格尔十七岁加入解放军四野内蒙古骑兵二师，任战士、文化教员、团宣教助理员，参加过辽沈战役的几十场战斗，后到原昭乌达军分区和内蒙古军区工作。转业后在地方从事报社和出版社的编辑工作，1985年离休。我母亲乌云高娃十四岁参加革命，在内蒙古自治区和昭乌达盟统计局、妇联、计生委等单位工作，1995年离休。

　　他们自小失去父母，都是苦孩子，加入革命队伍之后才有机会学习文化，参加工作并组成家庭，他们对组织一贯感恩戴德。我们家一直有积极向上的氛围，重视学习，重视文化，不怕吃苦，推崇忠诚老实，这是家风。

　　我父亲小时候读过私塾和公立小学，蒙古文授课。当兵后，在战争年代学习汉文汉语并开始写文章和翻译文章，辽沈战役中，他因为作战勇敢，给骑二师《铁骑报》写稿而立过三等功。中华人民共和国成立后，他翻译多部作品，主编并参与翻译了四套十二卷的《历代蒙古族文学作品选》，国内文化界认为这四套书填补了蒙古族古代与现当代文学史的空白，他本人获得全国第六届骏马奖翻译奖、内蒙古自治区出版杰出贡献奖和一枚金质奖章。我从小到大，对父亲的印象就是他一直在伏案写作，这对我走上文学道路和坚持创作起到启蒙和榜样作用。父亲对我姐和我耳提面命最重要的有两条：一是人要有文化。二是人要忠诚老实。我家的家风的基础是不许撒谎、不说假话。直到现在，我家人都以诚实为做人第一条标准，时间长了，假话说不出口。我体会学习与诚实是一个人安身立命的法宝，年龄越大，感触越深。

我妈没念过书，参加工作之后在盟政府的工农干部文化速成学校学会了读书写字。她迷恋阅读。我刚记事就记得家里有期刊，我爸订的《解放军文艺》和《解放军生活》，我妈订的《中国青年》和《中国妇女》。他们每天晚上在灯下翻这些杂志，我还不认字也翻这些杂志，现在写下它们的名字还感到亲切。那时候团中央和全国妇联经常发通知号召青年读书，我妈热烈响应，我家里的《青春之歌》《林海雪原》和《红岩》等长篇小说都是团中央推荐的书目。我妈特别看重读书写作的人，这对我有深刻影响。

我妈是善良的人，她会无私地帮助一切人。在大街上、在医院或长途汽车站，她见到有困难的人会毫不犹豫地上前帮助。她从参加工作到离休，年年都是先进工作者和模范党员，经常有农村牧区的人拿着杏或鸡蛋，到家属院打听我家，我都很不好意思。我妈到底帮过多少人以及当时发生了什么事都是谜。她自己不说，我们也不清楚。即使现在，也能看到她从家里拿上衣服或什么东西，匆匆忙忙出门送人去了。她甚至连小板凳和茶缸子都拿去送人，送给素不相识的人。我妈的善良给我心灵打下深刻的烙印，我也尽自己微小的努力做过一些助人的事，这里无须详细说明，都是小事。举一个例证：我常年无偿献血和血小板，获得国家卫计委2012—2013全国无偿献血双年奖特殊贡献奖。这次奖励，辽宁省全省有六十多人获奉献奖，只有我一人获特殊贡献奖。献点血或做点什么能帮上别人，我心里挺高兴。

在人生境界上，我远远达不到我父母那么纯粹，但他们言传身教对我的熏陶和影响是我走到今天的重要财富，佛家称之为"信财"和"法财"，它比钱财更坚固，保佑人生平安。

家有儿女

张鲁镭

最近在写一篇小说，题目为《从前有座山》。爬过山的人都知道，当你咬牙切齿汗流浃背攀越时，根本无暇顾及周遭的风景。当然我指的是那种险峰峻岭。爬山人爹呀妈呀嘿儿呼啊总算到达山顶，经过片刻的清风微拂情绪过渡，忽然就感叹了：这么高的山居然能爬上来，原来自己这么有耐力，这么了不起！再探头往下瞧瞧，那沿途的风景也颇为壮观秀丽。于是对着自己竖起大拇指，你——绝对好样的！来抱抱！啰里啰唆的，是不是跑题了？哦，也没跑太远，下面这就回来了。

朋友的小孩正值高考，她半夜里向我倾诉："不行了，快疯掉了，马上就疯掉了。"我笑："疯不掉的！你看我不是还好好的！""谁能和你比，你那钢铁战士！""这个，你不知道好铁都是打出来的吗？那个时候啊！"我又骄傲又感慨地说，"那个时候……"

那时候我每日里披头散发磨刀霍霍，就如一个行将奔赴前线的战士，儿子在那儿刀光剑影地拼高考，当妈的怎么可以在一旁看风景？！不能给他解难题，也不能帮他背单词，我能做的也就是牢牢抱住那口黑锅。和那些大爷大妈一样挎着菜篮子去采购鸡鸭鱼肉新鲜果蔬，在网上搜索高三营养食谱，用电子秤把握食材和调料的重量，生怕有一点误差就破坏了美食的作用。那一日三餐可是孩子伏案苦读的全部保障。

中午跑到学校送饭，校门口比庙会都热闹，家长们挎着各色保温饭盒已经恭候在那里，孩子出来之前，还可以进行一下简短的交流："今天做的啥?""炖排骨炒冬瓜。你呢?""小鸡炖蘑菇。"比较健谈的人开始滔滔不绝了:"先把肉用调料拌一下……"那些在饭店里买了快餐的就有些不好意思了,看看人家,自己也不好再懈怠,孩子一辈子能上几次这样的战场,老师也再三叮嘱,营养,营养一定要跟得上,要让孩子们保持良好的身体状态和愉快的心情。

哗啦,孩子们出来了,家长们奔过去,在车里悄悄观察儿子的表情,如果是狼吞虎咽就一面告诉他慢点,一面还在心里有了小小得意,此次烹饪大获成功。如果看见他眉头那里皱皱,便开始反思,咸了?淡了?软了?硬了?看见一个男孩奋力把车门一甩:"猪食,简直是猪食!"那个当妈的都要急出眼泪了。我走过去。她说:"也不是孩子刁难,都是上午的模拟考试,唉,这个阶段的孩子情绪容易激动,因为过度的疲劳和压力使得他们有机会就要释放一下。"愿意释放还是好的,就怕压在心里,家长们诚惶诚恐。

儿子说要吃红焖羊肉,当然要满足他,一早就去菜市场买了块新鲜羊肉。再加上我那精湛手艺,想象着晚上儿子吃得满嘴流油,都有点激动。晚上把烹饪好的饭菜摆桌子上出去办事,回来见满满一锅肉所剩无几,经过这段时间的锤炼,我都快成半个厨子了,我也来一块,天啊,酸不溜丢的。都是中间接了个电话,把老陈醋当酱油红焖变成醋熘了,不好意思啊!儿子笑笑:"还没吃过这种味道的羊肉,尝个新鲜!"女儿告诉我,老爸带领他们比赛,看谁吃得多!不能说感动,应该是温暖吧。全身都暖洋洋的。我觉得一个家庭最重要的就是相互关怀。相互包容相互理解和支撑,面对困难手拉着手,这也是家风的一种表达方式。

楼上传来女儿的琴声,那时候她每天都要为疲惫的哥哥弹一首轻松的曲子,后来儿子告诉我,每天听妹妹弹琴是他最大的放松。为这还送了妹妹一个娃娃。

故事里的大世界

张艳荣

　　我从小就喜欢听故事，总是缠着母亲讲故事。小时候，除了课本，没有课外书。那时候没有电视，电影也是十天半拉月放映一次。电影放映一次，全屯像过年似的。

　　吃过晚饭，夜幕降临，我就坐在炕上听母亲讲故事。她的故事总也讲不完，母亲是见过世面的人，她小时候跟着我姥爷在天津生活，母亲在天津上的小学，姥爷在天津做大列巴，并炒得一手好菜。母亲说我姥爷那个人爱吃，为了吃不辞辛苦，哪怕是给他一个萝卜，他也要做出一朵花似的菜，色香味俱全。用现在的话说，那叫品位，美食家。土改的时候，姥爷带着我母亲就回山东老家了，为的是多分些土地。母亲的故事包罗万象，神话的居多，她有时候还给我讲戏，她小时候看过很多戏，到现在她也痴迷听戏。关于《水浒传》《杨家将》《岳飞传》《西游记》《野火春风斗古城》，这些名著，最早的时候都是母亲给我讲的，根本没见过这些书，我当时都不知道还有这些书，就以为是母亲讲的故事。

　　听着故事，慢慢地我也会讲了，关键是我也喜欢讲故事。给小伙伴们讲，同学们都愿意和我一起搭伴上学，我把听来的故事讲给他们听。实在没什么讲的了，我自己编故事讲，小伙伴们谁也没听出来是我自己编的，我是瞒着他们的，怕他们说我瞎白话。

　　后来我不满足听故事、讲故事了，用铅笔在作业本上写故事。没想到要写什么，题材、文体也不懂，反正就是敢写，写出来的东西连作文都算不上。如果当时就把文学看得像天那么浩大遥不可及，我也就不敢写了。

我羡慕母亲会讲那么多故事，我以为是母亲的原创。母亲说这都是老一辈人传下来的。我问是谁写的，母亲说是作家。别看母亲会讲，具体是哪个作家写的，她也不知道。我托着两腮，想了半天，异想天开地说，等我长大了，也当作家。弟弟妹妹们听了嘿嘿笑，说都笑掉大牙了。母亲没嘲笑我，也没表扬我，又给我讲个故事：很久很久以前，人间丰衣足食但极度浪费，所以老天惩罚人间颗粒不收，是小狗小猫历尽九九八十一难上天求情，才换来风调雨顺。

每个人都能从这个故事里悟出不同的道理，比如说节约、珍惜、勇敢，而我悟出的是"世上无难事，只要肯登攀"。

我最早接触的文学，也许就是母亲讲的故事。我在故事里思索，在故事里成长，在故事里寻找真理和做人的准则。后来我真的走上了文学道路，我能成为作家，与母亲讲的故事密不可分，那是我写小说的启蒙。

父爱和家教家风

赵明舒

有人说，在一个人生命的天空中，父爱和母爱并存着，如日月同辉。而我的人生天空，只有父爱的光，有阳光也有月光。发两份光的父亲，肯定很吃力，虽然我从未看出他的吃力，看到的只是坚忍和辛苦。我出身于一个普通的农民家庭，值得庆幸的是，父亲是一个有知识、有文化的农民。他不仅给了我生命，还给了我人生的力量和方向。我的童年既是不幸的，也是幸福的。不幸的是母亲过早辞世，幸福的是父亲始终给着我双倍的爱。在我一岁多一点的时候，在我没能留下记忆的时候，在我还没学会叫妈妈的时候，母亲就带着病痛离开了我。从此，父亲就是我的全部。

自有记忆开始，我对于父亲的记忆至今都是清晰的。他告诉我，要诚实，不许说谎；要心地善良，不许有恶；要节俭，不许浪费；要勤劳，不许懒惰；要上进，不许落后；还有更重要的是"一定要好好读书啊"，等等。

"一定要好好读书啊！"这是父亲对我说得最多的一句话。他早早就教我识字、看画报，还耐心地把一个个好故事讲给我听。我一直记得，父亲每次去公社所在地或是进县城，舍不得花钱给我买什么好吃的东西，而总是带回几本连环画册（那时候我们称其为"小人书"），那种期待真幸福，一遍遍翻读更开心。现在回想起来，非常感谢父亲的正确和精明之举。再好吃的东西，吃了也就没了，可是，这些连环画却伴我走过了童年、少年，乃至青年时光，它们与父亲讲给我的那些故事，一并成为我汲取知识、培养兴趣、陶冶情操、获得营养的最初源头，以至读书和写作，已然成为我人生的两大乐趣。几十年来，虽然写作偶有搁置或中断，而读书的习惯却一直坚持到如今。人的一生会喜欢很多东西，而喜欢读书是从不让人后悔的一件事。人的一生也会失去很多东西，而读过的文字和学到的知识是永远属于自己的，丢不了，也夺不走。读书，会让生命更丰满。

终于有一天，八十一岁的父亲也离开了我。那年我女儿正由高中步入大学。父亲在弥留之际，攒足气力对我说："一定要把你的孩子培养好，就是做不成优秀的人，也要做一个善良、正直和上进的人。"

其实我一直是学着父亲教育我的样子，去教育我的女儿的。善良、诚实、勤劳、节俭、向上，是必不可少的家教内容，特别是"要好好读书"，我特别强调："这是爷爷特别强调的。"这使她在读完大学后，又一鼓作气读了研究生。现在她已经参加工作了，并且很快就会有自己的家庭，接下来就会有自己的孩子。作为父亲，我有理由相信，她的家教家风肯定会让我欣慰。好的传承，好的拓展，会让一代又一代人拥有自己更美好的生活。

好家风能够造就好家庭，好家庭能够形成好民风，好民风能够让一个民族和国家兴盛起来。

"养儿防老"

文 菲

当我接到省作协关于"家风"为题的征文通知时，心里顿时一阵感慨，因为我家正经历着一场源于家风的天翻地覆的变化。这场变化将母亲一向遵循的养儿防老的坚定不移的信念砸得粉碎，让母亲经历了刻骨铭心的迷茫和痛苦。

2017年5月14日，人人称作母亲节这天，八十多岁的老母亲在失声痛哭中，被弟弟和弟媳撵出了家门。而弟弟的家曾经是母亲多么骄傲的天堂啊！是母亲多年投入心血和钱财实现儿孙团聚的梦想家园，是母亲忘掉失去父亲的痛苦，幻想着晚年美好生活的巨大动力。十年前，父亲去世了，在弟弟和弟媳的蛊惑下，母亲将父亲留下的一幢价值五十万元的三室一厅楼房和十几万元积蓄，加之自己的退休金迫不及待地带到弟弟家，并向四个女儿宣布，她要将所有家产送给唯一的儿子，从此在儿子家养老，问我们有没有意见。

我们姐妹四人一贯对母亲俯首听命，连声说："没有！没有！没有！"只要母亲高兴，我们便高兴。这是我们家多年以母亲的意志为中心的习惯。而母亲一向重男轻女，常常挂在嘴边的一句话是："儿子的江山，姑娘的饭店。养儿防老。"还常常对我儿子说："外孙是狗，吃了就走。"弄得儿子七八岁的时候问我："姥姥为啥骂我是狗?"中国人有种传统观念就是养儿防老。我有一个弟弟、三个妹妹，父亲母亲对弟弟从小到大的宠爱达到了极致，我们姐妹几个也像父亲母亲一样宠爱弟弟，把弟弟宠大了，全家人又接着宠爱弟妹和唯一的侄子。因而母亲把房子和养老钱都给了弟弟，在我们几个姐妹看来，这是顺理成章、合情合理、天经地义的事情。我们没有一丝的不快，并坚定不移地支持。因为我们知道，母亲晚年的最大快乐就是能天天看到她的儿孙，母亲用她的全部财产换来了这一快乐。母亲到弟弟家生活的第三年得了乳腺癌，可是她已经没有了积蓄，手术护理医费药费全是我们姐妹四人负担。出院后，坚强的母亲仍然每天快乐地为弟弟一家做饭洗衣，快乐地为儿孙操心献力。可是天有不测风云，去年5月的一天，母亲在房间里突然摔倒，但母亲没有声张，一直等到弟弟全家"五一"旅游出门，母亲才打电话挨个找我们姐妹，说她在屋里摔跤了，动弹不得，让我们赶快送她去医院。我接到母亲的电话，像接到了火警报告，一路心急火燎地到了弟弟家。两位妹妹也同时赶到。远在沈阳的小妹虽然无法飞来，却也在电话里焦急地询问。我们姐妹进屋，一眼看见母亲坐在地上，见到我们就流出眼泪。我们将母亲抬到床上，母亲疼得嗷嗷大叫。我们只好叫来120救护车，将母亲送到医院。经检查，母亲是脑血栓及软骨损伤。

出院后我们姐妹四人为母亲雇了保姆伺候母亲的起居。可是母亲再也不能像以前那样为弟弟全家洗衣做饭了，再也不能做好饭菜快乐地等待儿孙异常享受地大吃大嚼了。于是弟弟一家三口对瘫痪的母亲立即由冷淡到厌烦，一向深得母亲喜欢的弟妹更是嫌弃母亲血栓后的痰液，嫌她不能天天洗澡，还偶尔将大便拉在衣裤上，弟妹要卖掉房子撵母亲去女儿家养病。母亲说："我有儿子，干吗去姑娘家？"打那以后，母亲的人生跌入了黑暗，也永远失去了快乐。常言说，福无双至，祸不单行。年初，弟弟住院被确诊为糖尿病并发症，弟弟便一反常态开始对母亲恶语相加。弟弟说是母亲住在他家而使他在婆媳间忍辱负重才得了重病，母亲再赖在他家他就要被揉搓死。于是发生了开头母亲节这天，母亲在痛哭中被弟弟赶出家门的一幕。我们姐妹四人也终于得到了赡养母亲的机会，我们将母亲接到了单身的二妹家，共同出资装修了二妹家的房子，雇了全日制保姆，决心以我们女儿的能力和爱心让母亲安度晚年。

而在这之前，母亲是不屑住在女儿家的，母亲一心向往的是儿孙团聚的幸福。

如今，母亲心灵中的天堂坍塌了，母亲经常郁郁寡欢地说："我把全部财产都给了儿子，他为什么不养我？"我说："妈，这也怨不得弟弟，是父亲与您重男轻女的传统观念娇惯坏了弟弟和弟妹。"母亲还是不解地说："难道我越对他们好，他们的良心就越坏吗？"我一阵无语，可是我深知，养儿防老这种伴随国人几千年根深蒂固的传统观念断送了母亲晚年的幸福，让母亲的脸上永远书写着迷茫和祥林嫂般的困惑，同时也让弟弟在母亲与媳妇之间周旋得疲累成病。即便得到了母亲的全部家产，却一直感到委屈。我为母亲失落的晚年悲哀，更为病重的弟弟痛苦……

耕读传家

周建新

　　父亲一直不住楼房，主要有两个顾虑：一是家里有个"宝物"，三米长一尺宽、老得泛黄的旧木板子，上了楼没处放。二是父亲说他有点像安泰俄斯，不能离开大地，过不了没有菜园子的日子。

　　旧木板子是块门楣，一百多年了，是我祖太爷留下的，枣木，黑底，绿字，刻着"耕读传家"四个篆字。父亲说，民国时，家道较为殷实，院门口修了大门楼，"耕读传家"便嵌门楼里。大门的两侧，是很短的对联：耕读传家久，诗书济世堂。

　　这便是我们周家的祖训。

　　祖太爷一生勤耕不断，凭着一副好铧犁，一头生牤子，硬是把村里的蛮荒之地耕作成了一片沃土。加上他有一手好算盘，家道日盛。民国初年，私塾开始向学校转化，祖太爷是建校出资者之一，遂成为校董。

　　老人家一生最大的愿望是成为家喻户晓、满腹经纶的乡绅。正因为没能实现，才把愿望刻在门楣之上，只要跨进门槛，就能看见家训。

　　那时，太爷爷已是成年，没能培育出诗书的兴趣，耕有余而读不足，祖太爷便把读书的希望寄托在爷爷身上。

　　校董的孙子，学堂的先生自然高看一眼，小灶吃得多，板子也没少挨，书便读在了前边。遗憾的是，爷爷爱书，却不是书生，对祖太爷期望的诗书没有兴趣，反倒对《天工开物》等工匠类书籍如醉如痴。

　　四季农活，五谷播种，六畜饲养，七坊八匠，爷爷无所不能；盖房造屋，挖井凿矿，机械手工，爷爷无所不会。在以文盲为主体的乡村时代，读书让爷爷成了十里八乡无事不会的万事通，每天找他的人无数。

虽说爷爷厚道、人脉好，却是书到用时终为匠，不是祖太爷所期待，老人家指望周家穷则躬耕，达则济世，谈论皆诗书，代代为乡绅，而不是一味地面朝黄土背朝天。

于是，在爷爷弱冠之年，祖太爷擅自做主，让爷爷娶了识文断字、懂诗文却不会飞针走线的奶奶。

或许是"培养一个贵族需要三代人的努力"，或者母系的基因起了决定性作用。祖太爷的愿望终于在父亲身上实现了，父亲六岁便会《垄上行》，七岁能吟五言诗。祖太爷瞑目之前，紧握父亲的小手，眼光飘移到大门外。父亲替祖太爷喊出了心里话：耕读传家。祖太爷才溘然仙逝。

从此，晨露理庄稼，日上诵五经，挑灯吟诗书，谈笑有鸿儒，成了父亲一生的习惯。

20世纪60年代初，村屯规划，门楼被列为有碍观瞻的范围，扒门楼那天，父亲像只老虎看护着门楣，尽管枣木坚硬无比，他也怕砖头瓦块擦破了黑漆，碰坏了刻字。直至门楣拆下，父亲夹着它扬长而去。

从此，这块门楣便被我父亲这位周家的长门长孙永久收藏了。

父亲一天四件事，雷打不动，除了几次患病入院，耄耋之年也不改初衷，早晨莳弄园子，上午授课，下午读书，晚上用毛笔写诗。

父亲的园田，堪比花园，各种蔬菜季节搭配合理，长短分布错落有致，葫芦、南瓜、佛手遮出甬道荫凉，土豆、萝卜、白菜养出全家四季平安。父亲不断地制止我们兄妹三家上市场买菜，不是为我们省钱，而是父亲的菜园子从来没沾过农药化肥，真绿色，之所以长得茂盛，是父亲半个多世纪的经验，还有自己沤制的农家肥。

父亲当了一辈子语文教师，即便当了校长，依然在三尺讲台上站了二十年，直至退休也没闲下来，双休日的上午，义务给村里的中小学生讲解古诗文，间或也被各种讲座请去，说《红楼》，讲《三国》，谈古论今。午后的时间，是父亲最安静的时分，经史子集，博览群书，即使如今，视力已大不如前，依然孜孜不倦。

晚上，父亲常常提笔凝神，或对先前的诗作反复修改，或有新的构思溢出，哪怕十天得一佳句，便欣喜异常。父亲写诗，不求闻达，只图修身，子孙欣赏，恰到好处地夸奖几句，便足矣。

耕读传家，带有很浓的农耕文明特征。也具有某些理想主义色彩，一百年来，在我们周家几代人身上，除了父亲完整地体现了，上两辈和下两辈都在平衡点上有所缺失。

父亲的前两代人就不说了，对土地最亲，诗文解决不了生存问题。从我这一代开始，渐渐地远离了土地，虽然我小时候没少干农活，却没有培养出我对土地的热爱，浇园子也浇得浅尝辄止。直至父亲要揍我，父亲的道理是，你口渴了，只让你喝一羹匙，能解渴吗？土豆也是生命，你不让它喝足，它就不长。我批评你的，不是嫌你懒，而是态度，人这一辈子，不管做多么小的事，一定要给做透。

还是高举的拳头有威力，我永远记住了父亲的教诲，不管是工作还是写作。

当然，父亲对我高高在上地住进了楼房表达了很多不满，不过也很无奈，毕竟我是不惑之年才丢弃了小院子，上了高楼。他嘱咐我，多写农村，多写农民，多写养育你的土地，以笔代耕吧。可是，父亲对他的孙子与孙媳的五谷不分却连连摇头，哪怕与爷爷妙语连珠地对诗，也没能改变。

父亲懂得社会化大分工越来越细，像教育我浇土豆一样，一生把一件事做透就很优秀了，可他对过去依然难以割舍。

我们生活在城市，住得与天越来越近，与地越来越远，远得连一盆花都懒得种了。

父亲担心的是，百年之后，那个耕读传家的门楣，放在哪里？

书　话

周　明

　　小时候，我最得意的是拥有一箱"小人书"。

　　"小人书"就是连环画，是父亲陆陆续续给我寄来的。我三岁就远离父母，父亲是抚顺一所中学的校长，是"走资派""臭老九"，经常要挨批斗。无奈，把我送到铁岭乡下爷爷家"避难"。

　　在那个寂静的平原乡村里，"小人书"成了我的精神伙伴。那是一个文化荒漠的年代，父亲煞费苦心，给我买了几乎能买到的所有"小人书"。既有《小英雄雨来》《刘胡兰》《王二小》，也有《红灯记》《沙家浜》《金光大道》《艳阳天》……三百多本"小人书"成了我的最爱。爷爷专门给我准备了一个木箱，我把这些小人书一一编号，放在箱子里，每天都要看上几个小时。从"小人书"里看外面的世界，对一个孩子而言，是一种妙不可言的体验。几十年后的今天，儿时看"小人书"的情景仍历历在目。后来，父亲告诉我，给你买"小人书"，就是从小培养你阅读的兴趣。父亲慨叹：那个年月，能看的，也就只有"小人书"了。

　　有了"宝贝"，就要嘚瑟。于是我呼朋引伴，招来左邻右舍的小伙伴，向他们显示我的"富有"。那时农村极穷，见我拥有如此之多的"小人书"，小伙伴们都惊呆了！于是，他们欢呼雀跃，纷纷来看我的"小人书"。我也慷慨地倾囊而出，向大家炫耀，与小伙伴们"资源共享"——爷爷家简直成了村里的"儿童图书馆"了！多年以后，回乡与发小儿欢聚，其中两位已是中学教师的同学还忆起看"小人书"的情形，他们都说：感谢你的"小人书"，那可是我们接受的最好的"早期教育"！——看来，父亲买的"小人书"影响的还不止我呢。

我十二岁时，"文革"即将结束，父亲的境遇也有了改变。他被平反后，接我回城。回到家，我第一眼就被震撼了：我发现我引以为豪的"小人书"和父亲的"大人书"比起来，真是小巫见大巫！父亲不但自己做了两个顶天立地的大书柜，还巧用空间，用木板拼了一个足有六七平方米的藏书间，里面放满了书。我们不大的家里除了书还是书，到处都是书。天，我哪见过这么多书啊！那时候我们上半天课，父亲上班后，我就偷偷打开他的书柜找书看，还贪婪地钻进藏书间偷看。父亲是东北师范大学历史系毕业的，历史类书籍多，古文书多，我似懂非懂，囫囵吞枣，胡乱翻看，也是一乐。父亲见我居然偷看他的藏书，甚喜，便把我召到身边，开讲古文。父亲拿出《古文观止》，我记得给我讲的第一课是李密的《陈情表》：

臣密言：臣以险衅，夙遭闵凶。生孩六月，慈父见背……

小小年纪的我哪里懂这些佶屈聱牙的古文？父亲便逐字逐句讲解，极耐心。讲完，还命我背下来。就这样，父亲一有空就给我讲古文，讲完一律要求我背诵。当时我老大不情愿，不乐意背，但父命难违，我还是小和尚念经——有口无心地背诵了很多篇：《兰亭集序》《前赤壁赋》《桃花源记》《捕蛇者说》……唐诗宋词就背诵得更多了。我记忆最深的是父亲教我背诵岳飞的《满江红》，不但要背下来，还得会唱。父亲一板一眼、一句一句地教我唱《满江红》，唱到动情处，父亲眼里竟然有了泪光……

后来，见我喜欢文学，父亲就带我去了抚顺市图书馆，那是我第一次见识到世界上还有这么海量的图书！置身书的海洋，我心花怒放，迷不得脱。父亲让母亲为我办了一张借书证。于是，除了家里的藏书，我还可以到图书馆自由选书。从此，我便成了图书馆的常客，一有空，我就到图书馆看书借书。遨游书海，我享受到了难以言喻的大乐趣。父亲还细致地给我列了一个长长的"必读书"书单，其中多为中外文学名著。父亲喜欢读巴尔扎克，于是我在图书馆借的第一本书就是《欧也妮·葛朗台》，然后是《高老头》……

父亲酷喜读书，他戏称自己是"书呆子"。记忆中，父亲一有闲暇就在读书。晚上，他让我们先睡，然后他轻轻点亮台灯，继续夜读；每次出差，他都要带几本书看；每到一地，他必去书店逛逛。逢书店图书打折，父亲和我就去"淘宝"。父亲的这些习惯，深深影响了我，都被我"克隆"了。父亲常告诫我，读书是人生至乐。开卷有益，什么时候也别忘了读书。

长大工作后，我和父亲的交流话题也总离不开书。回家看他，一见面父亲总要问我："最近看什么书啊？有什么收获？"或是他看到了一本什么好书，便如获至宝，向我推荐。父亲不喜谈家庭琐事，最喜读书话题。谈到兴起，老人家可以滔滔不绝说上好几个小时。听父亲谈读书，成为我最亲切、最温暖、最难忘的记忆。父亲不止一次对我说："我没什么遗产。我死了以后，能给你留下的，就是这些书了。"

我女儿小时候和爷爷最亲。女儿刚懂事，爷爷就给孙女讲《安徒生童话》《格林童话集》等儿童文学名著，还教孙女背唐诗。看着爷孙俩一块读书，我就产生了"穿越感"，想起了小时候父亲教我学古文，想起了父亲给我买的那箱"小人书"。于是，我也如法炮制，给女儿买了许多儿童文学读物，当然比"小人书"可"高大上"多了……

一次，父亲到一位朋友家做客。朋友家乔迁新居，房屋装修得颇豪华。父亲回来后，脸色很不好，他愤愤地嘟囔说："他们家那么大，那么阔气，却连本书都没有！庸俗！庸俗不堪！"

我劝他别生气，说现在是市场经济了，大家都在向钱看，都在追求物质享受了……

父亲冲我眼睛一瞪，正色道："你记住：不读书的人，就是精神乞丐！"

我诺诺。

现在，父亲已经离开我十多年了。我很想念他。我知道，怀念父亲的最好方式就是谨遵父命，好好读书。几十年来，读书已经成了我的习惯、我的生活方式、我的深入骨髓的至爱。当我忙于俗事或懒惰不想读书时，我眼前就浮现出父亲那严厉而慈祥的面容，耳边就响起父亲那意味深长的警示："不读书，你就是精神乞丐！"

我诚惶诚恐，慌忙走进书房，从大书柜里迅速搜出一本书，正襟危坐，恭恭敬敬地捧读下去……